HEYNE <

ELISABETH NOREBÄCK

DIE INSASSIN

THRILLER

Aus dem Schwedischen
von Daniela Stilzebach

WILHELM HEYNE VERLAG
MÜNCHEN

Die Originalausgabe *Nadia* erschien erstmals 2020
bei Bokförlaget Polaris, Stockholm

MIX
Papier aus verantwortungsvollen Quellen
FSC® C014496
FSC
www.fsc.org

Penguin Random House Verlagsgruppe FSC® N001967

Deutsche Erstausgabe 03/2023

Redaktion: Hanne Hammer
Umschlaggestaltung: Nele Schütz Design,
unter Verwendung von Shutterstock.com
(SwedishStockPhotos, Schankz, BEMPhoto31)
Satz: Leingärtner, Nabburg
Druck und Bindung: GGP Media GmbH, Pößneck
Printed in Germany
ISBN: 978-3-453-42281-0

www.heyne.de

Für Schwestern, die immer da sind
Für Sara und Marie

1

Eine fremde Landschaft, in Dunkelheit ruhend. Der Nachthimmel, ausgelöscht und stumm. Weit entfernt ist ein schwach leuchtendes Licht zu erkennen, das an Stärke zunimmt.

Eine unbekannte Stimme kommt immer näher, bis sie direkt neben mir ist. Sie sagt meinen Namen, sagt, ich müsse aufwachen. Ich höre sie, aber ich kann nicht antworten.

Die Stimme bekommt Gesellschaft von einer weiteren. Auf der anderen Seite des Horizonts sprechen zwei Frauen im Flüsterton über mich. Die neue Stimme fragt die Frau, die versucht hat mich zu wecken, ob sie keine Angst habe.

»Sie hat gerade eine große Operation hinter sich, zudem ist sie am Bett angekettet. Momentan ist sie vermutlich nicht besonders gefährlich.«

»Weißt du, wer sie ist? Weißt du, was sie getan hat?«

»Alle wissen, wer sie ist und was sie getan hat.«

»Ich möchte nicht mit ihr alleine sein.«

»Schluss jetzt. Sie kann uns vielleicht hören.«

So reden alle über mich. Als wäre ich ein Monster in einem gruseligen Märchen. Die Geschichte meines Lebens. Ich weiß nicht, wie oft ich versucht habe zu verstehen, wie es so weit gekommen ist.

Ist es ein kurzer Augenblick, der das Leben für immer verändert? Oder ist es das Ergebnis einer langen Reihe von Ereignissen, eine Mischung aus Entscheidungen, die wir treffen, und reinen Zufällen? Vielleicht entscheidet allein der Zufall über unsere Zukunft, unser Glück oder Unglück.

Die Frau fragt noch einmal, ob ich wach bin. Aber ich bin still und leise, lasse die Dunkelheit mich näher zu sich heranziehen. Ich will nicht aufwachen. Sollte es ein unwiderrufliches Schicksal geben, das auf jeden Einzelnen von uns wartet, dann ist es besser, wenn ich hierbleibe und nie wieder das Tageslicht erblicke.

Hände schütteln mich, und die Stimme, die meinen Namen wiederholt, ist zurück. Vielleicht ist eine Stunde vergangen, vielleicht sind es mehrere. Vielleicht habe ich mehrere Tage im Grenzland zwischen Leben und Tod geschwebt, bevor ich jetzt zur Rückkehr gezwungen werde.

Es tut fürchterlich weh. Das Licht der Leuchtstoffröhre an der Decke sticht mir in den Augen, die Luft im Zimmer liegt kalt und trocken auf meiner Haut, alle Geräusche drängen sich auf wie Insekten, die versuchen, durch meine Ohren in mich einzudringen.

Das freundliche Gesicht über mir gehört einer schwarzen Frau mit langen, geflochtenen Haaren. Sie erklärt mir, dass ich mich im Krankenhaus befinde.

»Sie wurden gestern operiert. Es ist ein Wunder, dass Sie mit dem Leben davongekommen sind. Aber jetzt sind Sie stabil.«

Irgendetwas stimmt nicht mit meinen Augen, stimmt nicht mit meinen Ohren. Die Lippen der Frau bewegen sich, die Worte jedoch, die sie ausspricht, erreichen mich erst später. Alles, was sie sagt, hinkt hinterher, so als würde ich das Echo ihrer Stimme vernehmen. Zudem hat sie zwei Gesichter. Zwei Köpfe, die zusammenfließen und wieder auseinandergleiten. Ich frage mich, ob ich einen Hirnschaden davongetragen habe.

Sie fragt, ob ich Durst habe und schaut auf einen Punkt neben mir. Mühsam drehe ich den Kopf und sehe auf dem Tisch neben dem Bett zwei weiße Plastikbecher. Sie verschmelzen zu einem, gleiten auseinander und verschmelzen dann wieder miteinander.

Die Frau zeigt auf ihr Namensschild und sagt, sie heiße Helen. Sie verschwindet aus meinem Blickfeld, und ich höre Wasser laufen, dann kommt sie zurück und hält mir den Becher hin. Aber meine Handgelenke sind mit Handschellen am Bettrahmen fixiert, ebenso mein rechter Fuß. Sie führt den Becher an meine Lippen und hebt meinen Kopf ein Stück an, sodass ich trinken kann. Ich murmele ein Dankeschön und sinke aufs Kissen zurück.

Der Apparat auf der anderen Seite des Bettes blinkt und piept und verwandelt eine grüne, leuchtende Linie in eine vorbeieilende Kurve mit Bergen und Tälern. Ich habe Elektroden auf der Brust, die mit der Maschine verbunden sind. Daneben steht ein Tropf, und in meinen beiden Armbeugen stecken Kanülen. Mein linkes Bein ist mit einem großen Verband bedeckt, ein weiterer ist um meine Taille gewickelt, und ich spüre, dass ich eine Bandage um den Kopf habe, die mein linkes Auge verdeckt.

Helen kontrolliert den Schlauch an meinem Arm, sie schaut auf die Maschine und notiert etwas auf einem Block. Dann sieht sie mich an und fragt, wie ich mich fühle, und ich antworte, dass ich es nicht weiß. Sie bittet mich, ihr meinen Namen und meine Personennummer mitzuteilen.

»Sie wissen, wer ich bin«, entgegne ich heiser. »Sie haben meinen Namen bereits genannt. Mehrfach. Und er steht bestimmt auch auf dem Plastikband um mein Handgelenk.«

»Das ist Routine«, erklärt sie. »Name und Personennummer.«

Flüsternd teile ich ihr meinen Namen und die Zahlen mit, woraufhin sie meint, das hätte ich gut gemacht.

»Sie sind im Universitätskrankenhaus in Örebro. Wissen Sie warum?«

Ich schaue sie an, ohne etwas zu sagen. Sie legt den Kopf schräg und wartet auf eine Antwort.

»Erinnern Sie sich an etwas von dem, was geschehen ist?«, fragt sie.

Ich schließe die Augen.

Die spitze Eisenstange fährt durch die Luft und trifft meinen Kopf. Wie ein Pflug bewegt sie sich nach unten über die linke Augenbraue und weiter über die Wange. Ich spüre, wie mir warmes Blut über das Gesicht läuft. Ich schreie und wehre mich gegen den nächsten Hieb.

»Ja«, entgegne ich, den Blick auf Helen gerichtet. »Ich erinnere mich.«

Und das lässt mich an ein anderes Ereignis denken. Aber ich will mich nicht daran erinnern, ich vermag nicht darüber nachzusinnen, ob er dieselbe Todesangst empfunden hat wie ich. Denn ich habe es geschafft, während er nicht mehr da ist.

»Atmen«, sagt die Krankenschwester, und ich ahme ihre Atemzüge nach, bis sie mir nicht mehr im Hals stecken bleiben. Sie betrachtet mich eingehend und ich sehe, dass sie im Begriff ist, weitere Fragen zu stellen, es sich jedoch anders überlegt. Ein Polizist kommt ins Zimmer und weist irritiert darauf hin, dass er darüber hätte informiert werden müssen, dass ich wach bin. Helens Antwort bekomme ich nicht mit. Aber ich sehe, wie der Mann mich anstarrt, ich sehe, welche Gedanken sein ausdrucksloses Gesicht zu verbergen versucht. Es wäre besser gewesen, wenn ich nicht zurückgekommen wäre.

Und ich stimme ihm zu. Auch ich bin enttäuscht weiterleben zu müssen.

»Wollen Sie mich verhören?«, bringe ich heraus.

»Ich bin hier, um Sie zu bewachen«, sagt er.

»Das können Sie vom Flur aus tun«, entgegnet Helen und dreht dem Mann den Rücken zu. »Der Blutdruck ist noch immer zu niedrig, ebenso der Eisenwert. Wenn Sie auf einer Skala von eins bis zehn angeben sollten, wie stark Ihre Schmerzen sind, was würden Sie dann sagen?«

»Sechsundsiebzig«, flüstere ich und versuche zu lächeln. Helen erwidert das Lächeln und sagt, ich würde mehr Schmerzstiller bekommen. Sie dreht an der einen Kanüle, und bald darauf breitet sich in meinem gesamten Körper eine herrliche Gelassenheit aus. Sie sagt, ich solle mich eine Weile ausruhen und scheucht den Polizisten entschieden aus dem Zimmer.

Das Morphin wirkt schnell. Als die Schmerzen nachlassen, entspannt sich mein verletzter Körper. Ich schließe die Augen, um in der Zeit zurückzureisen.

Vor sechs Jahren war ich ein anderer Mensch. Ich

glaubte, dass mein Leben völlig anders verlaufen würde. Aber das ist lange her. Das war, bevor ich in das schlimmste Frauengefängnis Schwedens kam, lange bevor eine andere Insassin versucht hat, mir mit einer spitzen Eisenstange das Leben zu nehmen. Als ich dumm genug war zu glauben, dass es sich nur um ein fürchterliches Missverständnis handelte, als die Polizei mich festnahm. Als ich noch immer glaubte, alles würde sich aufklären.

*

Ich weiß nicht, wie lange ich schon im Streifenwagen sitze und darauf warte, dass mir jemand erklärt, was passiert ist. Ich durfte mich nicht umziehen und bin unter dem Morgenrock noch immer nackt. Meine Arme jucken von dem eingetrockneten Blut, ich habe nicht alles abbekommen. Und mittlerweile ist es zu spät. Meine Hände sind mit Handschellen hinter meinem Rücken gefesselt.

Ich versuche, mich ruhig zu verhalten. Versuche, weiterhin mit ruhiger Stimme zu sprechen, wenn ich zum wiederholten Male frage, warum ich auf der Rückbank eines Streifenwagens sitze. Keine Antwort.

Ein Stück weiter entfernt stehen meine Freunde vor dem Sommerhaus versammelt und werfen Blicke in meine Richtung. Blicke, die anklagend sind, aber auch ängstlich, die zeigen, dass sie, ebenso wie ich, nicht verstehen.

Einige von ihnen weinen, und ich sehe eine Polizistin, die mit ihnen spricht und etwas auf einen Notizblock schreibt. Ich höre kein Wort von dem, was sie sagen.

Mehrere Polizisten sind vor Ort, auf dem Hof parken zwei Polizeiautos. Ein groß gewachsener Mann steht vor der Autotür, breitbeinig und mit einer Hand am Holster, bereit, von seiner Waffe Gebrauch zu machen. Beim Gästehaus ganz unten im Garten hängt blau-weißes Absperrband, das im kühlen Morgenwind flattert. Ich versuche, die sich aufdrängenden Gedanken wegzuschieben, aber meinen Blick zieht es immer wieder zum Gästehaus und dem Schlafzimmer darin.

Die Polizistin lässt meine Freunde stehen und kommt zum Auto, meine Handtasche fest umklammert. Sie übergibt sie ihrer Kollegin, bevor sie auf meiner Seite die Tür öffnet. Ich will aussteigen, doch sie legt eine Hand auf meine Schulter und hindert mich daran.

»Linda Andersson, Sie sind festgenommen und begleiten uns aufs Revier.«

»Sie sind verpflichtet, mir mitzuteilen, warum«, sage ich. »Sagen Sie mir, was hier vor sich geht. Warum werde ich so behandelt?«

Sie setzt eine ungeduldige Miene auf, beugt sich über mich und befestigt den Sicherheitsgurt. Dann sagt sie, wir würden später darüber sprechen.

Ich habe mich allem gefügt. Genau gemacht, was sie gesagt haben, ihre Befehle befolgt. Als sie mich angebrüllt haben, mit den Händen über dem Kopf aus dem Gästehaus zu kommen, habe ich es getan. Als sie mir befohlen haben, mich bäuchlings auf den Boden zu legen und die Hände im Nacken zu verschränken, habe ich, ohne zu protestieren, auch das getan. Jetzt aber reißt mir der Geduldsfaden. In einem verzweifelten Versuch mich zu befreien, trete ich um mich und werfe den Körper hin und her. Ich rufe nach Alex, schreie nach Mikaela, flehe sie an, mir zu helfen.

Aber sie antworten nicht einmal. Sie stehen da, die Arme umeinander geschlungen und sehen mich an, als wüssten sie nicht mehr, wer ich bin. Weinend flehe ich sie an, den Polizisten zu sagen, dass ich nichts Falsches getan habe. Mikaela wendet sich ab, und Alex blickt in eine andere Richtung.

Die Autotür wird geschlossen und der Motor gestartet. Wir rollen auf den Kiesweg hinaus und lassen das Sommerhaus hinter uns. Ich presse das Gesicht gegen die Scheibe und sehe meine Freunde verschwinden. Meinen Freund und meine Schwester.

Einsam werde ich abgeführt, ohne zu wissen, was man mir vorwirft, und obwohl ich wach bin, befinde ich mich in einem Albtraum, in dem sich alle gegen mich verschworen haben.

2

Bisweilen ein dunkler Nebel aus dumpf pochendem Schmerz, gefolgt von einem halb bewusstlosen Dämmerschlaf, wenn die Wirkung des Morphins einsetzt. Als ich das nächste Mal aufwache, sind Schwester Helen und ein Pfleger bei mir. Der Polizist sitzt an der Tür. Die Elektroden auf meinem Brustkorb sind verschwunden, die Maschine neben dem Bett schweigt und hat aufgehört zu blinken. Ich erkundige mich, ob das gut oder schlecht ist. Helen zufolge befinde ich mich auf dem Weg der Besserung, die verantwortliche Ärztin wird später kommen, um alles mit mir durchzugehen. Der Krankenpfleger hat ein in Plastik verpacktes Butterbrot und einen Tetrapack Apfelsaft dabei.

»Es wäre gut, wenn Sie versuchen, etwas zu essen«, sagt er. Er entfernt das Plastik und reicht mir das Brot. Steckt einen Trinkhalm in die Saftbox. Aber das Brot schmeckt holzig, und der Saft ist voller Chemikalien. Ich bitte stattdessen um kaltes Wasser.

»Ich möchte gern, dass Sie zur Toilette gehen«, sagt Helen, nachdem sie mir geholfen hat, ein paar Schlucke zu trinken. »Denken Sie, dass Sie das schaffen?«

Der Polizist schließt die Handschellen auf. Aus dem Bett herauszukommen und das kurze Stück zur Toilette zu schlurfen, ist ein beinahe aussichtsloses Unterfangen, obwohl Helen und der Pfleger mir helfen. Der ganze Körper pocht vor Schmerzen, mich auf mein linkes Bein zu stützen, wage ich nicht und darf es auch nicht. Der Polizist überwacht mich ganz genau, folgt jedem meiner langsamen Schritte.

»Sie dürfen die Tür nicht zumachen«, sagt er, als ich mich schließlich ins Bad geschleppt habe. »Ich muss aufpassen, dass Sie nicht auf dumme Gedanken kommen.«

Helen protestiert, aber ich weiß, dass es keinen Zweck hat. Ich weiß, wie es in solchen Situationen läuft. Ich sinke auf die Klobrille, verrichte mein Geschäft und wische mich vor ihnen ab, dann bekomme ich Hilfe, um aufzustehen. Helen hält mich fest, während ich mir die Hände wasche. Ich betrachte die Frau, die ich im Spiegel über dem Waschbecken sehe. Eine blasse Gestalt mit einem Verband um den Kopf glotzt mich mit gleichgültigem Blick an. Auf der linken Seite lugen unter dem Verband kurze Haarbüschel hervor; sie sind noch übrig von den langen blonden Haaren, die sie einst hatte. Ich erkenne mich kaum wieder.

»Sie mussten es tun«, sagt Helen, die im Spiegel meinem Blick begegnet. »Um die Wunde oben auf dem Kopf zu nähen.«

Die fremde Frau, zu der ich geworden bin, sieht mich an. *Besser du gewöhnst dich an den Anblick*, scheint sie zu sagen. *Ich bin gekommen, um zu bleiben, und es gibt nichts, was du dagegen tun kannst.*

Noch bevor ich wieder am Bett bin, ist mein kompletter Körper schweißnass. Das letzte Stück hänge ich wie ein Sack zwischen Helen und dem Krankenpfleger, und sie müssen mich hineinheben.

Später kommt die Ärztin. Sie stellt sich vor, aber ich vergesse ihren Namen sofort wieder. Sie erklärt mir, dass die Eisenstange schwere Verletzungen verursacht hat. Sie hat mich auch am Kopf und im Gesicht getroffen, allerdings sind die Verletzungen an der linken Körperhälfte die schlimmsten. Die Wunde beginnt direkt unter der Brust, verläuft über die Taille und weiter den Oberschenkel hinunter. Die Operation war umfangreich. Sie will mich darauf vorbereiten, was mich erwartet, wenn der Verband nach und nach abgenommen wird. Leider werde ich dauerhafte Narben behalten, sowohl am Körper als auch im Gesicht. Sie sagt, dass ich sehr viel Blut verloren habe, dass ich es beinahe nicht geschafft hätte. Ich hätte Glück gehabt, dass ich gefunden wurde, bevor ich verblutet bin.

»Sie müssen noch eine Weile hierbleiben, aber Sie sind bald wieder auf den Beinen«, sagt sie und klopft mir auf die Schulter. »Sie werden Ihr Leben wie gewohnt leben können.«

Wie gewohnt.

Das ist so dumm, dass ich mir nicht die Mühe mache, darauf zu antworten.

Ein paar Tage später bekomme ich Besuch von einem Kriminalkommissar aus Örebro. Er setzt sich auf einen Hocker neben das Bett und bittet mich zu erzählen, was im Gefängnis passiert ist.

Ich erzähle ihm, dass der Tag wie jeder andere Donnerstag begann. Die Gefängniswärter schlossen unsere Zellen auf, und wir haben gefrühstückt, bevor wir zum Arbeiten in die Fabrik von Biskopsberg geführt wurden. Nach der Pause am Vormittag sagte mir der Betriebsleiter, ich solle einige Kartons aus dem Lager holen, woraufhin ich mit einem der Gefängniswärter im Fahrstuhl dorthin gefahren bin. Ich nahm die Karre, die an der Wand neben dem Eingang lehnte und ging dann alleine weiter. Das Lager ist genauso groß wie der Raum darüber, in dem wir arbeiten, und die Kartons, die ich holen sollte, standen im hintersten Regal. Als ich mit Aufladen fertig war, hörte ich auf der anderen

Seite Schritte. Es war noch jemand dort unten, doch als ich fragte, wer da ist, hielten die Schritte inne. Mit lauter Stimme fragte ich, wer dort herumschleicht und dachte daran, den Gefängniswärter zu rufen, als Anne, eine andere Insassin, um die Ecke kam. Sie sah mich an. Ich fragte, was sie dort zu suchen hatte, aber sie antwortete nicht. Starrte mich nur wütend an. Der Gefängniswärter war nirgendwo zu sehen, und als ich versuchte, an Anne vorbeizugehen, entdeckte ich, dass sie ein langes Eisenstück in den Händen hielt. Sie hob es hoch, und mir gelang es nicht zu entkommen, bevor es auf meinem Kopf landete. Sie hob die Stange wieder hoch, um erneut zuzuschlagen. Ich schrie sie an, wankte nach hinten, und in dem Moment, als die Waffe mich ein zweites Mal traf, stolperte ich über die Deichsel der Karre. Wahrscheinlich habe ich deshalb überlebt.

»Und was war der Anlass dafür, dass sie Sie attackiert hat?«, fragt der Kommissar. »Warum war sie Ihnen gegenüber so feindlich gesinnt?«

Ich erkläre ihm, dass Anne besessen von mir war, und dass sie mich nie in Ruhe gelassen hat. Nachdem ich ihr zu verstehen gegeben hatte, dass ich nichts mit ihr zu tun haben wollte, verabscheute sie mich.

»Nun verhält es sich so, dass diese Frau angibt, sie habe aus Notwehr gehandelt«, sagt er. »Dass Sie sie bedroht hätten, und dass Sie zu einem früheren Zeitpunkt bereits versucht hätten, sie zu erwürgen. Was sagen Sie dazu?«

»Ich bin diejenige, die hier liegt, oder etwa nicht?«, erkläre ich ihm. »Nicht sie wurde beinahe in der Mitte gespalten und wird am ganzen Körper Narben zurückbehalten.«

Der Gesichtsausdruck des Kommissars macht unmissverständlich klar, was er denkt, und es sollte mich nicht erstaunen. Es ist bedeutend leichter, einer Frau zu glauben, die wegen Diebstahls verurteilt wurde, als einer, die eine lebenslange Strafe wegen Mordes verbüßt. Mir wurde schon früher misstraut, und ich weiß, dass meine Version nichts wert ist. Nachdem der Kommissar gegangen ist, kommt in mir der Gedanke auf, dass ich das hier vielleicht verdient habe.

Es ist September, und es ist fast genau sechs Jahre her, dass ich meinen Mann getötet habe.

3

Nur wenigen Krankenhausangestellten ist es erlaubt, bei mir im Zimmer zu sein. Helen und einige andere wechseln sich über den Tag hinweg ab, immer in Begleitung eines uniformierten Polizisten, aber ab und an sehe ich, wie andere vom Personal durch die Scheibe in der Tür hineinschauen. Hier wissen alle, wer die Patientin aus der Haftanstalt Biskopsberg ist. Es steht bestimmt landesweit in jeder Zeitung. Durch Mama war mein Name bereits bekannt, bevor ich wegen Mordes verurteilt wurde.

Jetzt werden die Gerüchte wieder Fahrt aufnehmen. In den Kaffeeküchen der Büros werden die Leute reden und spekulieren. Zu Hause im Wohnzimmer vor dem Fernseher, wenn der Nachrichtensprecher ein weiteres Mal die Geschichte von dem wohlerzogenen Promikind erzählt, das zur Mörderin wurde. Es wird nie aufhören.

Ich will nicht daran denken. Ich will nicht an all das erinnert werden, was ich verloren habe. Ich würde es vorziehen, eingebettet in einer Morphinwolke dazuliegen und mir der Blicke, des Klatsches und des Geflüsters nicht bewusst zu sein. Des entsetzten Entzückens, wie schlecht es für das Sonnenscheinmädchen gelaufen ist. Die Schmerzen von der Wunde, die durch meinen Körper jagen, das Spannungsgefühl rund um die Nähte an Stirn und Wange sowie der Umstand, dass ich mich nicht bewegen kann, weil ich die ganze Zeit über angekettet bin, reichen vollkommen. Als ob ich in diesem Zustand fliehen könnte. Ich habe den Polizisten gefragt, was ich seiner Meinung nach ohne Handschellen anstellen könnte, ob er Angst hat, ich könnte gefährlich werden. Das hat genügt, dass der Krankenpfleger fluchtartig das Zimmer verlassen hat. Die verrückte, zu lebenslanger Haft verurteilte Mörderin sorgt allein durch ihre bloße Existenz für Angst und Schrecken.

Daraufhin hat er eine Kette zwischen Handschellen und Bettrahmen angebracht, sodass ich jetzt wenigstens allein essen kann. Allerdings achten alle sorgfältig darauf, keine Gegenstände auf dem Tisch liegen zu lassen, und wenn sie das Tablett wegräumen, kontrollieren sie das Besteck.

Die Ärztin kommt, um sich meine Verletzungen anzusehen, und als sie den Verband abmacht, zwinge ich mich hinzuschauen. Quer über den kompletten linken Oberschenkel und weiter hinauf über die Seite des Bauches verläuft ein gezackter Riss. Große Klammern sitzen über der Wunde, so als hätten sie mich mit einem gigantischen Tacker zusammengeheftet. Die Haut ist grotesk geschwollen und verfärbt.

Der Verband um den Kopf wird abgewickelt, die Fäden am Haaransatz und im Gesicht sollen gezogen werden. Ich frage die Ärztin, wie es ihrer Meinung nach aussieht, woraufhin sie den Mund öffnet, um zu antworten, ihn jedoch ohne ein Wort zu verlieren wieder schließt. Sie wirft Helen einen langen Blick zu, und sie ist es, die einen Handspiegel holt und ihn mir reicht. Ich betrachte die Wunde, die oberhalb des Haaransatzes beginnt, hinunter durch die linke Augenbraue und dann in einem Bogen rund um das Auge zum Ohr hin verläuft. Die Nuancen der Haut variieren zwischen dunkelrot und blau. Die Wundränder liegen nebeneinander, sind aber noch immer geschwollen und hässlich. Mein Gesicht ist vollkommen entstellt.

Mit den Fingern fahre ich vorsichtig über die Fäden. Eine makabere Handarbeit mit blauen groben Knoten. Ich murmele, dass ich in einem Horrorfilm mitspielen könnte.

»Das Positive ist, dass Ihnen Ihr Sehvermögen erhalten geblieben ist«, sagt die Ärztin.

Mit einem bedauernden Gesichtsausdruck nimmt

Helen den Spiegel entgegen. Ich versuche sie anzulächeln, aber mein Grinsen lässt sie den Blick senken.

Nachdem die Fäden gezogen sind, fixiert die Ärztin die Wunde mit weißem Tape. Den Verband brauche ich nicht mehr. Auf der linken Seite stehen die unregelmäßig abgeschnittenen Haarsträhnen ab, während der Bereich um das Tape am Haaransatz komplett kahl ist.

»Sie müssen mir helfen, Helen«, flüstere ich, als die Ärztin gegangen ist. »Sehen Sie nur, wie ich aussehe.«

»Wobei benötigen Sie Hilfe?«, fragt der Polizist, so als würden wir einen Befreiungsversuch planen. Weder Helen noch ich kümmern uns um ihn.

»Das hier muss weg«, sage ich und ziehe an den kurzen Haarbüscheln. »Das kann so nicht bleiben. Das sieht aus, als hätte mich ein Rasenmäher überfahren.«

»Das bekommen wir hin«, sagt sie mit erzwungen heiterer Stimme. »Versuchen Sie jetzt, sich auszuruhen. Sie sehen aus, als könnten Sie es gebrauchen.«

Nachdem sie gegangen ist, schaue ich hinauf an die Decke. Helen hat recht, ich muss mich ausruhen und durch den Schlaf allem entfliehen. Aber das ist unmöglich. Die Gedanken kriechen wie Leichenwürmer in mir herum. Sie stürmen aus allen Richtungen auf mich ein, und ich kann ihnen nicht entkommen.

Ich zwinge mich, direkt in die Leuchtstoffröhre zu starren, an das Gesicht im Spiegel zu denken. Ich sehe aus wie eine lebende Tote. Ich *fühle* mich wie eine lebende Tote, dieser Körper hier gehört nicht mir. Er gehört jemandem, der kaum noch ein Mensch ist, er ist ein zerfetzter Kadaver. Aber so einer hat keine Gefühle, und die Tränen, die meine Wangen hinunterlaufen, werden von dem starken Licht verursacht, das meine Augen brennen und tränen lässt. Das rede ich mir zumindest ein.

Bei ihrer nächsten Schicht hat Helen einen Rasierapparat dabei. Ich sitze auf einem Stuhl mitten im Zimmer, die Hände vor mir gefesselt, ein Handtuch um die Schultern. Sie fragt, wie viel sie wegnehmen soll, und ich antworte: »Rasieren Sie alles ab.«

Der Rasierapparat summt giftig, und mit jeder Strähne, die fällt, habe ich das Gefühl, Kontrolle über die hässliche, erschreckende Frau zu gewinnen, die sich mir im Spiegel zeigt. Ihr würde es sicher gefallen, wenn ich durchdrehe, während meine Haare abrasiert werden. Meine blonden Haare, die ich immer so geliebt und so sorgsam gepflegt habe. Sie rechnet nicht damit, dass ich fest entschlossen bin zu beweisen, dass es mich nicht mehr kümmert. Dass ich die Herausforderung annehme, ohne weitere Tränen darüber zu vergießen, wer ich geworden bin.

Anschließend lässt mich Helen das Ergebnis im Handspiegel begutachten.

»Wie fühlt es sich an?«, fragt sie. »Ich hoffe, Sie bereuen es nicht.«

Ich könnte sagen, dass Reue nichts ändert, dass sie niemals etwas ungeschehen machen kann, aber ich halte den Mund.

Helen hat ihre geflochtenen Zöpfe gelöst, und ich bewundere ihre schwarzen, glänzenden Locken, die ihr über die Schultern fallen.

»Meine Haare waren auch einmal schön«, sage ich und erkläre, dass sie so trocken geworden sind wegen dem billigen Shampoo, das wir im Gefängnis haben. Helen sagt, es sei wichtig, die richtigen Produkte zu verwenden, und in diesem Moment sind wir zwei ganz gewöhnliche Frauen, die einen ganz gewöhnlichen Augenblick im Leben teilen. Dann frage ich sie, was sie eigentlich von meinem neuen Aussehen hält.

»Sie sind sehr hübsch, Linda«, lügt sie. »Das ist doch richtig gut geworden.«

Es stört mich nicht, dass sie es nicht ernst meint. Ich weiß, dass ich jetzt so aussehe wie das Monster, für das mich alle halten.

*

»Linda, schau her!«

»Kommen Sie, Linda, schenken Sie uns ein Lächeln.«

Meine langen Haare liegen perfekt, dafür hat die Stylistin gesorgt, die ich bei solchen Anlässen zurate ziehe.

Ich trage ein teures Designerkleid und bin bereit, zusammen mit meinem Mann die Grammisgala zu besuchen. Ich drehe mich auf dem roten Teppich und lächle mein breitestes Lächeln, genau wie Mama es ein Leben lang getan hat. Die Kameras blitzen, und ich lächle immer weiter, lächle. Simon richtet sein Jackett. Ich lege den Arm um seine Taille, um für ein weiteres Foto zu posieren. Er zieht mich näher zu sich heran. Er ist für zwei Preise nominiert, und niemand ist stolzer als ich. Wir strahlen zusammen. Wir strahlen vor Glück und Erfolg.

»Kommt Kathy?«, ruft ein Journalist.

»Wo ist sie?«, ist von einem anderen zu vernehmen. »Ist sie krank, was ist passiert?«

In der nächsten Sekunde ruft es aus allen Richtungen, und als Antwort auf die Fragen nach Mama lächle ich nur noch mehr. Mit keiner Miene gebe ich preis, was ich fühle. Unter einem Schauer aus Kamerablitzen, vorbei an einer Wand aus Gemurmel und Geflüster, schlendere ich den roten Teppich entlang, mit Simons Hand in meiner.

4

Nach knapp zwei Wochen im Krankenhaus kommt der Pfleger mit zwei Männern vom Strafvollzug ins Zimmer. Der Transport, der mich nach Biskopsberg zurückbringen soll, ist eingetroffen.

Ich wusste, dass dieser Tag früher oder später kommen würde und bin erstaunt über die Ohnmacht, die ich verspüre. Nichts zu sagen zu haben, und nicht einmal die Möglichkeit zu bekommen, Helen zu danken und mich von ihr zu verabschieden, da sie gerade heute frei hat. Für diejenigen, die über mein Leben bestimmen, spielt es keine Rolle, dass ich mich noch immer halb tot fühle. Wie ich erfahre, bin ich bereits ungewöhnlich lange hier gewesen. Ich bin nur ein Gepäckstück, das in die Verwahrungsbox in der Anstalt zurücktransportiert werden soll.

Einer der Wachmänner legt mir den Taillengurt an. Als er an die Wunde kommt, schnappe ich nach Luft.

Er nimmt meine Handgelenke, klickt die Handschellen fest und sagt mir, ich solle mich abregen.

Die Ärztin kommt herein und fragt, ob das wirklich notwendig sei mit dem Gürtel, bekommt jedoch von keinem der Männer eine Antwort. Sie sorgt dafür, dass der Krankenpfleger einen Rollstuhl holt und mir hineinhilft. Sie legt eine gelbe Krankenhausdecke über meine Knie und verdeckt damit die Handschellen, dann wünscht sie mir alles Gute, bevor ich in den Flur hinausgerollt werde.

Am Empfang müssen wir eine Weile warten, bis das Auto vorfährt. Einer der Polizisten, die mich oben auf der Station abwechselnd bewacht haben, steht neben mir. Um Ordnung und Sicherheit aufrechtzuerhalten, lautet vermutlich die Vorschrift.

Der Anblick einer von einem bewaffneten Polizisten bewachten Frau im Rollstuhl erweckt Aufsehen und lässt viele innehalten und starren. Unverhohlene, verächtliche, neugierige und ängstliche Blicke richten sich auf mich. Ein Mann zeigt auf mich und flüstert seiner Begleitung etwas zu, ein anderer macht einen großen Bogen um mich. Eine Dame eilt vorbei und dreht sich dann mehrfach um, als wollte sie sich versichern, dass ich mich nicht befreit habe. Oder vielleicht erkennt sie auch, wer ich bin.

Eine Frau in meinem Alter setzt sich auf eine nahe gelegene Bank und versucht den Anschein zu erwecken, nicht zu gucken. Ich würde den Polizisten gern fragen, ob es wirklich eine gute Idee ist, mich hier warten zu lassen, da ich die Allgemeinheit offensichtlich durch meine bloße Anwesenheit ängstige. Aber sarkastische Kommentare führen selten zu etwas Gutem, daher lasse ich es. Stattdessen trotze ich dem Schmerz, beuge mich nach vorn und halte mir die Decke vors Gesicht. Als einer der Männer den Rollstuhl durch die Tür nach draußen fährt, verheddert sie sich im Rad und wird mir aus den Händen gerissen. Sogleich explodiert links von mir eine Serie von Blitzen, woraufhin ich den Arm vors Gesicht hebe.

Die Fotografen sagen immer, dass die Kameras Mama geliebt haben, die Wahrheit ist jedoch, dass sie die Kameras ebenso sehr geliebt hat. Sie liebte es zu posieren, liebte es, der Kameralinse zu geben, wonach sie am meisten lechzte. Sie wurde dem nie müde, war nie ausgebrannt oder der ständigen Aufmerksamkeit leid. Es war nicht so, dass sie es aushielt, weit gefehlt, sie lebte dafür. Im Mittelpunkt zu stehen, verlieh ihr neue Energie, das Blitzen der Kameras und das Scheinwerferlicht hauchten ihr Leben ein. Und dies ständig zurückzugeben, hat sie zu der gemacht, die sie war. Eine der allergrößten. Ein Star.

Andersson ist der gewöhnlichste Nachname in Schweden, und es gibt Zehntausende andere Frauen, die mit Vornamen Katarina oder Linda heißen. Dennoch gab es nur eine Kathy, und jeder in ganz Skandinavien weiß, wer sie war. Nein, in ganz Europa. Sie war eine unserer beliebtesten Künstlerinnen, die durch das ganze Land getourt ist und in den Siebzigern sogar den Eurovision Song Contest für Schweden gewonnen hat.

Nur wenige Monate, bevor ich festgenommen wurde, ist sie an ALS gestorben. Obwohl sie tot ist, lebt die Erinnerung an sie in allen, die sie geliebt haben, weiter. Und ich habe sie mehr als irgendjemand anderer geliebt.

Ich bin Kathys Tochter, Linda Andersson. Sie nannten mich das Sonnenscheinmädchen, und als Kind bin ich mit Mama zusammen aufgetreten. An ihrer Seite aufzuwachsen, hat mich daran gewöhnt, angeschaut zu werden. Ich habe viele rote Teppiche beschritten, ich weiß, wie ich stehen muss, um gut auszusehen, und ich kann breit in die Kameras lächeln, selbst wenn ich keine Lust dazu habe.

Zumindest konnte ich das früher. Jetzt kann ich das nicht mehr. All das gehört einer anderen Zeit an. Als Teenagerin bin ich immer seltener mit Mama aufgetreten, und in meinen Zwanzigern lebte ich ein anonymeres Leben als Musiklehrerin an einer Grundschule sowie als private Klavierlehrerin. Aber als Kathys Tochter und später als Ehefrau des Musikers und Künstlers Simon Huss habe ich das Rampenlicht nie ganz verlassen. Ich erschien an ihrer Seite auf den Klatschseiten.

Doch von nun an sind es diese Fotos hier, die zirkulieren, wenn in den Medien über mich berichtet wird. Sie zeigen eine blasse Frau in einem Rollstuhl, mit abgestumpftem Blick und rasiertem Schädel, mit Handschellen an einen immensen Gürtel um die Taille gefesselt und mit einem Wundpflaster über der einen Gesichtshälfte.

Die Fahrt nach Biskopsberg dauert etwa vierzig Minuten, kommt mir jedoch wie eine Ewigkeit vor, nachdem die Wirkung der schmerzstillenden Medikamente langsam nachlässt. Der Kopf platzt, die Wunde schmerzt und brennt. Ich will ankommen, aber auch wieder nicht.

Die Landschaft ist flach und der Zaun schon aus weiter Entfernung zu sehen. Mit seinem dreifachen Stacheldraht vor der Mauer erhebt er sich wie ein metallisches Dornendickicht aus der Erde. Dahinter befinden sich die düsteren Gebäude von Biskopsberg. Ein Mausoleum für verlorene Seelen, ohne Hoffnung auf Aussöhnung.

Wir fahren in die Schleuse, das erste Tor wird geöffnet und hinter uns wieder verschlossen, wie ein großes Maul, das sich um sein Opfer schließt. Erst als es geschlossen ist, öffnet sich vor uns ein baugleiches Tor. Der Fahrer fährt hindurch zu dem zweistöckigen grauen Gebäude. Die Herbstsonne wirft Schatten vom Zaun auf das Haus, und der spitze Stacheldraht, der oben kreisförmig aufgewickelt ist, erzeugt auf der Fassade ein gewundenes Muster. Wir fahren um das Gebäude herum und halten auf der Rückseite.

Ich werde aus dem Lieferwagen gerollt, höre das bekannte Surren und das metallische Klicken des sich öffnenden Schlosses. Jede Tür, die wieder hinter mir zuschlägt, führt mich weiter hinein, hinter die Mauern, bis mich das Innere des Gefängnisses verschlungen hat, und das weckt die Erinnerung daran, wie ich zum ersten Mal hierherkam.

*

Im Juni, nach neun Monaten Untersuchungshaft, werde ich in Schwedens bekanntestes Frauengefängnis in der Nähe von Örebro gebracht. Eine Strafvollzugsbeamtin heißt mich in Biskopsberg willkommen und sagt, ich werde merken, dass die Haftanstalt wie eine Minigemeinde ist. Hier gibt es alles, Krankenstation, Wäscherei, eine eigene Küche mit Köchen, Hausmeister und Werkstätten. Es gibt Besuchsräume mit Spielsachen für Kinder, die ihre eingesperrten Mütter besuchen.

Genau wie an dem Morgen, an dem ich aufgegriffen und verhaftet wurde, muss ich mich für eine Leibesvisitation nackt ausziehen. Eine der Strafvollzugsbeamtinnen sagt mir, ich solle die Beine spreizen und mich nach vorn beugen. Ich drehe mich, hebe Arme und Haare hoch, und als sie endlich mit der Kontrolle fertig sind, soll ich auf der Toilette nebenan eine Urinprobe hinterlassen.

Die Frau legt eine Bettpfanne über die Toilettenschüssel, befiehlt mir, mich hinzusetzen und die Hände nach vorn zu strecken, damit sie sie sehen kann. Ich schließe die Augen, pinkle und denke, dass ich mich niemals daran gewöhnen werde, beobachtet zu werden, während ich meine Notdurft verrichte.

Als ich fertig bin, darf ich die Sachen anziehen, die die Strafvollzugsbeamten für die Gefangenen bereithalten. Einen Schlüpfer mit schlaffem Gummiband und einen schlecht sitzenden, hässlichen Bügel-BH, eine graue Jogginghose mit zu langen Beinen, ein figurbetontes hellgraues T-Shirt aus dünnem Material. Meine Ausweisdokumente werden kontrolliert, und es wird festgestellt, dass ich dreiunddreißig Jahre alt bin. Aus irgendeinem Grund bekomme ich zu hören, dass das ein gutes Alter sei, und nachdem ich fotografiert worden bin, werde ich in die Haftanstalt hinausgeführt.

Auf dem Weg müssen unendlich viele Türen und Zäune aufgeschlossen werden, einige mit Schlüsseln oder Schlüsselkarten, in anderen Abschnitten sind es Menschen, die wir nicht sehen, die uns über die Überwachungskameras folgen und die entscheiden, ob wir passieren dürfen. Jedes Mal ist ein lautes surrendes Geräusch zu hören, und ich denke, dass mich das verrückt machen wird.

Der Bereich auf der anderen Seite des Hauses ist größer, als es von der Straße aus scheint. Am Ende, in Richtung eines großen Sees, befinden sich mehrere Gebäude, die von den anderen abgetrennt und von hohen, breiten Mauern umgeben sind. Auf den Mauern sind Scheinwerfer angebracht wie in einer Sportarena, sowie in regelmäßigen Abständen die alles sehenden Kameras. Einige Meter weiter vor der Mauer, um die gesamte Anstalt herum, erhebt sich ein hoher Zaun mit Stacheldraht, unmöglich zu überwinden. Ein weiterer letzter Zaun schirmt das Gelände noch von den angrenzenden Feldern ab.

Zwei Männer, jeder von ihnen in Begleitung eines Schäferhundes, gehen daran entlang, der eine lacht über das, was der andere gerade gesagt hat. Sie sprechen über etwas ganz anderes als das, was hier drinnen passiert. Sie haben ihr eigenes Leben in der Welt da draußen und verlassen die Haftanstalt, wenn ihr Arbeitstag vorüber ist.

In der Wäscherei bekomme ich ein Laken und zwei Handtücher, und ich erfahre, zu welchen Zeiten ich meine Wäsche abgeben und abholen soll. Wir gehen wieder hinaus, und ich sehe einige Frauen, die vor dem, was als Fabrik bezeichnet wird, in einem Gitterkäfig stehen und rauchen. Sie tragen die gleiche Gefängniskleidung wie ich, bewacht von Personal in Springerstiefeln und mit Gummiknüppeln.

Die Strafvollzugsbeamtin, die mich in Empfang genommen hat, irrt sich, Biskopsberg ist keine Minigemeinde. Das hier ist eine Raumfähre in einem abgelegenen Teil des Universums, wohin wir zur Strafarbeit geschickt worden sind, und wo ganz eigene Gesetze und Regeln gelten. Wir befinden uns sehr weit von zu Hause entfernt, auf unbestimmte Zeit aus der Zivilisation ausgestoßen.

Die Frauen schauen neugierig in meine Richtung. Eine von ihnen rüttelt am Zaun und pfeift mehrfach laut, als wir vorbeigehen.

Meine Zelle ist etwas größer als die in der Untersuchungshaft. Zehn Quadratmeter statt sieben. Hier hat rechts des schmalen, an der Wand befestigten Betts ein Schreibtisch Platz, und am Fußende steht ein Kleiderschrank, an dessen Seite ein Fernseher montiert ist. Hinter der Tür befindet sich ein Waschbecken, aber keine Toilette, die ist ein Stück weit entfernt auf dem Flur. Die Wache erklärt mir, dass ich vom Einschließen um acht Uhr abends bis um acht Uhr am nächsten Morgen einen Topf benutzen muss, den ich dann in der Toilette zu leeren und richtig zu säubern habe. Über dem Schreibtisch ist ein schmales, vergittertes Fenster aus Panzerglas, das sich nicht öffnen lässt. Ich dachte, ich würde den Wald und die Felder draußen sehen, aber die Betonmauer türmt sich davor auf und verdeckt die Aussicht.

Hier soll ich meine lebenslange Strafe absitzen.

5

Hätte die Ärztin im Universitätskrankenhaus Örebro nicht auf einer zeitweiligen Krankschreibung bestanden, da ich sowohl ein physisches als auch ein psychisches Trauma erlitten habe, wäre ich zu meiner Zelle in Haus D gebracht worden, um sofort in den Gefängnisalltag zurückzukehren. Jetzt darf ich mich in der Krankenabteilung aufhalten, bis mich der Gefängnisarzt als wiederhergestellt betrachtet.

Tina nimmt mich in Empfang. Sie ist eine der Gefängniswärterinnen, die während der gesamten fünf Jahre, die ich hier einsitze, in Biskopsberg gearbeitet hat. Mit besorgter Miene studiert sie meine rasierte, narbige Erscheinung. Sobald die Handschellen und der Gürtel abgenommen sind, hilft sie mir aus dem Rollstuhl und durchsucht mich, um zu kontrollieren, dass ich unter dem weißen Krankenhausnachthemd nichts versteckt habe. Als sie fertig ist, sinke ich auf eines der

Betten. Ich würde jetzt alles für eine Dosis Morphin geben, aber als Narkotika eingestufte Medikamente werden in der Haftanstalt nicht leichtsinnig verteilt.

Im Zimmer stehen zwei Betten, mit jeweils einem Tisch daneben. Durch ein hohes, vergittertes Fenster scheint Tageslicht herein. Es riecht schwach nach Reinigungs- und Desinfektionsmitteln. Tina sagt, dass man sich gut um mich kümmern wird und wir uns in der Abteilung sehen, wenn es mir besser geht. Kurz darauf kommt eine ältere, kräftige Frau mit einer runden Brille herein. Sie gibt mir einen mit Deckel und Trinkhalm versehenen Plastikbecher.

»Ich bin Krankenschwester hier in Biskopsberg«, sagt sie. »Sie brauchen Flüssigkeit. Trinken Sie, so viel Sie können.«

»Ich brauche ein Schmerzmittel«, klage ich, obwohl ich weiß, was sie sagen wird.

»Ich kann Ihnen nur Alvedon anbieten. Wenn Sie noch immer starke Schmerzen haben, dann müssen Sie das mit dem Doktor besprechen.« Sie geht, kommt aber umgehend zurück und hält mir einen kleinen Pappbecher mit zwei weißen Tabletten darin hin. Ich bedanke mich und spüle die Pillen mit dem Wasser runter.

»Bei Bedarf drücken Sie auf den Alarmknopf da«, fährt sie fort. »Versuchen Sie, sich auszuruhen, das ist die allerbeste Medizin.«

Nachdem sie gegangen ist, lege ich mich ins Bett und hoffe, dass die Tabletten helfen.

Als es das nächste Mal im Schloss rasselt, ist es vor dem Fenster dunkel, ich habe den ganzen Nachmittag geschlafen. Ein Gefängniswärter kommt mit einer Frau herein, die sich auf seinen Arm stützt. Sie legt sich in das andere Krankenbett, und der Wachmann deckt sie zu, bevor er uns verlässt. Nach einer Weile hieve ich mich auf die Ellenbogen und sage Hallo, erhalte aber keine Antwort. Ich komme ins Sitzen, stelle die Füße auf den Boden und spüre das kalte Linoleum unter den Fußsohlen. Entweder hört sie mich nicht, oder sie schläft bereits, denke ich und mache einen Schritt nach vorn. Als ich sehe, wer dort liegt, weiche ich wieder zurück, aber die Frau schlägt die Augen auf und sieht mich direkt an.

Ich bin mit Adriana Hansen eingeschlossen, der Königin von Biskopsberg. Eine übel berüchtigte und sehr gefährliche Frau. Selbstverständlich habe ich sie in der Haftanstalt schon oft gesehen, hatte aber nie etwas mit ihr zu tun.

»Ich habe gehört, dass Anne dich in Notwehr beinahe umgebracht hat«, sagt sie schleppend. »Macht dich das zum Opfer oder zur Täterin? Oder zu beidem?«

Ich verstehe nicht, was sie meint und lasse die Frage unbeantwortet. Sie reagiert mit einem heiseren Lachen. Ich kehre zu meinem Bett zurück und lege mich hin. In der Stille spüre ich ihre Blicke auf mir, und nach einer Weile sagt sie, dass sie meine Gesellschaft mag.

»Das wird nett, einander kennenzulernen.«

Ein weiteres Lachen erklingt, und ich tue so, als würde ich schlafen, bis ich in einen fiebrigen Dämmerschlaf abdrifte.

*

Der Geruch. War er es, der mich geweckt hat? Was riecht so entsetzlich? Die Übelkeit kriecht mir die Kehle hoch. Am Haaransatz sticht es wie von Nadeln. Ich lege mich auf die Seite und schließe die Augen, bezwinge den Reflex mich zu übergeben. Als ich die Augen wieder öffne, sehe ich auf dem Laken vor mir ein dunkelrotes Tuch. Ich berühre es und stelle fest, dass meine Finger und meine Hand dieselbe Farbe haben. Beide Hände sind damit bedeckt, ebenso die Unterarme. Wie sehr ich auch zu verstehen versuche, womit ich eingeschmiert bin und was so riecht, so dauert es doch, bis die Einsicht einkehrt.

Rot und klebrig, ein schwerer, metallischer Geruch. Mit den Händen taste ich meinen Körper ab, spüre nach und frage mich, wo ich blute. Ich fahre mir über das Gesicht, über meinen Kopf. Am linken Unterarm habe ich zwei Schnittwunden, ansonsten bin ich unversehrt. Es ist so viel Blut, im ganzen Bett. Ich setze mich auf, und als ich vorsichtig aufstehe, pocht es im Kopf in einem rhythmischen Puls gegen die Schläfen.

Blut auf dem Boden und an der Wand, überall im Gästehaus ist es rot.

Ich wackle ins Badezimmer und sehe im Spiegel, dass mir die Wimperntusche die Wangen hinuntergelaufen ist und die Haare zerzaust sind. Und die Sachen, ich bin voller Blut. Ich streife sie ab und fange an zu schrubben.

*

Adriana Hansen rüttelt an meiner Schulter und sagt mit ruhiger Stimme, dass keine Gefahr bestehe.

»Du träumst«, sagt sie.

Ich erwidere, dass überall Blut sei, so viel Blut.

»Du hast nur geträumt«, beruhigt Adriana mich und streicht mir über die Stirn. »Soll ich die Schwester rufen?«

Ich schaue an mir herab und sehe, dass das Nachthemd vom Krankenhaus noch immer weiß ist. Meine Hände und meine Arme sind sauber. Die Wände auch, und der Boden. Ich bin nicht im Gästehaus.

»Ein Albtraum«, krächze ich.

»Ein Albtraum«, sagt Adriana und schaut aus dem Fenster, bevor sie sich wieder zu mir umdreht. Sie sieht müde aus und hat tiefe Furchen unter den Augen, die würdige Haltung ist jedoch noch da. Sie legt eine Hand auf meine Wange, und nach einigen Minuten geht die Tür auf. Adriana sagt etwas, das ich nicht verstehe, kurz darauf kommt die Krankenschwester mit einem

Wasserglas und einem Pappbecher. Sie gibt mir die Tabletten in dem Becher und hilft mir dabei, von dem Wasser zu trinken. Sie legt die Decke zur Seite, hebt das Nachthemd an und kontrolliert das Tape an Bauch und Bein, bevor sie verspricht, dass der Doktor sich das morgen ansehen wird. Ich murmele ein Dankeschön. Adriana setzt sich auf die Bettkante. Sie sagt, dass ich für eine Weile gut schlafen werde.

Ich beobachte sie, bereits umnebelt von den Tabletten, die bedeutend stärker sind als das übliche Alvedon, und ich begreife, dass Adriana dafür gesorgt hat, dass ich sie bekomme.

Als Neue in der Haftanstalt dauert es nicht lange, bis man von der Königin von Biskopsberg hört. Ich selbst habe sie zum ersten Mal an einem Nachmittag einige Wochen nach meiner Ankunft vor der Sporthalle gesehen.

Nach der zweiten Schicht des Tages war bis zum Abendessen Freizeit, und eine der Wärterinnen war der Meinung, ich solle ihr folgen statt nur in der Abteilung herumzuhängen. Die Sporthalle sah aus wie eine Turnhalle mit auf den Boden aufgemalten Strichen, Basketballkörben und Fußballtoren. Daran angeschlossen war ein Fitnessraum mit ein paar wenigen Geräten. Ich habe mich nie sonderlich für Sport interessiert und wollte weder Tischtennis noch Handball spielen. Stattdessen ging ich umher und sah mich im Gebäude um.

Im Umkleideraum hörte ich eine Frau keifen und schreien, sie kam herausgestürmt, während sich zeitgleich einige Wärter näherten. Ich fragte mich, warum sie so einen Lärm machte, hatte den Gedanken aber kaum zu Ende gedacht, als ich auch schon einen heftigen Schlag in die Seite bekam.

»Was glotzt du so?«, sagte eine der Freundinnen der Frau hasserfüllt. »Was ist dein Problem?« Keine wartete die Antwort ab, sie machten einfach weiter, bis die Wärterinnen kamen und sie trennten. Ich setzte mich auf die Bank an der Wand. Zwei Strafvollzugsbeamte sahen mich an, wandten den Blick dann aber wieder ab.

»Gewöhn dir das ab«, sagte eine Stimme in mein Ohr.

Ich drehte mich um und sah eine kleine Frau mit einem schnurgerade geschnittenen Pony neben mir auf der Bank sitzen.

»Seit du hierhergekommen bist, läufst du herum und schaust auf alle herab«, sagte sie. »Das ist keine besonders gute Idee.«

Ich wusste nicht, was ich falsch gemacht hatte. Ich dachte, ich sei mehr oder weniger unsichtbar.

»Was meinst du?«

»Das da ist Iris. Wenn sie, oder jemand anderer hier drinnen, glaubt, du würdest dich für etwas Besseres halten, dann kriegst du Probleme. Höllisch große Probleme.«

»Ich habe nie behauptet, etwas Besseres zu sein«, sagte ich.

»Du hast darum gebeten, einen anderen Job zu bekommen, wegen deiner tollen Ausbildung, und bei der Leibesvisitation in der Fabrik hast du eine Sonderbehandlung gefordert. Wie würdest du das denn nennen?«

Alles, was ich hatte wissen wollen, war, ob es nicht irgendeine andere Arbeit gab, bei der ich nützlich sein könnte. Schließlich habe ich einen Hochschulabschluss und keine Schwierigkeiten, mit jemandem zusammenzuarbeiten.

Die Frau senkte ihre Stimme. »Wenn du weiterhin vorhast, die Promikarte zu ziehen und gleichzeitig wie ein verschrecktes Reh auszusehen, gibt es beim nächsten Mal mehr als nur einen kleinen Stoß. Es spielt keine Rolle, wer du bist oder was du draußen gemacht hast.«

»Weißt du, wer ich bin?«

»Alle wissen das. Und du bekommst keine Pluspunkte, wenn du davon faselst, unschuldig zu sein.«

»Aber wenn ich es doch bin?«

Sie lachte und verdrehte die Augen. »*Alle* hier drinnen sind unschuldig.« Dann zeigte sie auf den Ausgang und fragte, ob ich mitkommen und eine Zigarette rauchen wolle. Ich sagte, dass ich nicht rauche. Sie erwiderte, dass ich vielleicht zumindest ein bisschen frische

Luft schnappen könnte. Sie nickte in Richtung der Wärter und der Tür, woraufhin einer von ihnen diese öffnete. Ich sah zu, wie die Frau sich eine Zigarette anzündete und einen tiefen Lungenzug nahm. Sie hielt mir die Packung hin und schüttelte eine Zigarette raus, ich nahm sie, und anschließend rauchten wir schweigend.

»Also, weshalb bist du hier?«, fragte ich nach einer Weile.

»Drogenbesitz. Unter anderem. Aber du darfst die Leute nicht fragen, was sie getan haben, das erfährst du sowieso.«

»Okay«, sagte ich und streckte ihr zur Begrüßung eine Hand hin. »Ich heiße Linda.«

Sie nahm einen Zug und sagte, dass wüsste sie, und dass sie Daria heiße.

Ein Stück weit entfernt wurde eine einzelne Frau auf den Freiganghof eingelassen. Sie trug einen locker sitzenden Kampfsportanzug, die silbergrauen Haare hingen über ihren Schultern, und ich sah zu, wie sie sich leicht, aber kraftvoll, mit lautlosen Schritten barfuß über den Rasen bewegte. Plötzlich machte sie mit dem Holzstab in ihren Händen einen Ausfallschritt, so als würde sie sich in einem exakt choreografierten Tanz gegen unsichtbare Feinde verteidigen, blitzschnell, aber dennoch voll kontrolliert.

»Das ist die Königin«, sagte Daria. »Adriana Hansen. Sie macht, was sie will, selbst hier drinnen.«

»Und weshalb sitzt sie ein?«, fragte ich und erntete einen langen Blick von Daria.

»Schwerer Betrug und Anstiftung zum Mord. Dafür haben sie sie eingelocht, aber sie hat bedeutend mehr auf dem Kerbholz. Sie leitet ein Drogen- und Waffenimperium und kennt gefährliche Menschen mit viel Macht.« Daria sah in ihre Richtung. »Wenn sie jemanden loswerden will, dann ist das kein Problem für sie. Sie hat überall Kontakte. Du möchtest sie nicht zur Feindin haben. Am sichersten ist es, ihr komplett aus dem Weg zu gehen.«

Die Königin hielt mitten in einer Bewegung inne. Sie sah direkt zu uns herüber, als würde sie hören, worüber wir redeten. Ich tat so, als müsse mein Schuh zugebunden werden und nahm mir dafür besonders viel Zeit. Erst als Daria gluckste und fragte, ob ich Hilfe benötige, richtete ich mich wieder auf.

»Sollte sie dann überhaupt hier sein, wenn sie so gefährlich ist?«, fragte ich, nachdem die Königin ihr Training wieder aufgenommen hatte und sich in eine andere Richtung bewegte.

»Wo sollte sie sonst sein?«, entgegnete Daria. »Es gibt nicht so viele Frauengefängnisse in Schweden. Weißt du, was das bedeutet? Dass die, die wegen Scheißkram wie Diebstahl oder ein bisschen Drogenbesitz verurteilt werden, gezwungen sind, ihre Strafe am selben Ort wie die richtig schweren Verbrecherinnen abzusitzen. Mit solchen wie ihr und dir, meine ich.«

Sie drückte die Zigarette aus, bedachte mich mit einem kurzen Lächeln und ging zurück in die Trainingshalle. Ich blieb stehen und rauchte meine Zigarette zu Ende. Die Wache sagte, ich solle mich beeilen, aber ich beobachtete Adriana Hansen, bis sie sich umdrehte und mich erneut direkt ansah. Ich wich ihrem Blick aus, warf den Zigarettenstummel weg und fragte, ob ich ins Haus D zurückgehen dürfe.

Seither habe ich mich von der Königin von Biskopsberg ferngehalten. Lange Phasen arbeitet sie überhaupt nicht, und wenn sie es tut, dann in der Parkpflege, der attraktivsten Beschäftigung in der Haftanstalt, was nur wenigen vergönnt ist. Es kursiert das Gerücht, dass sie Abmachungen mit bestimmten Gefängniswärtern hat, dass sie ihnen bei verschiedenen Sachen hilft und im Gegenzug Vorteile erhält. Zudem florieren reichlich Geschichten darüber, wie sich Adriana Leuten entledigt, mit denen sie aus diversen Gründen nicht klarkommt. Darüber, wie eine Frau während des Hafturlaubs überfahren wurde und verstarb, oder wie jemand seine Zeit in der Haftanstalt in freiwilliger Isolation verbracht hat, um einen Zusammenstoß mit der Königin zu vermeiden, und wie andere in andere Gefängnisse verlegt wurden, wie sie sogar Personal dazu gebracht hat, zu kündigen oder sich versetzen zu lassen. Einige meinen, ihre Kontakte reichten sogar bis zur Gefängnisleitung, aber ich weiß nicht, ob das stimmt.

Alles habe ich über Adriana Hansen gehört, all die Gerüchte, die sie umgeben, die Kontakte, die sie draußen hat, dass sie gefährlich und mächtig ist. Das ist sie bestimmt. Aber nichts von dem, was ich jetzt an ihr sehe, deutet darauf hin, dass ich Angst haben muss. Ich schließe die Augen und schlafe sofort ein.

6

Als ich mich zum ersten Mal ohne Hilfe zur Toilette begebe, bin ich so langsam, dass ich überhaupt nicht vorwärtskomme. Ich könnte die Schwester rufen, aber das will ich nicht. Auf dem Rückweg stolpere ich über die Türschwelle und falle hin. Der Schmerz, als die Luft aus der Lunge weicht, lässt Sternchen vor meinen Augen tanzen.

Adriana eilt herbei und begleitet mich zurück zum Bett. Ich lege mich hin, und sie ringt mir das Versprechen ab, das nächste Mal Bescheid zu sagen, wenn ich ins Bad muss.

»Sei nicht so verflucht dumm«, sagt sie. »Es gibt Hilfe, wenn du nicht zu stolz bist, sie anzunehmen.«

Später am Tag kommt der Anstaltsarzt. Er schiebt sich die Brille auf die Nase und schnalzt vorwurfsvoll, als er hört, dass ich gestürzt bin. Der Blutdruck ist etwas besser, aber trotz der Bluttransfusionen, die ich während der Operation erhalten habe, sind die Blutwerte noch immer an der unteren Grenze und ich soll weiter Eisentabletten nehmen. Er zieht das Tape ab, um meine Narben zu inspizieren und stellt trocken fest, dass die Wundnähte nicht besonders sauber ausgeführt wurden.

»Dennoch ist es gut geheilt«, sagt er.

Ich gebe zu, dass es besser aussieht als vorher. Die Klammern sind weg und die Nahtränder weniger geschwollen, aber ich habe noch immer einen gezackten Riss an der Seite und die Wunde leuchtet heftig rot. Beides wird für immer sichtbar sein. Im Gesicht ist es am schlimmsten, denn das kann ich nicht verbergen. An der Stirn ist die Haut eingesunken und hat eine nach innen geneigte Delle gebildet. Ich wurde deformiert.

Nachdem der Arzt gegangen ist, streiche ich über die schwachen Striche, die auf dem linken Arm zu sehen sind. Die sogenannten Abwehrverletzungen, die entstanden sein sollen, als Simon versucht hat, sich gegen das Messer zu schützen, mit dem ich ihn attackiert habe. Für einen Moment denke ich an das Erste, was Adriana zu mir gesagt hat, als sie in die Krankenabteilung kam, das, sowohl Opfer als auch Täter zu sein. Hatte ich es verdient, selbst attackiert zu werden? Bin ich durch eine Art kosmische Gerechtigkeit dazu verurteilt, diese Narben an meinem Körper zu tragen?

Während der nächsten Tage wechseln Adriana und ich nicht viele Worte, und ich bin dankbar, dass sie mich in Ruhe lässt. Auch ich habe nichts zu sagen. Ein paarmal habe ich sie im Bett zusammensinken und dann stundenlang reglos daliegen sehen. Danach tut sie so, als sei nichts passiert, und sie verliert kein Wort über das Geschehene. Ich weiß nicht, warum sie in der Krankenabteilung ist, und ich habe auch nicht gefragt.

Das ist zu meiner Überlebensstrategie geworden. Ich habe die Fragen betäubt, den Anspruch zu erfahren *warum*, aber ich kann mich nicht mehr wehren.

Die Nächte sind von Albträumen erfüllt. Ich träume von Simon, und jede Nacht versuche ich, die Geschichte zu verändern, aber sie endet immer gleich. Nie kann ich sein Leben retten. Ein brutaler Messerhieb quer über seinen Hals, das Licht in seinen Augen erlischt, und ich ertrinke in seinem Blut. Und wenn ich aufwache, sitzt Adriana an meiner Seite und sagt, es sei nur ein böser Traum gewesen. Aber das ist es nicht, er ist wahr. Simon ist für immer weg.

Sie flüstert beruhigende Worte und streichelt meinen Arm. Das tröstet mehr, als ich gedacht hätte.

Die Berührungen, die ich in den letzten Jahren erfahren habe, bestanden aus Stößen von den gefühllosen Händen der Gefängniswärter, wenn sie mich einer Leibesvisitation unterzogen oder am Arm gepackt haben, um mich irgendwohin zu führen. Gewiss gab es

Möglichkeiten für intimeren Körperkontakt und Sex, ich habe mehrere Einladungen erhalten. Aber ich hatte weder das Bedürfnis noch Lust. Dieser Teil von mir war bereits verschlossen, als ich hierherkam. Erst jetzt wird mir bewusst, wie sehr ich eine liebevolle Hand auf meiner Haut vermisst habe. Wie sehr ein paar einfache, freundliche Worte wärmen. Und wenn Adriana meine schwitzende Stirn abwischt, erinnert mich das an Mamas beruhigende Liebkosungen, wenn ich krank war. Ich vermisse sie so entsetzlich.

»Du hast nicht viel Besuch gehabt, seit du hierhergekommen bist«, sagt sie eines Tages. »Bist du es, die das so will?«

Ich zucke mit den Schultern. Aber es fühlt sich unhöflich an nichts zu sagen, daher frage ich, ob sie jemanden hat, der sie besucht.

»Mein Jakob kommt ab und an«, antwortet sie. »Aber ich ziehe es vor, ihn während des Hafturlaubs zu Hause zu sehen.«

»Ist Jakob dein Mann?«

Jetzt ist es Adriana, die mit den Schultern zuckt. »Wenn man es so nennen will«, entgegnet sie.

»Habt ihr Kinder?«

»Leider nicht. Aber du weichst der Frage aus. Willst du keinen Besuch?«

»Vielleicht habe ich niemanden, der hierherkommen mag.«

»Alle haben *jemanden.*«

»Früher hatte ich das.«

»Jetzt nicht mehr?«

»Nein«, sage ich widerwillig. »Jetzt nicht mehr.«

Im Arrest und in der Untersuchungshaft und auch während meiner ersten Monate hier im Gefängnis habe ich jede Sekunde an Alex Lagerberg gedacht. Jeden Atemzug. An den Mann, in den ich mich Hals über Kopf verliebt hatte, obwohl ich noch immer mit Simon verheiratet war. Einsam und von allen und allem in meinem Leben abgeschnitten, habe ich Alex so sehr vermisst, dass es wehtat.

Ich träumte mich zurück zu der Nacht, die wir nahezu durchgetanzt haben, bevor wir in der Dämmerung ein Taxi nach Hause nahmen und uns geliebt haben. Ich erinnerte mich, wie wir zu Kunstausstellungen gegangen und durch die Altstadt von Stockholm geschlendert sind und an den ganzen Sommer, den wir als Touristen in unserer eigenen Stadt verbracht haben. Daran an einem lauen Sommerabend Hand in Hand irgendwo auf einem Freisitz zu hocken, am nächsten Morgen aufzuwachen und zu wissen, dass er mein war. Zu wissen, dass ich es war und keine andere, die er wollte. An das Gefühl, begehrt und geliebt zu werden.

Wieder und wieder gab ich mich den Erinnerungen hin, um die Hoffnung zu bewahren und mich selbst zu trösten. Ein Versuch der Wirklichkeitsflucht aus der fürchterlichen Lage, in die ich geraten war. Meistens war es einfach nur schmerzhaft.

Wenn ich jetzt zurückblicke, tut die Erinnerung an Alex noch immer weh. Es ist nicht mehr dieser bodenlose Kummer, der mir den Atem genommen und mich wochenlang apathisch gemacht hat. Vielmehr eine Art anhaltender Schmerz, tief im Inneren, wo mein früheres Leben begraben liegt.

Ich höre mich Adriana davon erzählen, wie meine Freunde und meine Schwester Mikaela Abstand von mir nahmen, nachdem ich von der Polizei verhaftet worden war, und dass mir niemand zuhören wollte. Nicht einmal meine beste Freundin Tess. Sie war eine der wenigen, die zu meinen Gunsten ausgesagt und bestätigt haben, dass ich unmöglich jemandem die Kehle durchschneiden könne, am wenigsten meinem Mann. Wir hatten uns auf dem Musikgymnasium kennengelernt und viel Kontakt. Aber nach ein paar pflichtschuldigen Briefen ins Gefängnis ließ sie nichts mehr von sich hören. Mir ist zu Ohren gekommen, dass sie eine hervorragende Rolle in einem Musical hatte und mitunter mit Simons Band auftritt. Den Kontakt zu mir zu halten, wurde selbstverständlich unmöglich, und von den vielen Freunden, die ich einst hatte, wollte niemand mehr etwas mit mir zu tun haben. Aber Alex liebte mich, das wusste ich. Der Glaube an unsere Liebe war das Letzte, woran ich mich noch klammern konnte.

Erst als ich hier in die Haftanstalt kam, meldete ich mich bei ihm. Nach mehr als neun Monaten sollten wir uns wiedersehen dürfen. Endlich sollte ich mit meinen eigenen Worten berichten dürfen, was geschehen war, und er würde wissen, dass es der Wahrheit entsprach. Dass ich tatsächlich unschuldig verurteilt wurde. Und gemeinsam würden wir einen Weg finden, um mich reinzuwaschen. Ich war mehr als bereit, mein Leben fortzuführen nach einer langen, ungerechten Unterbrechung in Isolation, und Alex würde mich vor dem Gittertor abholen und mit nach Hause nehmen.

Ich schäme mich bei der Erinnerung. Ich erzähle davon, als würde es eine jüngere Frau betreffen, die ich einst kannte. Eine naive, kindliche Frau, denn natürlich hat sich keiner ihrer Tagträume erfüllt, im Gegenteil. Für sie ist es ganz schlecht gelaufen. Aber ich denke mit Wärme an sie, obwohl sie es viel leichter gehabt hätte, wenn sie die Wahrheit direkt eingesehen hätte.

»Du musst nicht so hart zu dir sein«, sagt Adriana. »Das bringt dir nichts. Was also ist passiert, hat er geantwortet?«

»Zuerst nicht«, sage ich. »Brief um Brief habe ich ihm mein Herz ausgeschüttet. Habe um Verständnis gebeten, um Vergebung, aber es dauerte, bis ich eine Antwort erhielt.«

»Was hat er geschrieben?«

»Dass er herkommen würde.«

Es brauchte selbstverständlich Wochen der Bürokratie, ehe mir die Besuchserlaubnis erteilt wurde, und als der Tag gekommen war, ging es mir schlecht vor Erwartung.

Als Promikind bin ich bei Abendessen und auf Partys vielen erfolgreichen Menschen begegnet, Politikern, Schauspielern und Künstlern, schwedischen wie auch internationalen. Ich war mit einem bekannten Künstler verheiratet, habe als Gastgeberin agiert und Reden gehalten. Ich bin nie nervös gewesen, nicht einmal, als ich zusammen mit Mama vor Tausenden von Leuten auf der Bühne gestanden habe. Aber als ich auf Alex gewartet habe, war ich es.

Die Minuten erschienen mir wie Stunden. Ich erinnere mich, wie ich im Besuchsraum auf die Uhr geschaut habe. Ich setzte mich auf den Stuhl, stand wieder auf und lief eine Runde durchs Zimmer. Ein rotes Sofa, ein Teppich auf dem Boden und ein Tisch mit zwei Stühlen, eine kleine Toilette. Bilder an den Wänden und eine anheimelnde Lampe im Fenster. Ein Stapel mit Einmallaken auf einem Stuhl neben dem Sofa und darauf ein Plastikbehälter mit Kondomen.

»Alex hat es in der Sekunde bereut, in der er durch die Tür getreten ist«, sage ich zu Adriana.

»Hat er das gesagt?«

»Nein, aber es hat ihn schockiert mich zu sehen. Zu sehen, wie ich aussah, wer ich geworden war. Und wer kann ihm einen Vorwurf machen, *niemand* sieht in den Klamotten des Strafvollzugs gut aus.« Ich lache. »Ich war nicht die Frau, in die er sich verliebt hatte. Würde er mich jetzt sehen, hätte er nicht mal eine Ahnung, wer ich bin. Und ich würde ihn verstehen. Mir geht es ja genauso.«

Alex sah gut aus in der perfekt sitzenden Jeans und dem schwarzen T-Shirt unter dem grauen Pullover. Seine Haare waren länger und lockten sich hinter den Ohren, er war braun gebrannt, so als wäre er kürzlich im Ausland gewesen. Wir saßen am Tisch und redeten, später setzten wir uns aufs Sofa.

Habe ich geweint, bevor er kam? Ich glaube ja. Habe ich auch vor ihm geweint? Ich erinnere mich nicht. Aber vielleicht waren es ja meine Tränen, die ihn erschreckten, die dazu führten, dass er ein Schild vor sich errichtete und sich weigerte, mich näherkommen zu lassen.

Worüber haben wir gesprochen? Hat er pflichtschuldig nach dem Alltag im Gefängnis gefragt? Und was habe ich darauf geantwortet? Dass jeder Tag dem anderen gleicht und dass die Arbeit in der Fabrik mich langsam in einen seelenlosen Roboter verwandelt?

Ich sortiere Schrauben, verstehst du. Der Zweck ist der, dass ich lernen soll, mit anderen zusammenzuarbeiten.

Die Leibesvisitationen und Durchsuchungen unserer Zellen, die unangekündigten Verletzungen unserer

Integrität, wenn sie mit den Hunden kommen und alles auf den Kopf stellen auf ihrer Jagd nach Drogen und unerlaubten Gegenständen. Hätte ihn das interessiert? Hätte ich ihm von den obligatorischen Urinproben vor den Gefängniswärtern erzählen sollen? Dass die Unterwäsche, die ich anhatte, in der vergangenen Woche von einer anderen Frau getragen wurde, bevor ich sie aus der Kleiderkammer geholt habe.

Nichts von meinem Leben in Biskopsberg hatte etwas mit Alex' Wirklichkeit zu tun, es gab nichts, wozu er einen Bezug hatte. Unser gemeinsames Leben hatte in einer anderen Welt stattgefunden, auf einem anderen Planeten.

Der Besuch, der das Einzige war, wofür ich monatelang gelebt hatte, verwandelte sich zu einem Erlebnis, von dem ich am liebsten verschont geblieben wäre. Eine steife Konversation über gar nichts, zwischen zwei Menschen, die entzweit worden und füreinander Fremde geworden waren.

»Es wäre besser gewesen, wenn wir uns nie wieder gesehen hätten.«

»Er glaubte also nicht, dass du unschuldig bist?«, fragt Adriana.

»Ich habe nichts dazu gesagt«, entgegne ich. »Es hatte keinen Sinn. Bevor er ging, hat er sich versichert, dass ich verstanden hatte, dass Schluss ist. Als hätte ich das nicht in derselben Sekunde gewusst, in der ich ihn gesehen habe. Er hätte es besser direkt in dem Brief schreiben sollen, dann wäre mir die Demütigung erspart geblieben. Eigentlich hatte er keinen Grund zu kommen.«

Ich hatte nicht vorgehabt, so offen zu sein. Vielleicht hatte mich Adrianas direkte Frage aus dem Gleichgewicht gebracht, die Erinnerung an das, was ich viele Jahre verdrängt hatte. Oder die Albträume waren schuld. Höchstwahrscheinlich ist es das, was eine Nahtoderfahrung mit einem macht.

Ich denke an das Leben, das ich gelebt, und an die Entscheidungen, die ich getroffen habe, an alles, was ich gehabt und verloren habe. Und was möglicherweise noch übrig ist. An die, die ich geliebt habe und die, die ich vermisse. An die, die nicht mehr da sind.

Das Problem mit dem Nachsinnen ist, dass man nicht wieder damit aufhören kann. Haben die Gedanken einen erst einmal erreicht, ist es, als würden sie sich tausendfach vermehren. Sie dringen in dich ein und fressen dich von innen heraus auf, bis nur noch eine dünne Schale übrig ist.

In den ersten Jahren habe ich nichts anderes gemacht, als immer wieder über das Unrecht nachzugrübeln, das mir widerfahren war. Sie haben mir meine Identität gestohlen, mich zu einer gemacht, die ich nicht war. Ich wurde zu Linda Andersson, dem Sonnenscheinmädchen, das ihrem Mann die Kehle durchgeschnitten hat. Dem Monster, das wieder und wieder auf seinen toten Körper eingestochen hat, bevor es sich, in sein Blut getränkt, schlafen legte.

Ich wurde verurteilt, obwohl die Überzeugung in mir lebte, unschuldig zu sein. Ich war sicher, dass in dieser Nacht noch jemand im Raum gewesen ist. Ich hatte in der Dunkelheit nichts gesehen, aber die Anwesenheit einer anderen Person so stark gespürt. Und als ich aufwachte, erinnerte ich mich an nichts von dem, was geschehen war, wie das Blut an mich gekommen ist. Ich hatte keine Erklärung, dennoch wusste ich es. Jede Zelle meines Wesens wusste es. Nach einer Weile wurde dieses Wissen jedoch zum Feind. Die klare Stimme der Gewissheit ist kein Trost mehr, mit den Jahren hat sie sich in ein bösartiges Wesen verwandelt, dem zuzuhören niemand auf Dauer aushält. Ich entschied mich aufzugeben, um der Dunkelheit zu entkommen, die drohte, meine Seele aufzuzehren. Ich entschied mich, die zu sein, die sie in mir sahen.

Ja, ich war es. Ich habe Simon umgebracht.

Nein, ich bin nicht unschuldig verurteilt worden. Ich bin eine Mörderin.

Meine Gedanken mahlen. Ich will abschalten, aber das ist leichter gesagt als getan. Nicht nur mein Aussehen hat sich nach Annes Attacke verändert, das geht tiefer. Ich sehe es noch nicht richtig, aber ich spüre es.

Nachdem Adriana im Nachbarbett eingeschlafen ist, erinnere ich mich daran, wie Mikaela und ich die Grippe hatten. Wir lagen in Mamas und Papas Bett und durften so viel Eis essen, wie wir wollten. Mir ging es bald besser, aber Mikaela glühte noch immer wie ein Kamin und wollte nichts anderes als schlafen. Wie sehr ich auch versucht habe, sie zu überreden aufzuwachen, aufzustehen und zu spielen, es ging nicht. Den Rücken mir zugewandt, lag sie zusammengekauert und klein mit den dunklen, zerzausten Haaren über dem Kissen da.

Ich vermisse sie, obwohl sie nichts von mir wissen will. Blut ist nicht dicker als Wasser, und Blutsverwandtschaft bedeutet nichts, wenn diejenigen, die uns nahestehen, alle Türen verschließen. Ich war ein kranker Teil im Leben meiner Familie, ein bösartiger Tumor, der weggeschnitten werden musste. Das ist weder richtig noch falsch, sondern einzig und allein eine Tatsache. Und was Papa und mich betrifft, wir haben einander schon vor langer Zeit verloren.

Erst nach Alex' Besuch begriff ich das Ausmaß meiner lebenslangen Strafe. Die, die ich liebte, hatten mich noch strenger verurteilt. Für sie war ich bereits tot.

7

Der Prozess begann an einem Montag Ende Februar im Stockholmer Amtsgericht. In Handschellen und mit Gefängniswärtern zu beiden Seiten wurde ich in den Saal geführt. Die schlaflosen Nächte und die Zeit in der Isolation hatten ihre Spuren hinterlassen. Ich war blass und fahl und trug die unförmige Kleidung des Strafvollzugs. Ich sah aus wie eine Mörderin.

Die Zuhörerplätze waren voll. Das Interesse seitens der Öffentlichkeit und der Medien war enorm, größer, als ich es bis dato mitbekommen hatte. Niemand hatte mich darauf vorbereitet, dass ich hinter einer schusssicheren Scheibe sitzen würde, dass sie mich anschauen würden, als sei ich ein seltenes Tier im Zoo.

Gegen meinen Willen zog es meinen Blick dorthin, zu den Journalisten und denen, die nur neugierig waren auf den Skandal um Kathys Tochter und ihren ermordeten prominenten Ehemann. Einstige Schulkameraden, die ich jahrelang nicht gesehen hatte, waren da, ehemalige Arbeitskollegen. Mikaela saß ganz hinten. In ihrer Eigenschaft als nahe Verwandte war sie nicht zur Zeugenaussage verpflichtet, hatte mein Anwalt mir erklärt. Und sie hatte sich entschieden, nicht auszusagen. Sie hatte sich dagegen entschieden, mich zu verteidigen. Das hatte zur Folge, dass sie während des kompletten Prozesses anwesend sein durfte.

Viele von Simons Freunden waren da. Seine Eltern saßen auf den Plätzen, die für die Kläger reserviert waren. Für eine kurze Sekunde schaute ich in die Augen seiner Mutter. Wir hatten uns sehr gemocht und oft in ihrer Küche gesessen, Kaffee getrunken und geplaudert, auch wenn Simon nicht dabei war. Sie hatte oft gefragt, wann wir ihr Enkelkinder schenken würden. Was ich jetzt in ihrer zerknirschten Miene las, sagte alles darüber, wer ich nunmehr für sie geworden war. Darüber, was ich für alle im Saal war.

Die Wachleute führten mich zu meinem Platz. Einer schloss die Handschellen auf, nahm sie mir ab und setzte sich direkt hinter mich. Um Ordnung und Sicherheit aufrechtzuerhalten.

Just in diesem Moment musste ich an Mama denken und daran, wie sie in dieser Situation aufgetreten wäre, wäre sie an meiner Stelle gewesen. Bei Interviews, Dreharbeiten und Auftritten war sie immer ein Star. Aber auch im Geschäft oder auf dem Spielplatz, als wir klein waren oder auf dem Weg zur Schule. Mama stand auf der Bühne, wo auch immer sie war, immer bereit, betrachtet zu werden. Sie bewegte sich wie ein Mitglied der Königsfamilie, sie winkte, sie lachte und nahm sich für jeden Zeit, der mit ihr sprechen wollte. Und dennoch war sie sie selbst. Da war keine Pose, nichts war aufgesetzt. Ganz Schwedens geliebte Kathy zu sein, war für sie ebenso natürlich wie zu atmen.

Wäre sie das gewesen, und nicht ich, hätte sie es selbstverständlich wie immer gemacht, sie hätte einen unglaublichen Auftritt hingelegt, wenn sie in den Gerichtssaal geschritten wäre. Sie hätte gestrahlt und einen ihrer beliebten Hits angestimmt und dem Richter ein Autogramm gegeben, bevor das Lied zu Ende war.

Inmitten der entsetzlichen Situation ließ der Gedanke an Mama mich lächeln, aber das Lächeln verblasste schnell.

*

Ich habe eine wund geriebene Stelle, dort, wo die Handschellen gesessen haben, und ich kann nicht aufhören, daran herumzuspielen. Es brennt, als ich einen Hautfetzen abreiße, aber ich mache weiter und reiße noch einen ab und dann noch einen. Mein Verteidiger, Lukas Francke, legt eine Hand auf meinen Arm und setzt eine beruhigende Miene auf, was bedeutet, dass alles gut werden wird.

Die Staatsanwältin erhält das Wort. Sie sitzt auf ihrem Platz und liest ab, als sie kurz die Hauptpunkte der Anklage zusammenfasst.

»Die Angeklagte, Linda Andersson, befand sich am Samstag, den 17. September, unter anderem mit ihrem Ehemann, Simon Huss, in ihrem Sommerhaus auf Färingsö«, beginnt sie. »Am Morgen des 18. September wurde die Polizei alarmiert. Vor Ort fand sie den verstorbenen Mann. Nachdem ihm mit einem sehr scharfen Messer ein brutaler Hieb zugefügt worden war, der die Halsschlagader durchtrennte, verstarb Simon Huss unmittelbar durch Verbluten. Die Polizei entdeckte am Körper des Toten zudem eine große Anzahl tiefer Schnittwunden, die ihm mit derselben Waffe zugefügt worden waren. Linda Andersson wurde vor Ort um 08:42 Uhr festgenommen und am 22. September verhaftet. In meiner Darlegung werde ich präsentieren, was die Untersuchungen ergeben haben.«

Ein Assistent der Klägeranwältin verlangt Schadensersatz für die Eltern des Opfers wegen Zufügen enormen psychischen und menschlichen Leids. Dann fordert der Richter mich auf, mich zu den Anschuldigungen zu äußern.

Mein Verteidiger entgegnet, dass ich das Verbrechen abstreite.

Später sitzt einer der Mordermittler, Tony Bodin, vornübergeneigt, mit den Ellenbogen auf den Knien da und beobachtet mich genau. Seine Augen sind noch immer auf mich gerichtet, als die Staatsanwältin zum nächsten Bild ihrer Präsentation klickt. »Tatortuntersuchung Gästehaus« steht dort, dennoch bin ich nicht bereit für die Aufnahme, die den Großbildschirm ausfüllt.

»Hier haben wir nun das Zimmer, in dem die Angeklagte am Sonntagmorgen, den 18. September, um circa 08:18 Uhr zusammen mit dem Verstorbenen gefunden wurde. Die Tatortuntersuchung erfolgte durch Kriminaltechniker. Eine vollständige Liste der gesicherten Funde findet sich auf Seite 196. Ich werde nicht alle durchgehen, lediglich die interessantesten.«

Sie nimmt einen Laserpointer und richtet ihn auf den Bildschirm.

»Der Verstorbene lag rücklings auf dem Boden, hier, wo ich hinzeige.«

Deshalb habe ich ihn nicht gesehen, als ich aufgewacht bin. Ich bin geradewegs vom Bett ins Badezimmer gegangen, und Simon lag auf der anderen Seite auf dem Boden. Dann kam die Polizei. Die Staatsanwältin lässt ihren Blick über mich hinwegschweifen und spricht anschließend eingehend über die beträchtliche Menge an Blut auf dem Boden und unter dem Körper. Die Bilder belegen, dass das, was sie sagt, nicht übertrieben ist. Dielen und Flickenteppich sind von dunklem Blut bedeckt. Dann zeigt sie meine Kleidungsstücke, fotografiert, als sie aus der Dusche geholt werden, als auch ausgebreitet auf dem Boden, durchnässt und blutig.

»Blut wurde nachgewiesen«, steht unter der Nahaufnahme. »Das Ergebnis spricht sehr stark dafür, dass es von Simon Huss (Grad +4) stammt, wenn man von der Möglichkeit absieht, dass es von einem nahen Verwandten stammt.«

Unter Simons Nägeln hat man Hautablagerungen gefunden. »Der Abgleich mit DNA von der Angeklagten, Linda Andersson, ist konklusiv«, lese ich.

Der Staatsanwältin zufolge wurde die Mordwaffe, ein scharfes Messer, neben dem Körper gefunden. Die Verletzungen am Körper des Toten sowie die Schäden an seiner Kleidung passen zu dem Messerblatt, erklärt sie und liest anschließend aus dem Gutachten vor, dass die Wunden, die ich selbst am linken Arm hatte, mit extrem hoher Wahrscheinlichkeit von demselben Messer verursacht wurden.

Die Blicke der Zuhörer sind Laserstrahlen, die sich direkt durch mich hindurchbrennen. Das Geräusch von Geflüster, das Scharren von Stühlen, das kalte Licht der Leuchtstoffröhren an der Decke. Das Kratzen eines Stifts auf einem Block wächst zu einem unerträglichen Rauschen an, ich drehe mich um und sehe ganz am Rand einen Zeichner sitzen. Gott sei Dank sind im Gerichtssaal keine Kameras erlaubt.

*

Das Lied hieß *Wenn die Sonne untergeht*, und ich hatte Erfolg damit, als ich als Vierjährige erstmals mit Mama zusammen auf der Bühne stand. Die Aufnahmen zeigen ein pausbäckiges, altkluges Mädchen, das den Text und die Bewegungen auswendig kann, das seine Hüften wie seine Mama wiegt, wenn auch einige Sekunden zu spät. Über den Applaus und den Jubel hinweg sind die Rufe eines bekannten Boulevardjournalisten zu hören: »*Die Sonne geht niemals unter, wenn das Sonnenscheinmädchen singt!*« – und mein Kosename war geboren. Seither hat er mich begleitet.

Mama liebte es, das Publikum liebte es und ich war stolz und dachte, es sei lustig. Aber schon vorher bin ich hinter den Kulissen dabei gewesen, und Mama pflegte sich einen Spaß daraus zu machen, dass wir direkt von der Entbindungsstation zur Sommertournee aufgebrochen seien.

Jedes Jahr war ich einen Teil der Sommerferien unterwegs mit ihr. Keine Erinnerung ist so schön wie die an die Zeit vor und nach der Tournee in unserem Sommerhaus auf Färingsö, wo Kathy nur meine und Mikaelas Mama war. Nachdem sie sich ausgeruht hatte, schaukelte sie uns und las uns Bücher vor, backte Hefeteilchen und säuberte den Fisch, den wir zusammen mit Papa im See gefangen hatten. Die Abende im Garten, wenn Mama zwischen den Bäumen die Laternen entzündete, wenn wir spannende Spukgeschichten erfanden,

Scharade spielten oder Mamas Erzählungen aus ihrer Kindheit lauschten, als auch sie ein Prominentensprössling war. Großvater war der berühmte Schauspieler Erik Andersson, und Mama konnte viel Spannendes aus ihren Stunden hinter der Bühne des Königlich Dramatischen Theaters erzählen. Mitunter erfanden Mikaela und ich eigene Gesangsnummern, die wir vor Mama und Papa aufführten, die beide enorm begeistert waren, und Mama hat gejubelt, als stünden wir auf einer richtigen Bühne.

Dann sind Mama und ich in einem großen, luxuriösen Tourbus quer durch Schweden gefahren. An regnerischen Tagen lag ich gern im oberen Bett und schaute zu, wie die Tropfen direkt über mir auf das Dachfenster fielen. In reißenden Strömen liefen sie an der Scheibe entlang. Ich folgte ihrem Weg mit dem Blick, bis sie aus meinem Sichtfeld verschwanden, ab und an versuchte ich, sie mit dem Zeigefinger festzuhalten. Im Hintergrund waren Stimmen und Gelächter zu hören. Während wir die Straßen entlangfuhren, wurde ich dort oben in den Schlaf gewiegt.

Ich hatte Spielsachen und Bücher dabei. Meine Kleider lagen in einer Kiste unter dem Etagenbett. Mamas Bühnenoutfits nahmen fast den kompletten Bus ein: Kostüme und bunte Kleider, Federboas und Hüte sowie Unmengen an Schuhen. Jede neue Stadt ähnelte der vorhergehenden. Wenn Mamas Assistent eine freie

Stunde übrig hatte, entschied ich mich in den Kiosken im Zentrum immer für das gleiche Eis. Iglu, zwei Fruchtsafteis übereinander, und es fühlte sich so an, als bekäme ich doppelt so viel. Trotzdem war es immer zu schnell alle, doch wenn ich Glück hatte, bekam ich noch eins.

Mitunter war Mama nach den Vorstellungen ein bisschen müde. Die Absätze waren hoch, die Tage lang, und wie üblich hatte sie alles gegeben. Sie vergaß oft, ausreichend Flüssigkeit zu sich zu nehmen, was bei ihr zu Kopfschmerzen führte. Ich bot ihr an, sie zu massieren und fragte, ob sie sich dadurch besser fühlen würde. Sie schloss die Augen und sagte, ich solle richtig zupacken. Ich knetete ihre Schultern, ihren Nacken und ihren Hinterkopf, bis sie fast einschlief. Mir gefiel es, ein wenig zurückgeben zu können von all der Liebe, die sie mir zuteilwerden ließ.

An freien Tagen spielten wir Schönheitssalon, wir verwöhnten unsere Haare mit einer Kur, hüllten sie in einen Turban und lagen anschließend auf dem Hotelbett, aßen Pralinen und taten so, als seien wir Herzoginnen auf unserem privaten Gut.

Diese Stunden gehörten mir, Kathy war nur meine Mama, genau wie im Sommerhaus. Dann wurde sie wieder aller Kathy. Sie sang in Theatern und Konzerthäusern, auf glamourösen Festen und absolvierte unzählige Fernsehauftritte. Ihre Alben erreichten Gold-

und Platinstatus und durften zu Hause an Mamas Prahlwand hängen, wie sie sie genannt hat. Sie stand auf den Freilichtbühnen der Parks, auf jeder einzelnen in ganz Schweden. Ich ging raus, um unser gemeinsames Lied zu singen, ansonsten wartete ich hinter der Bühne mit meinem Rucksack, in dem ich meine Spielsachen hatte, spielte für mich alleine und wartete. Als ich älter wurde, wirkte ich bei mehreren Liedern mit.

Während dieser Phasen war Mikaela zu Hause bei Papa. Anfangs war sie zu klein, um mitzukommen, und später zeigte sich, dass sie die Aufmerksamkeit nicht mochte. Und sicher war es mitunter intensiv. Das Publikum klatschte und sang die Lieder mit, anschließend kamen sie zur Bühne, sagten Hallo, baten um Autogramme und wollten Kathy und ihre Tochter kurz anfassen. Ich lächelte in die Kameras und hielt das Ganze für ein einziges großes Abenteuer. Ich wurde gefilmt und war bei Dokumentationen dabei, wodurch alle alles über mich wussten, seit ich klein war.

Daher kam es einem Bombenabwurf gleich, als sich die Nachricht verbreitete, ich sei wegen Mordes festgenommen worden. In den Zeitungen, im Fernsehen und im Internet, in den Nachrichten und auf den Klatschseiten, überall war mein Konterfei zu sehen. Ich bat Lukas Francke, die Zeitungsartikel aufzuheben, bis die Restriktionen aufgehoben wurden, ich wollte wissen, was über mich geschrieben wurde.

Es war seltsam zu lesen, wie die Journalisten versuchten, Antworten darauf zu geben, wer Linda Andersson *wirklich* war. Wie und warum sich die Tochter der beim Volk so beliebten Kathy in eine verrückte Mörderin verwandelt hatte. *Über das Sonnenscheinmädchen ist die Dunkelheit hereingebrochen* schrieb ein Journalist äußerst originell. Aber bei mir hatte sich nichts verändert. Tief im Inneren war Linda Andersson die, die sie immer gewesen ist.

Neben eingehenden Beschreibungen des Mordes wurde über meine Kindheit mit Kathy geschrieben, über meinen problemfreien Schulbesuch und mein reiches soziales Leben. Mamas Manager, Henri Petrini, meinte, er sei ebenso schockiert wie alle anderen. Die Eltern einer meiner Klavierschülerinnen machten sich Vorwürfe, ihre Tochter in die Hände einer Frau gegeben zu haben, die sich als eine gefährliche Mörderin erwiesen hatte. Kameraden aus der Kindheit und ehemalige Freunde wurden interviewt, und natürlich gelang es ihnen, jemanden aufzutreiben, der behauptete, dass ich schon immer unberechenbar und launisch gewesen sei.

Simons und mein Verhältnis wurde bis ins Detail seziert, alles, von seiner Prominenz bis hin zu unseren Finanzen und nicht zuletzt unserem Sexleben. Ich war die Promitochter, die ein zurückgezogenes Leben als Musiklehrerin geführt hatte, bis ich Simon Huss heiratete, der als Künstler große Erfolge feierte. Wir waren das glückliche, erfolgreiche Paar.

Eine Zeitung bekam ein Bild von uns auf einem Kostümfest bei Simons Label in die Finger. Er war grün angemalt und trug ein zerrissenes Hemd und zerfetzte Jeansshorts, ich eine alberne Perücke, einen großen Hut und ein kurzes Kleid, ich war übertrieben geschminkt, schwarz um die Augen und mit aus den Mundwinkeln fließendem Blut. Ich lachte mein Furcht einflößendstes Lachen, als ich, ein Plastikmesser auf seinen Hals gerichtet, neben ihm posierte. In Großbuchstaben verkündete die Überschrift: DIE MESSERMÖRDERIN UND IHR OPFER.

Es gab auch ein Schulfoto aus der dritten Klasse, das ich verabscheue, mit gewellten Haaren und der Schiene, die meine schiefen Zähne korrigieren sollte. Kuschelbilder mit Mama, Fotos von den Sommertourneen und von Partys mit Simon. Sogar das Foto, das nach meiner Festnahme auf dem Polizeirevier gemacht wurde, war vertreten. Ich nehme an, es sollte meine Reise von einem sozial angepassten, privilegierten Mädchen zu einer kranken Frau mit irrem Blick hin illustrieren.

Worüber jedoch am meisten geschrieben wurde, war Simons Affäre. Kurz nachdem ich selbst es herausgefunden hatte, begannen die Medien zu spekulieren, aber erst nach meiner Festnahme wurde es bestätigt. Die schmierigen Reportagen waren widerlich. Ich wünschte, ich hätte sie überblättert, aber ich konnte es nicht lassen, alles zu lesen. Gleichzeitig wollte ich aus vollem Halse schreien.

Das bin nicht ich, von der ihr sprecht. Das hier sind nicht wir. Ihr versteht nichts.

Ich wollte es dem Richter entgegenschreien, der mich verurteilte und allen, die sich am tiefen Fall des Sonnenscheinmädchens ergötzten. Und ich war so unendlich traurig, dass unser gemeinsames Leben auf eine Geschichte über Sex, Untreue und Hass reduziert wurde. Auf einen schrecklichen, plötzlichen Tod als schmuddelige Unterhaltung für die Öffentlichkeit.

Nach dem Urteil äußerten sich Simons Angehörige. Sie waren erleichtert, dass die Mörderin, ich, ihre Strafe bekam, betrachteten sie jedoch als zu milde. Obwohl wir in Schweden keine Todesstrafe haben, wäre diese gerechter gewesen, nachdem ich ihren geliebten Simon seiner kompletten Zukunft beraubt hatte.

Ein Leben für ein Leben, lautete die Überschrift, als Simons Mama, Anita Huss, ein Exklusivinterview gab. Dass meine Mama es geschafft hatte, an ihrer schweren Krankheit zu sterben, bevor all das geschah, war trotz allem eine Erleichterung. Ich vermisste sie, dass es mir das Herz zerriss, war jedoch dankbar, dass sie das hier nicht erleben musste.

8

Vor zwei Nächten hat Adriana einen heftigeren Anfall als je zuvor erlitten und ist ins Krankenhaus gebracht worden. Ich war mir nicht sicher, ob sie wieder zurückkommen würde, aber das ist sie.

»Gehirntumor«, sagt sie, obwohl ich nicht gefragt habe. »Die Ärzte reden von Prognosen, einer Behandlung mit Medikamenten und vielleicht von Bestrahlung, aber wir werden sehen. Ich schaffe es wohl nicht, freigelassen zu werden, bevor es für mich zu Ende geht.«

»Sag das nicht«, protestiere ich. »Können sie ihn nicht entfernen?«

Adriana holt mit den Händen aus. »Was sie wegoperieren konnten, haben sie vor langer Zeit getan. Der Tumor ist gutartig und schon eine Weile da, aber jetzt wächst er. Deshalb die Kopfschmerzen und die Anfälle. Dort drinnen ist nicht unendlich viel Platz, wie gutartig er auch sein mag. Kortison soll das Elend abschwellen lassen, wenn ich Glück habe, komme ich um die enormen Schmerzen herum.«

Sie stellt sich in die Mitte des Zimmers und vollführt mit den Armen Kehrbewegungen, gleichzeitig dreht sie den Oberkörper zur Seite und geht in die Knie. Ich habe sie in der Trainingshalle und auf dem Freiganghof gesehen, wie sie Trainingseinheiten absolviert hat, bei denen mitzuhalten jede Zwanzigjährige Probleme bekommen hätte. Liegestütze, Klimmzüge und Kniebeugen in rasantem Tempo, von den hohen Tritten und den mit dem Holzstab ausgeführten Ausfallschritten gar nicht erst zu sprechen. Jetzt macht sie einen gebrechlicheren Eindruck und es geht bedeutend langsamer.

Sie muss gemerkt haben, dass ich sie beobachte, obwohl sie mir den Rücken zugewandt hat. »Ich schaffe nicht so viel wie sonst, wenn mir der Schädel platzt«, sagt sie. »Das ist extrem nervig.«

»Solltest du überhaupt trainieren? Solltest du dich nicht besser ausruhen?«

»Du weißt, was man sagt: Was dich nicht umbringt, macht dich stärker.« Sie dreht sich um und lacht. »Soll ich es dir beibringen?«

Da die Frage in so vielerlei Hinsicht absurd ist, lache ich lauthals los. »Ich habe mein ganzes Leben lang nie richtig trainiert«, sage ich. »Mama hat immer gesagt, ich habe meine Koordinationsfähigkeit von Papa geerbt, sie ist im großen Ganzen nicht vorhanden.«

»Aber du hast mit Kathy doch Tanznummern aufgeführt. Gänzlich ungeschickt kannst du wohl nicht sein?«

Ich tue es mit einer Handbewegung ab und frage, ob Adriana schon lange trainiert.

»Jakob hat es mir beigebracht«, sagt sie. »Wir haben viele Jahre zusammen trainiert.«

»Das sieht schwer aus.«

»Es ist ganz einfach, wenn du einen Schritt nach dem anderen machst«, erklärt Adriana. »Und du musst in Form kommen. Dein Körper kommt nicht wieder zu Kräften, wenn du tagelang nur im Bett liegst.«

»Ich bin immer am Zaun entlang spazieren gegangen«, sage ich.

»Und wie lange ist das her? Ich habe dich das seit Ewigkeiten nicht mehr tun sehen. Du sitzt meist alleine rum und bist deprimiert.«

»Ich fühle mich wohl alleine. Und ich bin nicht deprimiert.«

Adriana kommt auf mich zu und streckt mir eine Hand entgegen. »Stell dich hin«, sagt sie.

Ich beäuge sie argwöhnisch, ihre ungeduldige Miene zeigt mir jedoch, dass sie es ernst meint.

»Adriana, ich kann nicht«, sage ich. »Ich *darf* nicht trainieren, selbst wenn ich es wollte. Noch nicht. Ich hätte fast den Löffel abgegeben.«

Sie steht noch immer mit ausgestreckter Hand da.

»Und ich will nicht«, sage ich. »Ich habe keine Lust.«

»Sei nicht so verflucht weinerlich«, provoziert sie mich. »Wie lange gedenkst du dich noch selbst zu bemitleiden? Bis sie dich rauslassen?«

Ihre Worte treffen dort, wo sie sollen, und ich würde sie am liebsten bitten, die Klappe zu halten. Ich habe mir das Recht auf Selbstmitleid verdient. Ich habe einen hohen Preis dafür bezahlt, das Recht auf so viel Selbstmitleid wie nur möglich zu haben. Und ich will nicht zurückkehren. Zurück zu was? Einem Dasein als lebenslang verurteilte Mörderin mit einem entstellten Körper und einem widerwärtigen Gesicht, das anzuschauen niemand aushält, außer mit Entsetzen vermischter Faszination. Ich gedenke hier zu liegen, solange ich nur kann.

Adriana setzt sich auf ihr Bett. Sie hat die Idee aufgegeben, mich dazu zu bewegen, mit dem Trainieren anzufangen. Aber nur vorübergehend, das sehe ich ihr an.

»Du wirkst niedergeschlagen«, sagt sie.

»Wie du sehr gut weißt, funktioniert das Leben im Gefängnis am besten, wenn man abschaltet«, sage ich. »Ich denke momentan zu viel nach. Und solltest du vorschlagen, dass ich mit dem Sozialarbeiter spreche, dann wird das nicht passieren.«

Adriana betrachtet mich schweigend. Wie sie es macht, weiß ich nicht, aber sie bringt mich dazu weiterzureden, obwohl sie nicht weiter fragt. Ich sage, dass ich es satthabe, dass andere in meinem Leben herumfuhrwerken.

Außerdem hatte ich auf Anraten von Mamas Arzt versucht, die Hilfe eines Psychologen in Anspruch zu nehmen, nachdem wir die Nachricht von ihrer Krankheit erhalten hatten, und das war nicht besonders gut gelaufen. Er hatte gefragt, wie es war, mit einer so bekannten Mutter aufzuwachsen, und ahnungslos berichtete ich von meiner Kindheit, den Tourneen und dem Leben im Rampenlicht. Von meinen eigenen Auftritten auf der Bühne und von den Kameras, die uns begleiteten.

Der Psychologe bekam ein vollkommen falsches Bild von Mama und unserer Beziehung, und statt sich darauf zu konzentrieren, wie ich damit umgehen sollte, dass sie ernsthaft krank war, war er der Meinung, dass meine Kindheit mich nachteilig beeinflusst habe. Dass sie der eigentliche Grund sei, warum es mir nicht gut ging. Ich erklärte ihm, dass ich Mama über alles liebte und dass ich das Leben liebte, das wir geführt haben, aber es spielte keine Rolle, was ich sagte. Er hatte sich bereits festgelegt. Neid und Probleme selbst dort zu suchen, wo es sie nicht gibt, gehören für mich zu den schlimmsten Eigenschaften eines Menschen.

»Wie hat es sich eigentlich angefühlt, die ganze Zeit so unter Beobachtung zu stehen?«, fragt Adriana. »Das klingt anstrengend.«

»Mama hat ein Abenteuer daraus gemacht«, sage ich. »Sie war meine Sicherheit, sie bedeutete alles für mich.

Ich habe alles in meiner Macht Stehende getan, damit sie am Leben bleibt.«

»Das verstehe ich«, sagt Adriana leise. »Abschied ist das Schwerste, was es gibt.«

Aber keiner versteht das ganze Ausmaß. Als Mama erkrankt ist, hat mich der Gedanke, alleine zu sein, in Todesangst versetzt. Es gab niemanden, der mich so verstand, wie sie es tat.

»Aber du hast eine Schwester, oder nicht? Und dein Vater, kommt der in dem Ganzen nicht vor?«, erkundigt sich Adriana.

»Das ist eine lange Geschichte«, entgegne ich.

»Ich höre gern zu.«

Paul Juhlin war der Elektriker, der Mamas Show davor bewahrte, abgesagt zu werden. Er löste das Problem, brachte Ton und Licht in Gang, und als Dank bekam er eine berühmte Frau und zwei Töchter.

Ich erzähle, dass ich oft gedacht habe, es sei ein Mysterium, dass Mama und Papa sich ineinander verliebt haben. Während Mama ein bunter Pfau war, war Papa ein Sperling, fünfzehn Jahre älter, ohne jegliches Interesse für das, was Mama am meisten liebte. Im Zentrum zu stehen und sich zu präsentieren. Sie waren komplett verschieden, und ich verstehe nicht, dass sie so lange zusammengeblieben sind, wie sie es sind.

Als ich vier war, wurde ich zur großen Schwester, und ich habe Mikaela von der ersten Sekunde an geliebt. Sie war klein und hatte genauso dicke, dunkle Haare wie Papa, während ich blond war wie Mama, und ich tat so, als sei sie meine Puppe. Die Verbindung zwischen uns war stark, als wir klein waren, waren wir unzertrennlich. Doch als sich unsere Eltern scheiden ließen, drifteten auch Mikaela und ich immer mehr auseinander.

Ich war inzwischen acht, und sie sollte vier werden. Papa saß mit zusammengesunkenen Schultern am Küchentisch und berichtete, dass Mama und er jeweils in eine neue Wohnung ziehen würden. Die Wanduhr tickte laut, und nie zuvor hatte ich ihn so alt und erschöpft gesehen. Er sagte, es täte ihm leid, er habe nie gewollt, dass es sich so entwickelt. Aber eigentlich war es keine große Überraschung, wenn man bedachte, wie sie in der letzten Zeit gestritten hatten.

Mikaela sollte bei ihm wohnen, sagte er, und ich dürfte mich entscheiden, was ich wollte. Er sehe es selbstverständlich sehr gern, wenn auch ich zu ihm ziehen würde. Mama sei aufgrund ihrer Arbeit ja gezwungen viel zu reisen und war viel unterwegs.

Aber wenn ich das tun würde, hätte sie überhaupt niemanden mehr, dachte ich. Und da ich mit ihr zusammen auftrat, war es nur natürlich, dass ich auch bei ihr wohnte. Als ich das sagte, sah ich, dass es Papa traurig stimmte. Es fiel ihm schwer, das zu akzeptieren, vielleicht fühlte er sich abgewählt. Das glaube ich.

Das Haus in Danderyd wurde verkauft, und während

Papa in ein Reihenhaus in Sollentuna zog, kaufte Mama eine Wohnung in der Stadt, bevor sie auf ein Gut auf Gotland zog, dann in ein Haus in Stocksund, bevor sie das Leben in London ausprobierte, um nach einigen Monaten wieder nach Stockholm zurückzukehren. Ich zog mit ihr mit, und es gab ständig Schulwechsel, neue Klassenkameraden und neue Freunde.

Mikaela und ich, wir sahen uns in den Ferien sowie an einigen Wochenenden. Jeden Winter fuhr ich mit ihr und Papa in eine Hütte im Gebirge, und sie begleitete Mama und mich im Sommer nach Färingsö. Wenn sie und ich draußen spielten, fühlte es sich so an wie früher. Spielen in der Schneehöhle, bis die Hände steif gefroren waren, ruhige Sommertage, an denen wir auf einer Decke auf der Wiese lagen, Seite an Seite, und auf die hellblaue Kuppel über uns starrten. Mikaelas dunkle Haare neben meinen hellen, ihre braune Haut neben meiner blassen.

Ich fragte sie, ob sie die Wolke sehen könne, die wie ein Nilpferd aussah und zeigte auf einen lockeren weißen Berg ganz oben rechts. Sie fragte wo, und ich drehte ihren Kopf in die richtige Richtung. Aber Mikaela fand keineswegs, dass es ein Nilpferd war. Es war ein Elefant mit Bauchschmerzen.

Wir konnten unendlich lange so weitermachen, und sie brachte mich immer zum Lachen. Anschließend fuhr sie nach Hause zu Papa.

Wenn ich bei ihnen war, fühlte ich mich mehr wie ein Gast anstatt ein Familienmitglied. Es war ihr Zuhause, ihre Routine, ihr Leben. Nicht meins. Vielleicht lag es daran, dass es Papa und mir schwerfiel, einander zu verstehen, während es zwischen ihm und Mikaela keinerlei Probleme gab. Sie neigte mitunter zu Ausbrüchen und konnte extrem zornig werden, aber er machte keine große Sache daraus. Ich war ruhig und ordentlich, wurde aber ständig dafür kritisiert. Er sagte, ich sei viel zu nachgiebig und zeige keinen eigenen Willen. Der Versuch herauszufinden, wie ich sein sollte, um ihn zufriedenzustellen, war anstrengend. Wie ich es auch machte, es schien nicht zu genügen, und wir stritten immer öfter. Ich war immer enttäuscht, wenn ich dort war, und es war schön, wieder nach Hause zu Mama zu kommen. Ich fuhr immer seltener zu ihm.

Mikaela wiederum wurde für Mama immer schwieriger, je älter sie wurde, und einen Moment lang schien es, als würde sie sich auch an mir nur noch stören. Sie war es leid, dass wir die ganze Zeit singen und tanzen sollten, leid, für die Kameras zu lächeln. Sie beschuldigte Kathy, sich auf einem Egotrip zu befinden und nur an ihre Karriere zu denken, warf ihr vor, dass sie nie nur eine normale Mama sein konnte. Nicht einmal als sie krank wurde und uns am meisten gebraucht hat, war meine Schwester da.

»Mikaela und ich führten unterschiedliche Leben und

entzweiten uns immer mehr«, fahre ich fort. »Wir waren Schwestern, aber dennoch fühlte es sich nicht so an. Und weder Papa noch Mama haben gefragt, welchen Einfluss die Scheidung auf uns gehabt hat. Vielleicht hielten sie es nicht für notwendig.«

»Hast du aktuell keinen Kontakt zu deinem Vater?«

»Er ist dement und in ein Pflegeheim gezogen«, sage ich. »Die letzten Male, als ich ihn besucht habe, wusste er nicht einmal, wer ich bin. Es war grauenhaft.«

»Und wie ist es mit dir und Mikaela gelaufen?«

»Es gab einige Jahre, in denen wir uns nicht so oft gesehen haben, doch als wir älter wurden, ist es besser geworden. Solange das Gespräch nicht auf unsere Eltern kam, hatten wir keine Probleme.«

»Das klingt, als würdest du sie vermissen.«

»Es gab einmal eine Zeit, da waren es sie und ich gegen den Rest der Welt«, sage ich. »Es war Tess, eine meiner engsten Freundinnen, die mich an jenem Morgen gefunden hat. Aber es war Mikaela, die die Polizei gerufen hat.«

Für sie herrschte nie ein Zweifel daran, wer Simon umgebracht hat. Sie nahm direkt an, dass ich es gewesen sein musste, und deshalb weigerte sie sich, als Zeugin auszusagen.

*

Das Entsetzen verbreitet sich über die Lautsprecher und legt sich wie eine schwere Decke über den Gerichtssaal.

Ich kann mich nicht wehren, es gibt keinen Ausweg, und der Gefühlssturm steht in scharfem Kontrast zu der trockenen, monotonen Schilderung der Mordnacht durch die Staatsanwältin. Die Hysterie in Mikaelas Stimme, das Schreien und Weinen versetzt uns ins Sommerhaus. Wir sind dort mit meiner Schwester, zu dem Zeitpunkt, als Tess sie mit ins Gästehaus zieht.

Mikaela: »Sie müssen sofort kommen, es geht um meine Schwester. Herrgott. Herrgott.« Schluchzen.

Notrufzentrale: »Was ist mit Ihrer Schwester?«

Mikaela: »Sie ist tot. Er auch.«

Notrufzentrale: »Wer? Wer ist tot?«

Mikaela: »Meine große Schwester, Linda Andersson. Und ihr Mann, Simon Huss. Jemand hat sie ermordet.«

Anschließend hören wir Mikaela berichten, dass am Morgen niemand gewusst hatte, wo ich war, ich lag nicht in meinem Bett und niemand hatte mich gesehen. Tess hatte sich auf die Suche nach mir begeben und war dabei ins Gästehaus gegangen, und dort hatte sie Simon auf dem Boden und mich im Bett liegen sehen. Mikaela hatte selbst hineingeschaut und war sicher, dass wir tot waren.

Der Mann von der Notrufzentrale fragt, ob Mikaela hineingehen und kontrollieren könne, ob Simon oder ich Puls haben. Die Panik ist offensichtlich, als sie sich weigert.

»Da ist so viel Blut«, weint sie. »Überall, auf dem Boden und an den Wänden. Sie sind darin ertränkt.«

Die Frau ist nicht in der Lage, ihr Schluchzen zu unterdrücken, das in kurze Schreie übergeht, als Alex und Tess ihr mitteilen, dass ich aufgewacht sei und das Bett verlassen habe. Zuerst jubelt sie, dass ich lebe, dann aber schweigt sie. Sie berichtet, dass ich meine blutigen Arme und Hände betrachte, dass ich ins Badezimmer gehe, so als sei nichts geschehen.

»Linda«, bringt Mikaela heraus. »Wenn nun ...«

Im Hintergrund ist Tess zu hören. Mikaela sagt, sie müssten sich zurückziehen. Sie müssten sich verstecken. In dem Versuch alles auszusperren, schließe ich die Augen, aber das macht es nur schlimmer. Das Geräusch verstärkt sich, es gibt nur noch Mikaelas Stimme und ihre Worte, die in meinem Kopf widerhallen. Die dahinterliegende Bedeutung, dass sie Angst vor mir hat, erweckt eine Furcht, die größer ist als alles, was ich bisher kannte. Wie kann sie glauben, dass ich meiner kleinen Schwester jemals wehtun könnte?

Das Gespräch zieht sich schmerzlich lange hin. In der anschließend entstehenden Stille bin ich vollkommen leer.

*

Adriana setzt sich neben mich und streichelt meinen Arm.

»Und seither hast du nicht mehr mit ihr gesprochen?«

»Nicht seit dem Abend davor, nein«, sage ich und

unterdrücke die Tränen, die sich vordrängen wollen. »Wenn sie mich wenigstens einmal besucht hätte.«

»Glaubst du, das hätte irgendetwas verändert?«

»Wahrscheinlich nicht.«

»Hier.«

Ich nehme das Taschentuch und merke, dass meine Wangen nass sind. Adriana wartet eine Weile, bis sie vorschlägt, dass ich mich bei Mikaela melde. Sie sagt, es sei es wert, den Stolz hinunterzuschlucken und diejenige zu sein, die als erste die Hand ausstreckt.

»Wann hast du zuletzt deinen Stolz hinuntergeschluckt?«, frage ich. »Das Bild, das ich von der Königin von Biskopsberg habe, besagt nicht gerade, dass du jemandem die Hand ausstreckst, der dich verabscheut.«

Adriana lacht herzlich und heiser, und wir sprechen nicht mehr über Mikaela. Aber am nächsten Tag hängt sie wieder an mir. Was habe ich zu verlieren, wenn ich ihr einen Brief schreibe?

Letztendlich gebe ich nach und rede mir ein, es sei wegen Adriana, damit sie Ruhe gibt. Aber das Warten auf Antwort ist unerträglich. Vielleicht habe ich mit einer Absage mehr zu verlieren, als einer von uns klar ist.

9

Unter der Woche wird die Post nachmittags ausgeteilt, manchmal nach Arbeitsende oder vor dem Abendessen. Alles, was von den Routinen abweicht, stört die Ordnung, besonders, wenn es unsere nahezu nicht vorhandene Handlungsfreiheit einschränkt. Verkürzte Aufenthalte im Freien, zurückgenommene Nachmittagsaktivitäten oder die Öffnung des Speisesaals einige Minuten später als normal verursachen leicht Konflikte zwischen den Insassinnen oder zwischen uns und dem Personal.

Am feindseligsten wird die Stimmung jedoch, wenn die Gefängniswärter es nicht schaffen, die Post auszuteilen oder es schlicht und einfach vergessen. Dann mit Ausreden wie Personalmangel abgespeist zu werden, heizt die Frustration nur noch mehr an. Einige Wochen, bevor ich überfallen wurde, hat Iris geschrien und Tina ins Gesicht gespuckt. Dafür hat sie zwei Tage

Isolation bekommen. Ich weiß nicht, ob sie der Ansicht war, dass es das wert war.

Ebenso erzielen unerwartete positive Ereignisse den gegenteiligen Effekt. In meinem ersten Jahr hat Daria einmal vor Freude geweint, als sie ein Paar neue Schuhe bekam, ohne dass sie dafür hatte quengeln müssen. Im Speisesaal kann ein einfacher Nachtisch an einem ganz gewöhnlichen Dienstag alle in lächerlich gute Laune versetzen. Anfangs fand ich das merkwürdig, aber es hat nicht lange gedauert, bis es mir genauso ging. Aus erklärlichen Gründen ist die Post noch wichtiger. Nur einer geringen Anzahl der Insassinnen gelingt es, ein Mobiltelefon einzuschleusen und der weitaus größeren Herausforderung zu trotzen, es trotz der Visitationen zu behalten. Briefe von draußen sind unsere einzige Verbindung zur Außenwelt.

Ich selbst hatte bisher keine Post, auf die ich mich freuen konnte. Vor allem bekam ich Hassbriefe und lange Schilderungen sexueller Fantasien von anonymen Fremden. Noch immer kommt es vor, dass kranke Menschen von sich hören lassen und ihre Bewunderung für das ausdrücken, was ich ihrer Meinung nach getan habe. Ansonsten sind es nur langweilige Schreiben von meinem Anwalt, der meine Finanzen und meine Wohnung am Karlaplan verwaltet, die ich auf Mamas Wunsch nach ihrem Tod geerbt habe. Mikaela hatte sich dem nicht widersetzt, vielleicht, weil sie die

Hälfte des Sommerhauses auf Färingsö bekommen hat und weil ich zum Schluss mehr oder weniger bei Mama gewohnt habe. Ich hatte mich beurlauben lassen, um mich die letzten Monate ihres Lebens um sie zu kümmern, während Simon in unserer Wohnung geblieben ist. Er war nicht erfreut darüber und sagte, auch er würde mich brauchen, was mich entrüstet hat. Wie konnte er solche Ansprüche an mich stellen, wo Mama so krank war? Es war anstrengend, zwischen ihnen hin- und hergerissen zu werden.

Aber ALS ist eine schonungslose Krankheit, und ich wusste, dass nichts die unerbittliche Reise gen Ende aufhalten konnte. Es war widerwärtig daran zu denken, wie jede Funktion in Mamas Körper allmählich aussetzen würde, eine nach der anderen, bis sie nicht mehr atmen konnte. Sie brauchte mich mehr als Simon.

Es fing damit an, dass sie über Schwäche in der linken Hand klagte. Sie ließ Sachen fallen und hatte Probleme, das Gleichgewicht zu halten. Der Arzt sagte, es seien bereits sechzig bis achtzig Prozent der Nervenzellen abgestorben. Im Takt mit der Schwächung des Körpers versank sie in eine tiefe Depression. Meine Mama, die so charismatisch und stark war und immer die Kontrolle hatte.

Bald bekam sie einen elektrischen Rollstuhl, und mit der Zeit war sie gezwungen, eine Kopfstütze zu verwenden, da die Nackenmuskeln zu schwach geworden waren, um den Kopf aufrecht zu halten. Zum Schluss beeinträchtigte die Krankheit auch die Stimmbänder. Kathys schöne Stimme verwandelte sich in ein heiseres Krächzen, das mitunter schwer zu deuten war, selbst für mich.

Lange davor hatte Mama sich bereits komplett aus der Öffentlichkeit zurückgezogen. Sie verbarrikadierte sich in der großen Wohnung, sagte geplante Konzerte ab und weigerte sich, Interviews zu geben. Sie wolle nicht gedemütigt werden, sagte sie. Sie wollte als die in Erinnerung bleiben, die sie einst gewesen war. Als Kathy.

Wie üblich wurde in den Medien über die Ursache für ihre Abwesenheit spekuliert. Hatte sie Krebs, eine senile Demenz oder eine psychische Erkrankung? Ich war diejenige, die die Journalisten anriefen, ich, die alleine ihre Freunde und Kollegen beruhigte. Im Takt mit der Verbreitung der Gerüchte ließen sogar alte Bekannte und Musiker, mit denen sie vor zig Jahren aufgetreten war, von sich hören. Das Einzige, was sie erfuhren, war, dass Kathy erkältet war und Probleme mit den Stimmbändern hatte. Sie würde bald wieder zurück sein.

Der Geruch von Krankheit, von einem Körper, der im Verfall begriffen war. Der Geruch von Angst und Ohnmacht, das erstickende Gefühl von verrinnender Zeit. Meine eigene Mama flehte mich um Hilfe an, sterben zu dürfen. Ob ich ihr nicht eine Überdosis Schlaftabletten geben könne, damit sie einschlafen konnte. Ob ich ein Kissen auf ihr Gesicht drücken und sie ersticken könne, damit sie nicht mehr leiden musste. Das war fürchterlich. Ich sagte ihr, dass ich so etwas niemals tun könnte, dass sie nicht so reden dürfe, und wir weinten beide. Dass sich die überschäumende Kathy in jemanden verwandelt hatte, der nur noch sterben wollte, durfte unter keinen Umständen bekannt werden. Niemand erfuhr davon, nicht einmal Mikaela.

Um Mama auf andere Gedanken zu bringen, rollte ich sie oft in den Salon und spielte für sie auf dem Flügel. Wenn ich die klassischen Stücke spielte, die ich am meisten mochte, schloss sie die Augen, und mitunter half es ihr dabei, eine Weile zu schlafen. Was Mama aber wirklich aufleben ließ, wenn auch nur vorübergehend, war das Anschauen ihrer geliebten Aufnahmen. Der Auftritte, die im Fernsehen gesendet worden waren, ganze Konzerte, Interviews und Dokumentationen über ihr Leben, der Ausschnitte aus meiner und Mikaelas Kindheit. Am häufigsten entschied sie sich für die Höhepunkte ihrer Karriere, wieder und wieder sahen wir uns gemeinsam ihren Sieg beim Eurovision Song Contest an.

Mitunter scherzte ich darüber, dass ihre allergrößte Bewunderin wahrscheinlich ich sei, ihre eigene Tochter.

Ich sang für sie *Die Sonne und der Mond*, das davon handelte, wie dankbar der Mond der Sonne war, dass sie ihm ihr Licht schenkte, damit sie beide leuchten konnten. Für mich jedoch war Mama der am hellsten leuchtende Stern unserer kleinen Galaxie. Und dann war sie nicht mehr da.

Nach ihrer Beerdigung überlegte ich, was ich tun sollte, ob ich die Wohnung behalten oder verkaufen sollte. Für mich war sie viel zu groß, aber es war schwer, denn irgendwie existierte sie dort noch. Ich begann aufzuräumen, deponierte die Aufnahmen, die ich aufheben wollte, in einer Aufbewahrungsbox, sortierte Briefe von Fans und Tausende von Zeitungsausschnitten. Es war überwältigend. Die Plattencover, Bühnenkleider und die Fotos. All diese Erinnerungen. Ich konnte natürlich nichts wegwerfen, wusste aber auch nicht, was ich mit all dem machen sollte. Einen Teil schaffte ich noch, in den Keller zu bringen, bevor ich im Sommerhaus festgenommen wurde.

Was macht man mit den Resten eines Lebens, das zu Ende gegangen ist? Eine Antwort darauf habe ich noch immer nicht gefunden, und von hier aus kann ich auch nichts tun. Am einfachsten ist es, die Wohnung zu behalten.

In der Woche, nachdem ich meinen Brief abgeschickt habe, bringt der Gefängniswärter mit dem Tablett für das Abendessen ein weißes Kuvert von Mikaela mit. Sie ist vielleicht nicht direkt überschwänglich, aber zumindest verhalten positiv, und dass sie sich vorstellen kann, mich zu besuchen, ist mehr, als ich zu hoffen gewagt habe. Als Adriana das hört, umarmt sie mich und fragt, wie sich das anfühlt. Ich erwidere, dass ich es nicht wage, das herauszufinden, trotz allem hat man mir bisher keine Besuchserlaubnis bewilligt.

Der größte Teil des Daseins im Gefängnis besteht aus Warten. Als Neuankömmling dachte ich, ich würde mich nie an dieses geschrumpfte Dasein gewöhnen. Ich hasste das Einschließen und Aufschließen, das Aufstellen und alle Beschlüsse, die ständig über einen gefasst wurden. Aber ich fügte mich, denn eine andere Wahl hat man nicht. Und letztendlich kennt man es nicht anders.

Ist ein Radio auf dem Zimmer erwünscht? Schreib einen Antrag.

Willst du einen Angehörigen anrufen? Beantrage eine Telefongenehmigung.

Willst du Besuch? Das erfordert selbstverständlich eine umfassende Untersuchung, um sicherzustellen, dass die fraglichen Personen einen auch besuchen *wollen*. Ihnen werden Formulare zum Ausfüllen nach Hause geschickt, und auf Grundlage eines Hintergrundchecks wird beurteilt, inwieweit ein Besuch überhaupt angemessen ist. Die Mühlen der Bürokratie mahlen meist so unerhört langsam, dass es mitunter zweifelhaft erscheint, ob sie überhaupt funktionieren. Und fragt man zwei unterschiedliche Gefängniswärter, wie es um den Antrag bestellt ist, bekommt man garantiert zwei verschiedene Antworten.

Dieses Mal geht es ungewohnt schnell. Aber mit der Genehmigung von Mikaelas Besuch werde ich selbstverständlich auch daran erinnert, dass sie jederzeit wieder eingezogen werden kann, sollte ich aufsässig sein. Die Drohung, unter der wir ständig leben, damit wir uns benehmen.

Während ich darauf warte, dass meine Schwester kommt, ist es so weit, dass Adriana in ihre Abteilung zurückkehrt. Ich weiß, dass auch ich bald an der Reihe bin, und das ist nichts, worauf ich mich freue.

Von draußen höre ich das Signal, das darauf hinweist, dass das Tor für Hinein- oder Hinausgehende geöffnet wird. Ich schaue durch das Fenster zum Eingangstor und den Stacheldrahtrollen darüber. Das einzig Sinnvolle ist jetzt, Mikaela treffen zu dürfen, ohne diese Aussicht habe ich noch immer das Gefühl, dass ich ebenso gut auf diesem Kellerboden hätte verbluten können.

»Ich hasse es, hier zu sein«, sage ich. »Gleichzeitig ist es, als wäre es mir egal.«

»Dafür gibt es ein Wort«, sagt Adriana.

»Lass hören.«

»Institutionsgeschädigt.«

»Danke für die Information«, sage ich. »Das war wirklich eine große Hilfe.«

»Kein Gefängnis ist fluchtsicher«, sagt sie dann mit einem kleinen Lächeln.

»Schlägst du mir vor, dass ich ausbrechen soll?«, lache ich und sehe es vor mir, wie ich Unmengen an Bettlaken zusammenknote, um mich aus dem Fenster herunterzulassen. »Wie sollte das gehen? Zwischen uns und der Freiheit gibt es eine hohe Mauer, mehrere Zäune und eine Million verschlossene Türen. Gar nicht zu reden von diesen räudigen Hunden.«

Adriana lacht erneut und wünscht mir Glück mit meiner Schwester. Die Gefängniswärter kommen und holen sie, anschließend bin ich alleine in der Krankenabteilung.

Als ich mein Mittagessen bekomme, frage ich die Gefängniswärterin, ob an den Gerüchten um Adriana etwas dran ist, aber weder sie noch eine der anderen Strafvollzugsbeamtinnen gibt mir etwas anderes als ausweichende Antworten. Ich solle nicht alles glauben, was ich höre, erfahre ich. Aber die Art, wie sie es sagen, lässt erkennen, dass ich genau das tun soll. Und dass ich keineswegs wirklich weiß, wer Adriana Hansen ist.

Am Morgen vor Mikaelas Besuch bekomme ich zum Frühstück nichts herunter. Ich stelle das Tablett beiseite und folge mit dem Blick den Zeigern der Wanduhr. Und warte.

Die Krankenabteilung schließt unmittelbar an Haus A an. Den Besuchsraum erreicht man über die unterirdischen Gänge unter den Gebäuden. Ich habe noch immer Probleme, mich auf das Bein zu stützen, weshalb ich ein Paar Krücken bekomme. Die Wunde ist zwar gut verheilt, aber trotzdem stelle ich mir vor, dass sie wieder aufgeht, wenn ich hinfalle, dass die Narbe auseinanderreißt wie ein Reißverschluss. Der Gefängniswärter fragt, ob ich Hilfe benötige. Ich bedanke mich bei ihm, sage aber, dass es in Ordnung sei. Er schließt Raum Nummer vier für mich auf und nimmt, zur Aufrechterhaltung von Ordnung und Sicherheit, die Krücken mit. Sie sind potenzielle Waffen, mit denen ich Schaden anrichten könnte.

Nach Mamas Beerdigung bin ich Mikaela ein einziges Mal begegnet, bevor das Fürchterliche geschehen ist. Solange wir beide alleine waren, nur sie und ich, hatten wir es gut miteinander, wir hatten Spaß und viele Ideen. Aber wenn jemand von unseren Eltern dabei war, endete es immer in Streit. Um aneinanderzugeraten reichte es aus, dass wir über einen von ihnen sprachen. In Verbindung mit Mamas Krankheit gab es eine Phase, in der wir kaum etwas voneinander gehört haben. Der Grund war der, dass Mikaela der Meinung war, Mama solle in ein Pflegeheim ziehen, wo rund um die Uhr Personal zugegen war, statt dass ich mich um sie kümmerte. Sie verstand es nicht, sie konnte nicht akzeptieren, dass ich wirklich für Mama da sein wollte. Und ich verstand nicht, wie Mikaela überhaupt auf den Gedanken kommen konnte, dass Fremde sich um sie kümmern sollten, wenn sie doch mich hatte. Ich wollte irgendwie versuchen, ein bisschen von dem zurückzugeben, was Mama mir gegeben hatte. Mikaela verspürte nichts dergleichen. Mir fiel es schwer zu verstehen warum. Sie hat sich Mama immer entzogen. Sie nannte sie sogar lieber bei ihrem Vornamen. Wenn wir über diese Dinge stritten, sagte sie immer Kathy, so als sei sie nicht in der Lage zu zeigen, dass auch sie im tiefen Inneren unsere Mutter liebte.

Nach der Beerdigung ließ sie mehrfach von sich hören, aber ich war nicht imstande, sie zu treffen. Nicht vor August, als wir uns im »Himmel« auf Södermalm trafen, einer im 26. Stock gelegenen Skybar.

Die Musik war stimmungsvoll, das Besteck klirrte und im Hintergrund murmelten die anderen Gäste. Draußen hing die Sonne schwer über dem Horizont, und wenig später tauchte sie Stockholms Silhouette in einen rosa Nebel. Die Brücken und Kirchtürme, die Mehrzweckhalle Globe und den inneren Schärengarten mit der Einmündung nach Stockholm. Von der Skybar aus bot sich alles im Miniaturformat dar, und als es dämmerte, zogen sich die Lichter der Autos wie eine Perlenkette durch die Straßen. Aus irgendeinem Grund musste ich daran denken, wie Papa unser Haus mit unendlichen Metern von Weihnachtsbeleuchtung geschmückt hatte und wie es die ganze Straße entlang herrlich leuchtete. Damals, als wir in Danderyd wohnten. Da war ich vielleicht fünf, sechs Jahre alt, und wir waren eine komplette Familie. Alle waren noch glücklich zusammen, und es gab keine Spannungen zwischen Mama und Papa oder irgendwem von uns.

Mikaela und ich redeten über alte Erinnerungen und über das, was aktuell in unseren Leben vor sich ging. Ich erzählte, dass ich versuchte, mir einen neuen Alltag aufzubauen, jetzt, wo ich mich nicht mehr um Mama kümmern musste, dass es schwer sei, aber von Tag zu Tag besser wurde. Sagte, dass ich mich darauf freute, wieder als Musiklehrerin zu arbeiten, aber auch überlegte, etwas anderes zu machen. Mikaela berichtete, dass ihre Karriere als Innenausstatterin Fahrt aufnahm und dass sie es liebte. Dann erkundigte ich mich nach ihrem Liebesleben, aber sie meinte, sie sei glücklicher Single, der nicht nach dem Richtigen suche, was mich dazu brachte, ihr mein großes Geheimnis zu verraten. Dass ich mich mit einem Mann traf.

Mikaela war überrascht, dass an den Gerüchten etwas dran war, dass Simon und ich getrennt lebten und fragte sich, warum ich nichts gesagt hatte. Sie war skeptisch und wunderte sich, wann ich es geschafft hatte, einen anderen zu treffen, doch nach einer Weile sagte sie, sie würde sich für mich freuen. Ich glaube nicht, dass sie es gemeint hat, da sie sich gezwungen sah, mich daran zu erinnern, dass ich trotz allem noch verheiratet war. Sie fand, ich solle mich auf Simon und meine Beziehung fokussieren, statt mich in eine neue zu flüchten.

»Ist es so falsch, wenn ich mich glücklich fühle?«, fragte ich.

»Du machst, was du willst, Schwesterherz«, sagte sie dann. »Wenn du glücklich bist, dann bin ich es auch.«

»Okay, du findest, dass ich einen Fehler mache«, sagte ich und spürte, wie die Laune sank.

Mikaela stieß mir einen Ellenbogen in die Seite, blickte drein wie ein trauriger Hund und bellte leise in mein Ohr, wie wir es getan hatten, als wir klein waren. Ich lachte und erwiderte das Bellen, und dann war es wieder gut.

Und da kam mir in den Sinn, dass ich feiern wollte. Ich wollte mein neues Leben feiern, den Herbst willkommen heißen. Was könnte besser passen, als draußen im Sommerhaus auf Färingsö eine Party zu veranstalten, vielleicht an einem Wochenende Mitte September?

Mikaela schüttelte den Kopf über mich und nahm einen Schluck von ihrem Wein. »Du bist genau wie Kathy«, sagte sie.

»Was meinst du?«

»Sie hat immer Gründe gefunden, um zu feiern und das Leben zu bejahen, selbst wenn das Timing äußerst ungünstig war.«

»Vielleicht ist es dann am nötigsten«, entgegnete ich, woraufhin sie lachte und sagte, das sei genau das, was sie gemeint habe.

Das war der beste Abend, den wir seit sehr langer Zeit zusammen hatten.

10

Die Tür geht auf, und Mikaela kommt herein. Ich stehe auf. Wir sehen einander an. Als der Gefängniswärter abschließt, sind nur ich und meine Schwester im Raum. Keine von uns weiß, was sie sagen soll.

Mit schwacher Stimme fange ich an, eines von Mamas Liedern zu singen, das wir beide unzählige Male gehört haben, *Freunde*. Es handelt von zwei Menschen, die sich nach vielen Jahren wiedersehen. Zuerst sieht Mikaela erstaunt aus, so als glaube sie, ich hätte vollkommen den Verstand verloren, dann lacht sie. Als sie jedoch vorsichtig meinen rasierten Kopf und mein entstelltes Gesicht berührt, bricht sie in Tränen aus.

Wir umarmen uns, fest, und Mikaela flüstert das, was Mama immer gesagt hat: »Sag es mit einem Lied.«

»Sie hat immer die Arme ausgebreitet und ein Lied gesungen, wenn man zu Besuch gekommen ist«, erwidere ich.

Mikaela schaut mich an und trocknet ihre Tränen. »Die niemals endende Show namens Kathy, in funkelnden Neonfarben über unsere Leben geschrieben.« Sie streichelt mir erneut über die Wange, dann setzen wir uns aufs Sofa.

»Du wärst fast gestorben«, sagt sie. »Das habe ich zumindest gehört. War es so schlimm?«

»Ja«, entgegne ich. »Aber das bin ich nicht.«

Meine Schwester ist hübscher als je zuvor. Ihre Haut ist dunkler als meine, und wenn sie in der Sonne war, wird sie goldbraun und schimmert. Ihre Haare glänzen, und ihre gepflegten Nägel sind frisch lackiert. Sie ist nicht mehr so schlank wie früher, als sie jünger war, sie sieht fülliger und weicher aus, und das kleidet sie. Früher habe ich mich nie für mein Aussehen geschämt, aber jetzt tue ich es. Mikaela braucht kein Wort darüber zu verlieren, wie ich mich verändert habe, das wissen wir beide. Sie sieht sich im Zimmer um, wobei ihr Blick bei den Papierlaken und den Kondomen innehält, doch sie zeigt mit keiner Miene, was sie denkt.

»Danke, dass du gekommen bist«, sage ich und nehme ihre Hand.

»Danke, dass du dich gemeldet hast«, sagt sie. »Nach all der Zeit hatte ich nicht erwartet, dass du mich sehen willst.«

»Du bist meine Schwester«, sage ich.

»Ja«, sagt Mikaela. »Und du meine.«

Mikaela und ich. Ab und an sind wir auseinandergedriftet, haben aber immer wieder zueinander zurückgefunden.

»Es gibt so viel, worüber wir nie gesprochen haben«, sage ich. »Warum haben wir das nicht getan?«

»Woran denkst du?«, fragt Mikaela und sieht mich unsicher an.

»An Mama«, sage ich. »Ich habe an unsere Kindheit gedacht. Daran, dass wir vollkommen verschiedene Leben geführt haben.«

Mikaela nimmt die Karaffe vom Couchtisch und gießt Wasser in einen Plastikbecher. Sie trinkt einen Schluck und sieht mich wieder an.

»Ich wünschte, wir könnten die sein, die wir einmal waren«, fahre ich fort. »Wir zwei gegen die Welt. Wie es war, bis alles in die Brüche gegangen ist.«

»Daran können wir jetzt nichts mehr ändern«, sagt sie. »Nicht wahr? Daher war ich so froh, dass du mich sehen willst, nach all der Zeit, in der du nichts von mir wissen wolltest.«

»Was meinst du?«, frage ich erstaunt. »Das ist jetzt das zweite Mal, dass du das sagst.«

»Ich habe dir doch geschrieben«, sagt Mikaela und runzelt die Stirn. »Aber der Brief ist ungeöffnet zurückgekommen.«

Ich habe keinen Brief von ihr bekommen. Aber es ist nicht das erste Mal, dass die Gefängniswärter beim

Verteilen der Post geschludert oder einfach darauf gepfiffen haben, ich habe viele ähnliche Geschichten von anderen gehört, denen das Gleiche passiert ist. Das ist eine einfache Art, eine Insassin für schlechtes Benehmen zu bestrafen, oder jemanden, den sie ganz einfach nicht mögen.

Wäre ich gestorben, wäre es für mich und meine Schwester zu spät gewesen. Die Stimme bricht mir beinahe weg, als ich sage, dass ich den Kontakt zu ihr nie verlieren wollte, niemals. Und dass ich hätte wissen müssen, dass sie genauso empfindet.

Wir sprechen nicht mehr von Mama. Mikaela erwähnt, dass Papa mitunter gute Tage hat, meist jedoch nicht. Anschließend reden wir über Nebensächlichkeiten, die eigentlich keine Bedeutung haben.

Bevor Mikaela geht, verspricht sie wiederzukommen. Einsam sitze ich noch im Besuchszimmer, müde nach dem vorsichtigen Navigieren durch die gefahrvollen Untiefen, die unter der ruhigen Oberfläche lauerten. Die Luft ist schwer und gesättigt von den unausgesprochenen und unbeantworteten Fragen, die meine Schwester mit sich herumträgt. Beide haben wir es vermieden, den Grund dafür anzusprechen, warum wir uns im sichersten Frauengefängnis des Landes treffen, beide hatten wir Angst, in ein schmerzhaftes Gespräch über Simon gestürzt zu werden, darüber, ob ich des Mordes an meinem Mann schuldig bin oder nicht. Über alles, was in dieser Nacht geschehen ist, und über das, was ich nach seinem Tod getan habe, das mich schuldig erscheinen ließ.

Ich sehe sie deutlich vor mir. Rote Streifen, die wie dunkelrote Schleier im Wasser tanzen.

Ich rieb den Stoff des Kleides unter dem fließenden eiskalten Wasser im Waschbecken des Gästehauses, ich knetete, rieb und spülte ihn, aber es hörte nicht auf. Es kam immer mehr und noch mehr, und letztendlich schliefen mir die Hände ein.

Der Blutgeruch war überwältigend, ich lehnte mich über das Toilettenbecken und übergab mich. Ich warf das Kleid in die Dusche und spülte den Mund mit Wasser und einem Klecks Zahnpasta aus. Ich zog die Unterwäsche aus, bevor ich mich wieder daran machte, die Hände von den eingetrockneten Flecken sauber zu schrubben, ich schrubbte die Finger und die Unterarme, und in diesem Moment hörte ich draußen eine Stimme rufen. Eine fremde, mir unbekannte Stimme.

»Kommen Sie mit erhobenen Händen heraus.«

Das Herz raste, und im Kopf rauschte es wie von einem ohrenbetäubenden Wasserfall. Es war mir nicht gelungen, alles abzuwaschen. Es war mir nicht gelungen, das Kleid zu säubern, und meine Hände und Arme wiesen noch immer Blutspuren auf. Ich suchte nach der Unterwäsche, als die Stimme ein weiteres Mal erklang.

»Kommen Sie langsam heraus, und nehmen Sie die Hände über den Kopf.«

Ich zog den Bademantel über, der am Haken hing und verließ das Badezimmer. Dann öffnete ich die Haustür, die Hände über dem Kopf, und trat langsam in den blendenden Sonnenschein hinaus.

*

»Sie antworten oft, dass Sie es nicht wissen, sich nicht erinnern«, sagt die Staatsanwältin, als am zweiten Prozesstag mein Verhör ansteht. »Warum war es Ihnen so wichtig, sich zu waschen, das Kleid zu reinigen? Wissen Sie das?«

Alle im Gerichtssaal haben das Bild von meinem blutigen Kleid gesehen, das zusammengeknüllt und durchnässt in der Dusche gefunden wurde, und ich sage, dass ich das ohne nachzudenken getan habe. Sonst wäre es ruiniert gewesen.

»Haben Sie sich nicht gefragt, wie das aufgefasst werden könnte?« Die Staatsanwältin lächelt ungläubig. »Wenn etwas passiert ist und man versuchen möchte, es zu verbergen, könnte das eine Möglichkeit sein. Haben Sie das nicht verstanden? Oder war es Ihnen egal?«

»Es war kein Versuch, etwas zu verbergen«, sage ich. »Ich wollte nur die Flecken weghaben.«

»Aber im Polizeiverhör am 4. Oktober, auf Seite 487,

haben Sie gesagt: Ich habe das Kleid gewaschen, weil ich Panik bekommen habe, ich war nicht ich selbst.«

Die Staatsanwältin lässt die Worte in der Stille hängen, die entsteht, als ich nicht zu antworten vermag. Ich bin vollkommen leer, bringe kein Wort heraus. Ein Verhör von vielen, ich erinnere mich genau an den Gesichtsausdruck des Kriminalinspektors, aber an nichts von dem, was er gesagt hat oder ich. Der Projektor surrt, oder vielleicht ist es auch die Leuchtstoffröhre. Ein Zuhörer raschelt mit einer Jacke, ein anderer hustet, und eine Frau flüstert mit zischender Stimme. Lukas Francke beugt sich zu mir und murmelt, dass ich antworten soll.

Die Staatsanwältin fährt fort: »Heute aber sagen Sie, dass Sie es einfach nur sauber bekommen wollten, weil es klebrig war. Was stimmt? Wollten Sie das Kleid retten oder wurden Sie von Panik ergriffen und wollten Beweise vernichten?«

Ich antworte nicht.

»Und was das Blut betrifft, finden Sie es nicht sonderbar, dass Sie nicht aufgewacht sind?« Die Staatsanwältin legt den Kopf schräg. »Sie sagen, jemand sei hereingekommen und habe Ihrem Mann die Kehle durchgeschnitten, Ihr Kleid und Ihr Körper sind voll mit seinem Blut, aber Sie schlafen?«

»Ich hatte getrunken.«

»Nicht genug, um das Bewusstsein zu verlieren. Wir haben das Ergebnis der Blutprobe gesehen.« Die Staats-

anwältin legt eine Kunstpause ein. »Es muss eine Erklärung dafür geben, warum Sie im Gästehaus neben Ihrem toten Mann gefunden wurden.«

»Ich habe keine«, antworte ich.

»Dennoch fand sich sein Blut an Ihrem Kleid, an Ihren Armen und Händen. Die Fingerabdrücke auf dem Messer sind von Ihnen, von keinem anderen.«

Trotz des Rats, den Lukas Francke mir gegeben hat, zeige ich meine Frustration, indem ich die Stimme hebe. »Ich war es nicht.«

»Außer Ihnen war niemand dort, Linda«, sagt die Staatsanwältin in ihrer weichen, sanften Tonlage, die mir unter die Haut kriecht. »Aber trotzdem behaupten Sie, dass Sie unschuldig sind. Wie erklären Sie das?«

»Ich weiß es nicht«, sage ich leise.

»Linda Andersson weiß es nicht«, konstatiert die Staatsanwältin mit neutraler Stimme. Seitens der Zuhörer ist unmittelbar ein anwachsendes Gemurmel zu vernehmen.

*

Die Version der Staatsanwältin, warum ich mein Kleid und mich selbst gewaschen habe, klang entsetzlich. Sie äußerte sie wie eine selbstverständliche Feststellung, so als sei es ein offensichtlicher Versuch gewesen zu vertuschen, dass ich es war, die das Messer geführt hatte.

Meine Erklärung, dass Simon rücklings überrascht

wurde, sodass sein Blut auf mich gespritzt ist, während ich schlafend im Bett gelegen habe, klang offenbar unglaubwürdiger, als dass ich es getan hatte. Aber sie wussten nicht, wer ich war. Sie wollten nicht hören, dass ich eine solche Tat niemals hätte begehen können.

So ging es weiter, Zeugenaussage um Zeugenaussage. Bekannte und sogar Freunde deuteten und analysierten, drehten und wendeten Sachen, die ich gesagt haben sollte, um zu zeigen, dass der Umgang mit mir nicht so einfach war, wie ich vorgab. Sie erinnerten sich ganz anders an Ereignisse und Gespräche, als ich es tat und ließen mich als kalt und hart erscheinen. Es war, als würde man in ein Kaleidoskop schauen, worin dieselben Fragmente neue Bilder erzeugen, nachdem sie herumgedreht worden sind. Einzelne Splitter konnten wahr sein, doch das Gesamtbild war total verdreht. Und ich konnte sie nicht aufhalten. Ich konnte sie nicht fragen, was sie meinten, warum sie diese Sachen erfanden. Warum sie logen. Vielleicht war es Neid auf alles, was ich hatte, jetzt sollte ich nicht mehr glauben, dass ich jemand war. Oder sie wollten ihre Minuten im Rampenlicht haben und versuchten, die Person zu sein, die eine Antwort auf das Rätsel Linda Andersson hatte.

Hätte ich gewusst, dass meine eigenen Worte die Sache nur noch schlimmer machten, dann hätte ich nicht einmal versucht etwas zu erklären.

Wenn ich daran zurückdenke, dass all meine Versuche, mich über Wasser zu halten, einzig und allein dazu führten, dass ich unwiderruflich unterging, überkommt mich dieses lähmende Gefühl. Keiner glaubte mir, das war offensichtlich. Nicht die Zuhörer und nicht die Anklägerseite, vielleicht nicht einmal mein eigener Verteidiger. Definitiv nicht Simons Eltern.

Zuerst habe ich meinen Mann verloren, dann litt ich mehr als fünf Monate einsam in Untersuchungshaft, bis ich vor Gericht gestellt wurde und insgesamt neun Monate vergingen, bis ich schließlich verurteilt wurde.

11

Ich glaubte, die Prozeduren zu kennen, wenn ein ernsthaftes Verbrechen begangen worden war. Doch als die Polizei mich festnahm und mir erklärte, was geschehen würde, war es, als würde ich jemandem zuhören, der zu schnell in einer Sprache redete, die ich nicht richtig beherrschte. Man informierte mich über meine Rechte, aber ich war noch immer eingesperrt, obwohl ich nicht sicher war weshalb. Ich war in einem Meer aus Blut aufgewacht und erinnerte mich an nichts von dem, was ihrer Behauptung nach geschehen war.

Während des ersten Verhörs wurde mir der Verdacht mitgeteilt. Ich stand *unter dem dringenden Tatverdacht des Mordes.* Die Bezeichnung lautete nicht Totschlag, nicht einmal Verschuldung des Todes eines anderen.

Sondern Mord.

Kriminalinspektor Tony Bodin sagte, dass mir ein öffentlicher Verteidiger zugeteilt würde, sofern ich nicht einen Wunsch hätte, wen sie kontaktieren sollten, einen eigenen Anwalt womöglich. Das hatte ich nicht.

Ich musste mich versichern, wer ermordet worden war. Die Blicke, die sie austauschten, gaben mir das Gefühl, dumm zu sein, aber ich musste es wissen. Ich konnte nicht glauben, dass Simon tot war, dass er mich nie wieder ansehen sollte, lachen und lächeln würde. Dass er weg war. Das konnte nicht wahr sein, und alles was passierte, war ein schlechter Scherz oder eine böswillige Verschwörung. Dass sie allen Ernstes meinen Namen, *verdächtig* und *Mord* in einem Atemzug nannten, war unmöglich zu begreifen. Das war ein böser Traum, aus dem ich nicht wieder aufwachte.

Und all diese Fragen, die über mich hereinbrachen. Ich tat mein Möglichstes, sie zu beantworten, trotzdem waren die Polizisten nicht zufrieden, und was sie hörten, reichte aus, um mich festzuhalten. Es spielte keine Rolle, wie oft ich versicherte, dass es ein Irrtum war, dass ich unschuldig war. Es hatte überhaupt keine Bedeutung, dass ich beteuerte, dass ich niemals jemandem Schaden zufügen könnte, dass ich das nicht in mir hatte. Je mehr ich darum kämpfte, sie zu überzeugen, desto weniger glaubten sie mir. Für sie war ich bereits verurteilt.

Die ersten Tage in Haft sind verschwommen. Nebelbänke der Angst, beigefarbene Kacheln in der Zelle und mein durchgeschwitzter Bademantel.

Ich erinnere mich an den Transport im weißen Van des Strafvollzugs und wie ich während der Fahrt vom Polizeirevier zum Amtsgericht auf Kungsholmen, wo die Anhörung stattfinden sollte, durch die getönten Scheiben geschaut habe. Ich dachte, ich könnte anschließend nach Hause fahren. Was für eine Idiotin ich war.

Lukas Francke, der Staranwalt, zu dem Mikaela meinetwegen Kontakt aufgenommen hatte, bestand auf meiner Freilassung, stattdessen aber folgte das Amtsgericht der Linie der Staatsanwältin. Ich wurde unter dem dringenden Tatverdacht des Mordes an Simon Huss mit vollen Restriktionen verhaftet. Dass Lukas Francke die Verhaftung anfocht, hatte keinen Einfluss auf den Beschluss.

Ich bin niemals gewalttätig gewesen oder habe jemanden bedroht. Auch keine Anzeichen von Verwirrung gezeigt. Dennoch verlangte das Gericht, dass ich eine gerichtspsychiatrische Untersuchung über mich ergehen ließ, um herauszufinden, ob ich im Vollbesitz meiner geistigen Kräfte war oder nicht. Ich weinte und schrie und kämpfte dagegen an, als sie mich in die Unterwelt führten, durch den Gang vom Stockholmer Amtsgericht zur Untersuchungshaft im Polizeigebäude, das nur ein kurzes Stück davon entfernt liegt. Ich wurde tief unter die Erde geschleppt, durch einen langen weißen Tunnel, in dem jeder Schritt widerhallte. Hätte mich da jemand gefragt, ob ich verrückt sei, hätte ich geantwortet, dass ich im Begriff sei, es zu werden.

Nachher sagte Lukas Francke, dass ich mich niemals darauf hätte einlassen dürfen, Fragen zu beantworten, ohne dass er anwesend war. Ich fragte mich, was von dem, was ich während des Verhörs gesagt hatte, falsch war. Und ich wünschte, ich hätte mich als der rationale, fügsame Mensch zeigen können, der ich immer gewesen bin, aber vielleicht war der zu diesem Zeitpunkt bereits verschwunden.

Ich bin mit Privilegien aufgewachsen, die nicht viele andere hatten oder auch nur ansatzweise haben. Ich bin eine weiße Frau mit einer reichen und berühmten Mutter. Ich war ein tüchtiges Mädchen mit guten Noten und hatte eine vielversprechende Zukunft vor mir. Niemand in meinem Umfeld hatte Erfahrung damit, wie es war, wenn im Leben etwas schieflief. Ich hatte keine Ahnung, wie es war, sich außerhalb des Sicherheitsnetzes zu befinden.

Genauso wie die meisten Menschen, die ein wohlgeordnetes Dasein führen, habe ich es immer als gegeben betrachtet, dass unsere Gesellschaft wie angedacht funktioniert. Zumindest im Wesentlichen. Natürlich werden hier und da kleinere Fehler gemacht, aber im großen Ganzen läuft es korrekt. Behörden und

Institutionen und all diese verschiedenen Instanzen, die das Leben der Menschen direkt beeinflussen, folgen Regeln und Gesetzen.

Die Zahnräder drehen sich, wie sie sollen, alle verrichten ihre Arbeit und tun dies ordentlich, Polizisten, Ankläger und Anwälte. Keiner verändert die Regeln oder schludert. Jeder Einzelne, unabhängig vom ethnischen oder sozialen Hintergrund, erhält eine ehrliche Chance und eine gerechte Prüfung. Letztendlich kommt die Wahrheit immer heraus.

Wie blind ich war.

Das Rechtswesen ist keine Maschinerie, und es gibt keine Zahnräder, die sich von alleine drehen. Behörden und Institutionen bestehen aus Menschen, und Menschen sind weit entfernt von perfekt. Wir machen Fehler, wir schludern, wir können etwas nicht, und mitunter kümmern wir uns nicht, wir haben keine Zeit, wir urteilen ausgehend von vorgefassten Meinungen, wir glauben und hoffen ohne eigentlichen Grund, und alle Entscheidungen, die wir treffen, haben für jemand anderen Konsequenzen. Mitunter ungeheure Konsequenzen. Das Rechtswesen stellt da keine Ausnahme dar, wie gern wir das auch glauben möchten.

Für denjenigen, der den Fehler begangen hat, geht das Leben oft wie gewohnt weiter. Für den Betroffenen liegt alles in Trümmern.

Ist der Mörder ein Mann, ist es grauenhaft, dass ein Mensch getötet wurde, ist der Täter jedoch eine Frau, besteht das Grauenhafte vielmehr darin, dass sie getötet hat. Die Faszination für Frauen, die ein Verbrechen begehen, ist enorm. Wenn scheinbar gewöhnliche Frauen plötzlich irrsinnige Taten begehen, die nicht erklärt werden können. In diesem Fall war ich es, auf die die Leute neugierig waren, und aufgrund der Anzahl an Messerstichen wurde ich als sehr gestört beschrieben, ich wurde als gefühlskaltes Monster betrachtet. Aber es brauchte eine Weile, bis es den Medien gelang herauszufinden, wer auf Färingsö wegen Mordes verhaftet worden und wer das Opfer war.

Anfangs war ich *die 32-jährige Frau.* Ich war nicht mehr Linda Andersson. Nicht einmal Kathys Tochter oder das Sonnenscheinmädchen. Noch nicht. Ich war lediglich *die 32-jährige Frau.* Mein ganzes Leben, meine Gedanken und Gefühle, alles, wovon ich jemals geträumt oder was ich erlebt hatte, war auf mein Alter reduziert. Simon wurde *der 34-Jährige* genannt oder *das Opfer*. Wir waren anonym. Identitätslos.

In der Untersuchungshaft war ich Nummer 8512. Die Zahlen waren groß an die Tür gemalt, sowohl ganz oben rechts als auch ganz unten. Nummer 8512, mit vollen Restriktionen.

»Bald aber werden die Medien Wind davon bekommen, wer sie ist, und dann wird das Telefon nicht mehr stillstehen«, hörte ich eines Tages eine Stimme vor der Toilette sagen, und erst da wurde es mir bewusst. Jetzt war ich für die Show verantwortlich. Ob ich wollte oder nicht, würden alle Scheinwerfer auf mich gerichtet sein. Während Mama Schwedens meist geliebte Frau gewesen war, bestand mein Schicksal darin, eine der meist gehassten Frauen des Landes zu werden.

Aber zu diesem Zeitpunkt hatte ich das Ausmaß noch nicht erkannt. Die Restriktionen beinhalteten, dass ich weder Zugang zum Fernsehen noch zu den Zeitungen hatte, ich durfte keinen einzigen Anruf tätigen, weder Mikaela noch Alex kontaktieren. Ich durfte keine Briefe schreiben und definitiv keinen Besuch empfangen. Ich durfte mich nicht einmal zeitgleich mit anderen Häftlingen im Flur aufhalten, sondern wurde erst zur Toilette eskortiert, wenn die Strafvollzugsbeamten abgeklärt hatten, dass niemand anderer dort war.

So ging es 164 Tage lang. So lange saß ich in Untersuchungshaft, bis der Prozess begann. Der Herbst kam, und die Tage wurden dunkler und kürzer. Die Luft wurde kühler, und eines Tages fiel Schnee auf den Freiganghof. Weite Teile des Winters bedeckte er den Beton, dann aber schmolz er allmählich, und die Tage wurden wieder länger. Von Mitte September bis Ende Februar verfolgte ich den Wechsel der Jahreszeiten vom Freiganghof auf dem Dach. 23 Wochen und drei Tage. Mehr als fünf Monate eingesperrt auf sieben

Quadratmetern, ohne Kontakt zu anderen Menschen als meinen Gefängniswärtern und meinem Anwalt.

Ich aß alleine. Ich schlief alleine. Ich wachte alleine auf. Mindestens 23 Stunden am Tag war ich alleine in der Zelle eingeschlossen. Ich, die es verabscheute alleine zu sein und immer Gesellschaft suchte. Einsamkeit war nichts, was ich freiwillig wählte. Ich trauerte um Simon, und der Gram über das, was zwischen uns gesagt worden war, zerriss mich. Die harten Worte, ich wünschte so vieles ungeschehen machen zu können. Ich vermisste Mama, dachte an Papa und wollte nichts lieber, als wenigstens meine Schwester sehen. Ich vertrieb mir die Zeit, indem ich so tat, als würde ich auf dem Schreibtisch klassische Klavierstücke spielen und sie in meinem Inneren hören. Man sah mich an, als sei ich verrückt geworden. Das war ich vielleicht auch.

Schweden ist eines der wenigen Länder der Welt, in denen es keine Obergrenze für die Dauer der Untersuchungshaft gibt, ohne verurteilt oder wenigstens geprüft worden zu sein. Bevor ich selbst festgenommen wurde, hatte ich über die Kritik von Amnesty an der schwedischen Untersuchungshaft gelesen, und dass es pro Woche einen Selbstmordversuch gibt. Damals verstand ich nicht, wie es sich wirklich verhält. Für mich klang es vor allem unglaublich, dass das hier geschah.

Jetzt weiß ich, was langfristige Isolation mit Menschen macht. Auf minimalem Raum eingeschlossen zu sein mit einem halbherzigen Versprechen, erst dann rauszukommen, wenn man die »Wahrheit« sagt, ist so zerstörerisch, dass es einen für den Rest des Lebens begleitet. Das Fehlen von menschlichem Kontakt und Wärme verändert einen.

Als ich anfangs hörte, wie andere schrien, weinten und dabei an die Türen der Zellen hämmerten, fühlte sich das unangenehm und traurig an. Als ich selbst es zum ersten Mal tat und nicht in der Lage war, damit aufzuhören, bekam ich Todesangst. Am beängstigendsten waren jedoch all die Stunden, in denen es mir schwerfiel, zwischen der Wirklichkeit und dem zu unterscheiden, was ich vor mir sah.

Um mich herum in der Zelle wurden Hunderte kleiner Sterne angeknipst. Sie funkelten und blinkten und waren überall, unter der Decke und über dem Boden. Sie waren so schön, dass ich weinte, als ich sie sah. Die schattenhaften Figuren, die sich langsam über die Wände bewegten, lösten sich auf und verschwanden, wenn ich sie berührte.

Mein Inneres brach mehr und mehr zusammen, und es wurde nicht leichter, im Polizeiverhör Rechenschaft darüber abzulegen, was in der Nacht zum 18. September geschehen war. Warum ich ins Gästehaus gegangen und was später passiert war. Egal wie genau ich auch versuchte, den Ablauf der Ereignisse wiederzugeben, glaubten die Ermittler, ich würde es erfinden. Ich würde lügen. Oder ich sei allgemein verwirrt.

Tony Bodin bat mich zu wiederholen, was ich gesagt hatte, und konkretere Angaben zu machen. Fragte, ob ich einfach berichten könne, was ich im Zimmer gesehen hatte. *Sollte* jemand anderer dort gewesen sein, müsste ich einige Anhaltspunkte liefern können wie Größe, Körperbau oder Alter. Er fragte, ob ich wenigstens wüsste, wie spät es gewesen ist.

Ich konnte keine solchen Antworten geben.

Also gingen wir es erneut durch, wieder und wieder. Und dann noch einmal. Es endete jedes Mal mit der Aussage, dass es für mich besser wäre, ich würde einfach gestehen.

Aber ich weigerte mich. Konnte mich selbst nicht dazu bringen, es zu tun. Ich wusste, dass ich Simon nicht getötet hatte. Das war jemand anderer.

12

Die Verfärbungen und Schwellungen an meinen Wunden lassen nach. Ich habe mehr Kraft und versuche, einige der Übungen auszuführen, die ich Adriana jeden Tag habe machen sehen. Es sah so leicht aus, als sie sie gemacht hat, ist jedoch schwerer, als ich dachte. Ich fühle mich einfach nur schwerfällig. Enttäuscht über meine Unzulänglichkeit kehre ich ins Bett zurück, und dort bleibe ich, bis ich beschließe, dass ich es noch einmal versuchen muss.

An einem Freitagnachmittag im November, nach einem Monat Aufschub in der Krankenabteilung, ist es für mich so weit, in meine Zelle in Haus D zurückzukehren. Ein Gefängniswärter kommt, um mich zu begleiten. Seine Abscheu verbirgt er nicht.

»Shit, das ist schlimmer, als sie gesagt haben«, sagt er, als er mich sieht, zieht eine Grimasse und macht demonstrativ einen Schritt rückwärts.

Ohne ein Wort gehe ich an ihm vorbei in den Flur hinaus. Die Eingangstüren der Krankenabteilung surren, und nachdem sie geöffnet worden sind, gehen wir über den Rasen und durch das Tor in der Mauer. Wir gehen an der Fabrik vorbei, wo just in diesem Moment Pause ist. Aus der Raucherecke heraus starren mich Gefängniswärter wie Insassinnen an. Iris ruft, ich sei willkommen, obwohl ich aussähe wie ein verdammtes Monster. Eine andere Frau schreit, dass ich keinem leid täte und dass ich das verdient hätte. Ich ignoriere sie und gehe weiter.

Aber statt zu Haus D abzubiegen, sagt der Gefängniswärter, wir müssten zu Haus C. Als ich ihn frage warum, bekomme ich zur Antwort, dass er lediglich Befehle befolge. Als wir ankommen, schließt er auf und gibt mir mit einer Geste zu verstehen, dass ich vorausgehen soll. Das Innere von Haus C sieht genauso aus wie das von Haus D, nur spiegelverkehrt. Wir gehen an der Wache und am Aufenthaltsraum vorbei in den Flur hinein und bleiben vor einer Zellentür stehen.

»Nun«, sagt er und öffnet die Tür. »Da sind wir.«

»Das ist nicht meine Zelle«, sage ich.

»Jetzt schon. Achten Sie darauf, sich am Wochenende auszuruhen, am Montag heißt es arbeiten.« Er verlässt mich, und als er zur Wache zurückgeht, pfeift er verdrießlich den Refrain von *Wenn die Sonne untergeht*.

Ich starre auf seinen Rücken und hoffe, dass er spürt, wie wütend ich auf ihn bin, aber ich sage nichts.

Es gibt verschiedene Sorten von Gefängniswärtern, und es dauert nicht lange, bis sich zeigt, zu welcher Gruppe sie gehören. Am üblichsten sind die, die es als ihren wichtigsten Auftrag betrachten, die Sicherheit aufrechtzuerhalten. Sie sind nicht hier, um uns Insassinnen zu verhätscheln und unterscheiden sich von denen, die sich für den Strafvollzug entschieden haben, um *vollziehen* zu dürfen. Die einen *Unterschied machen* wollen. Deren Ambition darin besteht, uns positiv zu beeinflussen und uns dabei zu helfen, nach abgesessener Strafe als bessere Menschen rauszukommen. Das geschieht nicht durch strenges Durchgreifen, sondern durch Verständnis und Gespräche, durch Elf-Punkte- oder Vier-Schritte-Programme und vollzieht sich in diversen Projekten.

Jede Einzelne von uns, die eine Weile gesessen hat, könnte ihnen sagen, dass ihre therapeutischen Bemühungen fast immer zum Scheitern verurteilt sind. Die Voraussetzungen in der Haftanstalt führen dazu, dass wir Insassinnen uns in die schlechtere Richtung verändern, davor gibt es kein Entkommen. Wir müssen härter werden, bevor wir uns um jemand anderen kümmern, müssen wir uns um uns selbst kümmern. Ausnutzen oder ausgenutzt werden.

Und auch die Gefängniswärter werden von diesem geschlossenen Milieu beeinflusst, ob sie es einsehen oder nicht. Das ist der Grund, warum viele der Idealisten aufhören und sich einen anderen Job suchen. Oder sie gelangen an einen Punkt, an dem sie aufgeben und einsehen, dass die Sicherheit trotz allem aufrechterhalten werden muss. Tina ist ein leuchtendes Beispiel dafür. Wenn es etwas gibt, das man umgehend lernt, so ist es die Tatsache, dass es immer sie gegen uns sein wird, wie nett eine Gefängniswärterin auch erscheinen mag.

Dann gibt es selbstverständlich die, mit denen man sich unmöglich arrangieren kann. Die, die die Grenze gänzlich überschreiten und sexuelle Dienste mit Gegenleistungen vergelten. Sie nutzen ihre Macht über uns aus und verwenden jeden Anlass, um zu zeigen, wer hier das Sagen hat. Doch wenn man sich ruhig verhält, tut, wie einem geheißen wird, weder um jemanden herumscharwenzelt noch Schwierigkeiten macht, dann kommt man klar.

Ich betrete die Zelle, die exakt wie meine vorherige aussieht, nur mit dem Unterschied, dass sie Seeblick hat. Vor dem vergitterten Fenster führt der Rasen zu dem glitzernden See hinunter. Auf der anderen Seite breitet sich der Wald mit seinen Fichten aus und spiegelt sich im Wasser. Nicht einmal dem hohen Zaun gelingt es, den schönen Anblick abzuschwächen.

Auf dem Bett liegen ein schwarzer Müllbeutel, ein gefaltetes Laken, eine Decke und ein Kissen. Ich öffne den Beutel und entdecke die wenigen Habseligkeiten, die ich in meiner vorherigen Zelle hatte.

»Willkommen in C«, sagt eine Stimme hinter mir. Ich drehe mich um und sehe Adriana in der Tür stehen. Als ich sie frage, was sie getan hat, damit ich hierher verlegt werde, präsentiert sie mir ihr mystisches Lächeln und behauptet, sie hätte freundlich darum gebeten. Allerdings hat sie wohl kaum jemanden gebeten. Adriana ist es vermutlich aufgrund ihrer Kontakte zur Gefängnisleitung gelungen.

»Ein bisschen besser als vorher?«, erkundigt sie sich und zeigt auf das Fenster.

»Viel besser«, entgegne ich. »Danke.«

Während ich das Bett beziehe, frage ich, ob sie von dem Klettergewächs gehört hat, dass sie auf der anderen Seite von Haus D abgehauen haben.

»Ja«, sagt sie. »Und dass du deswegen einen kleinen Aufstand angezettelt hast.«

Das Klettergewächs vor meinem Fenster hat bereits im ersten Jahr enorm an Größe zugelegt. Anfangs war es eine kleine Pflanze, die sich am Beton festklammerte, doch als sie abgehauen wurde, war es ihr gelungen, sich sogar über die Kuppe der mehrere Meter hohen Mauer zu erheben. Ich habe sie gern angeschaut und gedacht, dass alles Lebende einen Instinkt hat, nach Freiheit zu suchen.

Es war an einem Nachmittag auf dem Rückweg vom Speisesaal, als ein heulendes Geräusch zu hören war. Vor dem Fenster des Aufenthaltsraums stand ein Mann, der sich mit der Motorsäge am Stamm zu schaffen machte, während ein anderer die Ranken von der Mauer entfernte. Ich schlug mit den Handflächen gegen die Fensterscheibe, schrie sie an und fragte, was sie dort taten. Sie hörten mich selbstverständlich nicht, doch als sich die anderen um mich herum versammelten und ebenfalls gegen die Scheiben klopften, hielten sie inne und schauten zu uns herein. In dem Moment entgleiste das Ganze. Einige der Frauen riefen nach den Männern und machten ihnen eindeutige sexuelle Avancen. Eine zog ihren Pullover hoch und presste ihre Brüste gegen die Scheibe, eine andere sprang auf einen Stuhl und wippte lasziv mit den Hüften. Iris bekam einen Stoß ab, woraufhin eine Schlägerei ausbrach. Kurz darauf heulte der Alarm und drei Wärter kamen angerauscht.

Kristoffer, der Wärter, der mich sehr viel später zum Lager hinunterbegleitete, wo Anne mich attackiert hat, schrie uns an aufzuhören, war über den Lärm hinweg aber kaum zu hören. Weitere Wärter eilten herbei. Es waren noch über zwei Stunden bis zum Einschließen, aber eine nach der anderen wurden wir aus dem Aufenthaltsraum in unsere Zellen geführt. Bevor Tina meine Tür zumachte und den Schlüssel umdrehte, fragte sie mich, wozu das gut gewesen sein sollte, es sei doch nur ein albernes Gewächs.

Vielleicht war es das, aber es sproß und grünte im Frühjahr und erstrahlte im Herbst in einem feurigen Rot. Es durfte statt meiner die Felder und den Wald sehen, und es verlieh all dem Grauen, Monotonen etwas Schönes. Es erinnerte mich an das Gewächs an der Veranda des Sommerhauses. Aber allem voran betrachtete ich das Abhauen als eine symbolische Handlung. Das geringste Anzeichen von Lebensfreude und Sehnsucht nach Freiheit musste sofort unterdrückt und getilgt werden. Den ganzen Abend starrte ich auf die Steinmauer vor dem Fenster, wie sie sich auftürmte, kalt und bedrohlich. Unten lagen die Reste des prachtvollen Gewächses.

»Ich habe keine Ahnung, warum die anderen durchgedreht sind«, sage ich zu Adriana. »Ich wollte nur wissen, warum es unbedingt entfernt werden musste.«

»Und wie lautete die Antwort?«, fragt sie. »Aus Sicherheitsgründen selbstverständlich?«

Ich nicke. Ich frage, wie es ihr geht, und sie sagt, dass sie sich besser fühlt. Dank der Tabletten, die sie bekommt, sind die Schmerzen nicht mehr so intensiv.

»Ich bin froh, dass du hier bist«, sagt Adriana. »Deine Anwesenheit versetzt mich in gute Laune.«

Später am Abend sitze ich am Schreibtisch und sehe, wie auf der anderen Seite des Sees die Sonne hinter den

Baumwipfeln verschwindet. Von allen Frauen hier drinnen hätte ich nie geglaubt, dass ich ausgerechnet Adriana näherkommen sollte. Wäre ich ihr früher begegnet oder hätte ich nur gehört, was über sie und das, was sie einst getan hat, erzählt wurde, wäre ich schockiert gewesen. Die rechtschaffene Linda Andersson wollte mit solchen Menschen am liebsten nichts zu tun haben. Mit schwerkriminellen Menschen. Aber jetzt, wo sich das Sonnenscheinmädchen selbst in ein Monster verwandelt hat, ist es in solcher Gesellschaft vielleicht zu Hause. Ich weiß nicht, was sie über die sagen, die ich geworden bin, aber ich weiß, was sie über die sagen, die ich einst war.

13

Zurück aus der Krankenabteilung spüre ich direkt, dass die Stimmung eine andere ist. Die Gefängniswärter behalten mich sorgfältig im Auge, die anderen Frauen halten Abstand, wo auch immer sie mir begegnen, das ganze Wochenende über. Im Flur, im Aufenthaltsraum und im Speisesaal. Das hat nicht nur mit meinem narbigen Aussehen und dem rasierten Kopf zu tun. Genau wie Adriana haben sie gehört, dass ich die Aggressive war, und dass Anne mich aus Notwehr attackiert hat, und jetzt tun sie alles, um mir aus dem Weg zu gehen. Das macht mir nicht so viel aus, und alles ist ruhig, bis zum Aufenthalt auf dem Freiganghof. Der steht für uns im Haus C gemeinsam an, und wir sind achtzig Frauen. Hier und da stehen Picknickbänke, einige davon überdacht, an der einen kurzen Seite ist ein Volleyballnetz gespannt, an der Längsseite stehen Fußballtore, und nahe am Zaun ist ein Pfad in den Rasen getrampelt.

Schräg vor mir stehen drei Frauen, sie lachen und knuffen sich gegenseitig, bis eine von ihnen nach hinten plumpst, auf mich drauf, als ich dort auf der Bank sitze.

»Ganz ruhig«, sage ich und stehe auf.

Als sie sieht, dass ich es bin, verwandelt sich ihr Gesichtsausdruck schlagartig. Sie hält die Hände hochgestreckt vor sich und bittet wiederholte Male um Entschuldigung. Als sie zu nahe stehen bleibt und alles tut, um vorzutäuschen, dass sie nicht starrt, ohne dass es ihr gelingt, bin ich genervt und jage sie davon. Obwohl ich nicht im Geringsten grob bin, verliert die Frau das Gleichgewicht und fällt rücklings auf den Boden. Das war selbstverständlich Absicht, und ich seufze über ihren Versuch, das Opfer zu spielen. Schnelle Schritte über den Rasen, und eine Sekunde später packt Tina mich und drückt mich gegen den Zaun.

»Ich habe nichts getan«, sage ich.

»Und ich hatte geglaubt, du hättest etwas gelernt nach dem, was im Keller passiert ist«, lässt sie mich wissen.

Tina und eine andere Gefängniswärterin wollen mich vom Hof wegführen, als Adriana sie zur Seite nimmt. Tina hört zu, was sie zu sagen hat, und weist mich dann an, ich solle mich auf der anderen Seite des Hofes aufhalten, bis es Zeit ist wieder reinzugehen. Noch mehr Aufsehen, und sei es auch nur ein lauter Ton, warnt sie, habe Isolation zur Folge. Ich nicke und mache eine entwaffnende Geste.

Alle kennen die Isolation, selbst wir, die wir nicht dort gesessen haben. Formell wird es *Platzierung in Abgeschiedenheit* genannt. Es gibt ein paar Zellen unten in den unterirdischen Gängen mit einer Plastikmatratze auf dem Boden und einem Fensterschlitz nahe der Decke, mehr nicht. Dort gelten dieselben Regeln wie in der Untersuchungshaft, 23 Stunden des Tages eingeschlossen und das Recht auf täglich eine Stunde einsames Spazierengehen. Wer dort landet, hat wahrscheinlich Widerstand geleistet oder ist gewalttätig geworden, alternativ wurde die betreffende Person von einer anderen Gefangenen bedroht und muss geschützt werden. Die Isolation ist, wie alles andere, für unsere und die Sicherheit anderer da. Um ein Ticket dorthin zu bekommen, reicht es jedoch aus, dass man aufmüpfig ist oder eine Anweisung infrage stellt. Die Wärter drohen oft mit Isolation, um uns gefügig zu machen.

Ich setze mich auf den Boden, lehne mich an den Zaun und überlege, wie sehr ich mich verändert habe. Alle verändern sich durch das Leben in Biskopsberg. Die Linda Andersson, die vor fünf Jahren hierhergekommen ist, wäre bei einem ähnlichen Vorfall zurückgewichen und weggegangen. Sie hätte um Entschuldigung gebeten und alles getan, um Konflikten aus dem Weg zu gehen. Zu verhärten ist unausweichlich, man ist gezwungen, für sich selbst einzustehen, und hier drinnen sagt man zu Leuten Dinge, die man draußen niemals gesagt hätte. Das habe ich früh gelernt.

Seit ich jedoch mit den Narben aufgewacht bin, ist das anders. Die Veränderung reicht viel tiefer, und ich verstehe kaum noch, wer ich bin. Mein Ich wurde über die Jahre verschlissen, die, die ich war und noch immer bin, einzig eine dünne Schale ist von ihr noch übrig. Der Gedanke an das, was nach weiteren Jahren, einem Jahrzehnt oder mehr, noch vorhanden sein wird, lässt in mir den Wunsch aufkommen, überhaupt nicht mehr zu denken.

Vielleicht *ist* die Isolation eine Alternative. In totaler Einsamkeit eingeschlossen zu sein, ohne den Anspruch, mit den übrigen Insassinnen zusammen funktionieren zu müssen. In einem leeren Kasten eingeschlossen zu sein, in den das Tageslicht kaum vordringt, ist vielleicht der Weg in die Freiheit, wenn mir wirkliche Freiheit verweigert ist.

Ich rolle meine Schultern, und als ich den Kopf drehe, sehe ich, wie mich eine kleine, zarte Frau unter ihrem geraden Pony beobachtet. Daria ist wieder da. Seit meiner ersten Zeit im Gefängnis haben wir uns nicht mehr gesehen. Sie grüßt zaghaft.

»Hej, Linda. Du siehst anders aus.«

»Findest du?«, entgegne ich und drehe ihr demonstrativ meine linke Gesichtshälfte zu.

»Ich habe gehört, dass du überfallen wurdest«, sagt sie. »Und dass du jetzt mit der Königin abhängst. Du hast dich wirklich verändert.«

»Du offenbar nicht, da du wieder einsitzt«, versuche ich zu scherzen.

Daria wird rot, und ich sehe, dass sie mir das übel nimmt. »Und du glaubst sicher immer noch, dass du etwas Besseres bist als wir anderen«, sagt sie.

Ich antworte nicht.

»Hat Adriana auch deine Schluchzgeschichten zu hören bekommen?«, fährt Daria fort.

»Welche Geschichten?«, erkundige ich mich, und in dieser Sekunde fühle ich mich furchtbar müde.

»Ich erinnere mich, wie überzeugend du geklungen hast, als du erzählt hast, dass deine Schwester nichts mit dir zu tun haben will. Du hast es geschafft, dass ich Mitleid mit dir hatte. Behauptest du auch noch immer, dass du unschuldig bist?«

Als Adriana sich nähert, schweigt Daria. Ihr Blick gleitet zwischen mir und Adriana hin und her, dann dreht sie sich um und geht.

»Hast du Probleme mit ihr?«, erkundigt sich Adriana.

»Lass sie in Ruhe«, antworte ich.

Adriana schaut Daria lange nach.

»Wirklich«, sage ich. »Sie bedeutet nichts. Sie ist niemand.«

Allerdings macht mich Darias Vorstoß traurig. Die

ersten Monate haben wir viele Stunden zusammen auf dem Freiganghof verbracht, obwohl sie mich mitunter geärgert hat. Sie sagte, ich wüsste nicht, wie es sei, es schwer zu haben, ich, die ich mit einem silbernen Löffel im Mund geboren wurde, ein Luxusleben geführt und alles bekommen habe, worauf ich gezeigt habe. Sie selbst hat ihre Kindheit bei diversen Pflegeeltern verbracht. Wenn sie in einer Familie bleiben wollte, durfte sie das nicht, und wenn sie sich nicht wohlgefühlt hat, wurde sie trotzdem gezwungen, dort zu leben. Und Biskopsberg sei voll von solchen Schicksalen. Von solchen, die von Anfang an dagegen hatten ankämpfen müssen, dass sie keine Chance hatten, die keine Hilfe von der Schule oder der Gesellschaft erfahren hatten. Daria zufolge kämpften sie noch immer, ohne dabei auch nur halb so viel zu jammern wie ich. Dennoch hatte sie sich meiner angenommen, und sie war die Einzige, der ich mich anvertraut hatte. Dann wurde sie verlegt. Wir waren vielleicht keine Freundinnen, aber wir hatten eine Gemeinschaft. Und jetzt ist sie wieder zurück und behauptet, ich sei falsch.

Genauso war es in der Untersuchungshaft. Kurz bevor die Strafe vollstreckt wurde, hatte ich zu hören bekommen, dass mehrere vom Personal der Ansicht seien, ich würde mich merkwürdig verhalten. Sie sagten, es habe mich vollkommen unberührt gelassen, als meine geistige Zurechnungsfähigkeit untersucht wurde, ebenso, als die Polizei mich mit zum Sommerhaus genommen hat, um mich am Tatort herumzuführen. Sie sagten, ich würde oft lächeln, dass ich unter dem Lächeln aber vollkommen unzugänglich und kalt sei.

Ich gebe zu, dass ich mich nicht darum geschert habe, die kennenzulernen, die das Essen ausgaben, und diejenigen, die die Zellentür auf- und zuschlossen, um mich zur Toilette, auf den Hof oder zum Verhör zu begleiten. Es waren so viele Gesichter, und ich glaubte nicht, dass ich so lange dortbleiben würde. Ich wollte es nicht glauben. Und hätte ich der Trauer um Simon und Mama nachgegeben, und der Angst davor, vollkommen alleine zu sein, wäre ich in eine Dunkelheit versunken, aus der ich nie wieder herausgekommen wäre. Daher gab ich mich in den Tagen und Wochen, die vergingen, freundlich und zuvorkommend. Ich dachte, es sei positiv und zu meinem Vorteil, dass ich das tat und dass es mir sogar gelang, hier und da ein Lächeln hervorzupressen.

Das war es nicht.

Sollte es ein Benutzerhandbuch dafür geben, wie man sich richtig verhält, wenn das eigene Leben vollkommen aus den Fugen gerät, wäre ich sehr daran interessiert. Die Wahrheit aber ist, dass alle das sehen, was sie sehen wollen.

Mein Verhalten während des Prozesses war auch Gegenstand von Analysen, jede Veränderung der Tonlage während meiner Aussage. Es wurde notiert, ob ich aufgebracht oder gleichgültig klang. Ein Journalist beschrieb mich als gefühlskalt während der Darstellung von Simons Obduktion, ich hätte nicht einmal reagiert, als die fürchterlichsten Details vor Gericht ausgebreitet wurden. Ich hätte sogar die Frechheit besessen, ruhig die Augen zu schließen und auszusehen, als würde ich schlafen, als der Anruf meiner Schwester bei der Notrufzentrale abgespielt wurde.

Aber das war die einzige Möglichkeit gewesen, es auszuhalten. Wenn ich kämpfte mich wachzuhalten, war der Grund nicht der, dass ich gelangweilt war, ich war erschöpft. Niemand hatte mich davor gewarnt, dass eine solche Reaktion kommen könnte. Von monatelanger Isolation dahin, plötzlich im Zentrum aller Aufmerksamkeit zu stehen. Von totaler Passivität dahin, mich über Stunden am Stück konzentrieren zu müssen. Und die eingehenden Beschreibungen der besinnungslosen Gewalt waren so erschütternd, dass mein Bewusstsein nicht in der Lage war, noch mehr aufzunehmen. Ich wollte nicht hören, wie Simons Halsschlagader durchtrennt wurde, wie das Blut aus ihm herauspumpte, und wissen, dass ich es war, die dieser Taten angeklagt war.

14

Nach dem Abendessen gehe ich zu Adriana, um mir ein Buch auszuleihen, von dem sie gesprochen hat. Sie gibt es mir und sagt, sie habe vergessen zu fragen, wie Mikaelas Besuch verlaufen sei. Ich sage, dass es annehmbar war, ich jedoch das Gefühl hatte, dass sie eigentlich nicht hatte hier sein wollen. Genau wie Alex wünschte sie sich wohl, nicht hergekommen zu sein.

»Angehörige besuchen einen selten um ihrer selbst willen«, sagt Adriana. »Es gibt ihnen nicht so viel. Wir sind anders angezogen und verhalten uns anders, als sie es gewohnt sind. Ihre Habseligkeiten werden ihnen abgenommen und sie werden eingeschlossen, wenn auch nur vorübergehend. Viele erschreckt das. So sonderbar ist das nicht.«

»Warum kommen sie dann überhaupt?«, entgegne ich. »Wenn jedes Gesprächsthema verminter Boden ist, selbst die eigene Kindheit. Das ist anstrengend.«

»Beziehungen sind nie einfach«, sagt Adriana. »Wäre das der Fall, dann sähe die Welt ganz anders aus. Komm, stell dich hierhin.« Sie klopft auf den Boden.

»Warum?« Ich schaue sie an, bis sie nach meiner Hand greift und mich von dem Schemel hochzieht. Dann zeigt sie mir einige der Schritte, die ich sie in der Krankenabteilung habe machen sehen. Mein Körper ist steif. Seit ich verletzt wurde, habe ich mich weniger bewegt als je zuvor. Aber Adriana ist geduldig und ruhig und besteht darauf, dass ich eine Plank mache. Offenbar ist meine Haltung schlecht, und es dauert nicht lange, bis die Muskeln nachgeben. Adriana lacht, als ich auf den Boden plumpse.

Ich drehe mich auf den Rücken und schaue sie an, als sie nach ihrem Holzstab greift.

»Morgen soll ich wieder anfangen zu arbeiten«, sage ich.

Die Stunden in der Fabrik sind nicht nur monoton, sie sind geisttötend. Doch wenn Anne nicht nach Biskopsberg gekommen wäre, und wenn sie mich nicht attackiert hätte, dann hätte ich wahrscheinlich noch immer einen nichtssagenden Tag nach dem anderen vor mir, bis die Zeit gekommen wäre, dass ich meine Strafe abgesessen hätte. *Wenn nicht.*

Mein Leben ist voll von so etwas, ich könnte unendlich viel aufzählen. Wenn Mama nicht krank geworden und gestorben wäre. Wenn Simon mich nicht betrogen hätte, oder wenn wir uns erst gar nicht begegnet wären, wo wäre ich dann? Wie würde mein Leben dann aussehen? Wenn ich ihn nicht zu der Party eingeladen hätte, wenn ich an diesem Morgen nicht versucht hätte, das Blut abzuwaschen. Wenn ich nicht Fehler um Fehler begangen hätte. Aber so zu denken, ändert nichts.

»Geh nicht zur Arbeit.« Adriana beugt die Knie und macht mit dem Stab in den Händen einen Ausfallschritt.

»Bei dir hört sich das so einfach an«, entgegne ich. »Einfach auf alles zu pfeifen und zu tun, was man will.«

»Vielleicht ist es auch nicht schwer«, sagt sie.

»Vielleicht nicht, wenn man die Königin von Biskopsberg ist.«

Meine gesamte Kindheit hindurch habe ich zu hören bekommen, wie tüchtig ich sei. In der Schule und auf den Tourneen, mit Mama bei der Kleideranprobe und während der Interviews. Mama bekam oft Lob, dass ich wirklich ihr kleines Sonnenscheinmädchen sei. Ich war so artig, eine Eigenschaft, die bei den Erwachsenen scheinbar am höchsten im Kurs stand.

Wenn »artig« dasselbe bedeutet wie gewissenhaft und zuverlässig, ist das für mich immer normal gewesen. Und die Lehrer in der Schule freuten sich darüber, wie die Musterschülerin ihnen die Arbeit erleichterte. Doch bei einem von all den Schülergesprächen in der Schule hat eine der Vertretungen einmal gesagt, dass ich womöglich zu nachgiebig sei.

»Es ist toll, dass dir das Zusammenarbeiten leichtfällt, Linda«, sagte sie und sah mich an. »Aber du solltest mehr für dich einstehen. Du musst dich nicht immer fügen. Es ist in Ordnung, für das einzustehen, was du willst.«

Papa hat oft das Gleiche gesagt. Er sagte, ich würde mich viel zu sehr dem anpassen, was andere meiner Meinung nach von mir erwarteten. Was Mama erwartete. Ich hätte doch wohl einen eigenen Willen? Ich könnte doch wohl den Mund aufmachen?

»Das war ein Problem für mich«, sage ich zu Adriana. Ich setze mich auf und schaue ihren schwungvollen Bewegungen zu. »Die Leute glauben, ich sei so nachgiebig und mache ständig etwas anderen zuliebe. Ihnen kommt nie der Gedanke, dass ich es vielleicht selbst will. Es gelingt mir nicht, jemandem begreiflich zu machen, wie ich wirklich *bin*. Oder ich kenne mich selbst nicht.«

»Wie bist du denn?«, fragt Adriana und stellt den Holzstab beiseite. »Wenn du so tüchtig und folgsam bist, kann man sich doch wohl wundern, wie du an diesem Ort gelandet bist.«

Das weiß sie sehr gut, aber bisher hat sie mich nicht danach gefragt. Zum ersten Mal überhaupt erzähle ich.

Am 17. September lud ich zur Party ins Sommerhaus auf Färingsö ein, das Mikaela und ich von Mama geerbt hatten. Alex und ich fuhren bereits am Vormittag hin, da ich ihm alles zeigen wollte.

Das Hauptgebäude besteht aus zwei Stockwerken mit einem Balkon über der Veranda. Entlang der einen kurzen Seite wächst wilder Wein, der langsam rot wurde. Die Blätter der Eiche würden bald in einem leuchtenden Gelb explodieren. Der Seilstummel mit der Schaukel daran, auf der Mikaela und ich abwechselnd geschaukelt hatten, hing noch immer an seinem Ast. Das Haus befindet sich seit Generationen in Familienbesitz, und mein Großvater mütterlicherseits behauptete, sein Vater sei im 19. Jahrhundert dort im Wohnzimmer geboren.

Das Nebengebäude befindet sich in einem Winkel rechter Hand des Hauses. Ich zeigte Alex die Werkstatt, wo es noch immer nach Leinöl, Farbe und eingetrocknetem Leim roch. Eine Arbeitsbank mit Hobel, Sägen und allem erdenklichen Werkzeug.

Über der Werkstatt befindet sich ein Dachboden, auf dem alte Stühle gestapelt sind und alte Fenster mit Spinnweben darauf gegen das Mansardendach gelehnt stehen. Wir kletterten hinauf und Alex fand Zeitungen aus den Vierzigerjahren, die sich mit ihren Nachrichten aus dem Zweiten Weltkrieg in den Sägespänen versteckt hatten. Die Seiten waren vergilbt und fielen fast auseinander, war man jedoch vorsichtig, konnte man noch immer darin blättern.

Dann gingen wir am Gästehaus vorbei hinunter zum Steg. Ich tauchte die Finger ins Wasser und fragte ihn, ob er reinspringen wolle. Er lachte, als er sagte, dass er keine Lust habe zu erfrieren.

Die anderen kamen erst am Abend. Mikaela, Tess und ein paar, mit denen ich gepaukt und gearbeitet hatte, ein paar bekannte Gesichter aus der Musikbranche, und dann Simon, den ich in letzter Sekunde eingeladen hatte. Wir waren etwa zwanzig Leute, und einige sollten über Nacht bleiben.

Die bunten Laternen hingen in den Bäumen und um die Veranda herum, sie erleuchteten den Septemberabend mit ihrem sanften, glühenden Schein. Aus dem Haus strömte laute Musik nach draußen und vermischte sich mit Stimmengewirr und ausgelassenem Lachen. Der lange Tisch auf der Veranda war mit Fingerfood und Kerzen gedeckt, und ich fühlte mich hübsch in meinem hellblauen Kleid.

»Wie geht es dir? Bist du okay?«

Ich spürte eine Hand auf meinem Arm, und als ich mich umdrehte, sah ich Mikaela.

»Ja, das bin ich«, antwortete ich und spürte, dass es der Wahrheit entsprach. Es war vier Monate her, seit wir Mama begraben hatten, und sie hätte die Idee geliebt, dass wir ein großes Fest veranstalteten, um das Leben zu feiern. Ich würde wieder von vorn anfangen, würde glücklich werden. Und nach allem, was in der letzten Zeit geschehen war, sollte dieser Abend der Anfang von etwas Neuem werden.

»Ich bin froh, dass du gekommen bist«, sagte ich und umarmte meine kleine Schwester. »Hast du Alex schon kennengelernt?«

»Noch nicht.«

»Ich muss euch später einander vorstellen. Ich kann es kaum erwarten, dass du ihn kennenlernst.«

Ich hatte den ganzen Abend lang alle Hände voll zu tun. Wir aßen und tranken, der Geräuschpegel stieg, je weiter der Abend voranschritt. Simon spazierte umher und war Simon, charmant wie immer, lauthals lachend, sodass es über den ganzen Garten hinweg hallte. Er tat alles, um in meiner Nähe zu sein, um mich an die schönen Stunden zu erinnern, die wir gemeinsam gehabt haben, die Nächte, in denen wir unten auf dem Steg gelegen und in die Sterne hinauf geschaut haben. Er sagte, er bereue, was er getan habe, und er bat mich um Verzeihung. Er sagte es mehrfach: *Meine Liebe, können wir reden.* Er holte die Gitarre hervor, er sang die Lieder, von denen er wusste, dass ich sie mochte. Seine heisere Stimme, die langen, empfindlichen Finger, die über die Saiten strichen und die Botschaft, dass er mich niemals habe verletzen wollen, dass er einen Fehler gemacht habe.

Aber ich wollte seine Entschuldigungen nicht hören. Wollte die schmachtenden Lieder über ewige Liebe nicht hören, das Versprechen, dass er mich liebte und dass wir von vorn beginnen könnten. Dennoch konnte ich nicht aufhören zu lauschen oder die wiederkehrenden

Fantasien von uns beiden stoppen. Besonders da nicht, als er mich in eines der Schlafzimmer zog und küsste. Simon verwirrte mich.

Ich schüttelte ihn ab und ging mit einigen leeren Flaschen in die Küche. Eine davon rutschte mir aus den Händen und landete auf der Marmorspüle, wo sie in tausend Stücke zerbrach. Ich kroch auf allen vieren auf dem Boden herum, um sie aufzusammeln, damit sich niemand verletzte, und schnitt mich dabei an den scharfkantigen Scherben. Die Wunde war einige Zentimeter lang, aber nicht so tief und tat nicht weh. Ich fluchte verbissen, als ich das Blut wegwischte.

Ich ging wieder hinaus und beschloss, Simon aus dem Weg zu gehen. Ich zündete mir gerade eine Zigarette an, als Alex kam und mir zuflüsterte, dass er nicht gedacht hätte, dass ich rauchen würde. Ich entgegnete, dass er mich vielleicht nicht so gut kennen würde, wie er glaubte. Ich sei voller Überraschungen, lachte ich und streichelte seine Wange.

Die Nacht war weich wie Samt, und die Anspannungen im Körper ließen nach. Alex erinnerte mich daran, dass er es war, in den ich verliebt war, dass ich bereits glücklich war. Wir tanzten auf der Wiese vor der Veranda und ich sagte ihm, dass es mir gut ginge. Ich sagte es mehrfach. *Es geht mir gut. Du sorgst dafür, dass es mir gut geht.*

Ich lachte, Alex' Augen funkelten, und seine Küsse

schmeckten nach Champagner. Ich schlug vor, dass wir raufgehen und uns hinlegen. Es war bald zwei, und die meisten waren bereits gefahren oder schlafen gegangen. Ich nahm seine Hand, und die, die noch da waren, sahen uns, als wir gingen, darunter auch Simon.

Alex war eingeschlafen, als ich wieder aufstand. Ich konnte nicht aufhören an Simon zu denken. Ich spürte, dass ich mit meinem Mann reden musste, er hatte es verdient, dass ich mir wenigstens anhörte, was er zu sagen hatte.

Einige Gäste saßen noch immer draußen auf der Veranda, Simon jedoch nicht. Ich ging durch die Hintertür nach draußen, um nicht mit jemandem zusammenzustoßen, und barfuß weiter über die Wiese. Dort drüben flackerten die Kerzen, während die Stimmen zusammen mit der gedämpften Musik über den Garten schwebten. Ich fand ihn nirgends. Seine Tasche war im Gästehaus, daher legte ich mich aufs Bett und dachte an ihn und all das, was er im Laufe des Abends gesagt hatte. An seinen bekannten Duft, seinen Geschmack, die Art, wie er mich bei dem Kuss hinterm Ohr gestreichelt hatte, so, wie er es immer getan hatte. Ich dachte an Alex, der oben im Haus lag und schlief. Ich fragte mich, was *ich* eigentlich wollte.

Nach einer Weile döste ich ein, und danach war ich sicher, dass man mich unter Drogen gesetzt hatte. Ich habe keine andere Erklärung dafür, wie ich aufwachen und eine Anwesenheit spüren konnte, neben mir tiefe Atemzüge hörte, aber trotzdem nicht in der Lage war, mich zu rühren. Und es war nicht Simon, ihn kannte ich in- und auswendig. Es war jemand anderer.

Es war unangenehm, und ich bekam Angst. Ich glaube, dass ich gefragt habe, wer da sei, aber ich bekam keine Antwort. Selbstverständlich kann meine Erinnerung falsch sein, schließlich hatte ich einiges getrunken. Doch es war nicht so wie bei der Einsamkeit in der Arrestzelle, wo ich Dinge gesehen habe, die nicht da waren. Ich sah überhaupt nichts. Die Gardinen waren zugezogen, im Zimmer war es pechschwarz. Da waren nur diese Atemzüge. Ich muss dann wieder eingeschlafen sein, denn als Nächstes erinnere ich mich daran, wie ich aufgewacht bin, unter Unwohlsein und mit Blut bedeckt, ohne eine Ahnung, woher es kam.

Das sei sehr merkwürdig, fand Kriminalinspektor Tony Bodin. War er wohlwollend, betrachtete er meine Erlebnisse in dem Zimmer als Einbildung, vielleicht als Fantasien einer Betrunkenen. Am häufigsten gab er mir jedoch zu verstehen, dass er sie als Lügen ansah, wie so vieles andere von dem, was ich sagte. Und obwohl das Gefühl so stark war, dass ich es nicht herbeifantasiert haben konnte, schaffte er es, dass ich aufhörte, davon zu reden. Hin und wieder brachte er mich sogar dazu, an mir selbst zu zweifeln. Aber ich weiß, was wahr ist. Ich habe die Anwesenheit einer anderen Person gespürt.

15

»Wie lange wart ihr zusammen, Simon und du?«, will Adriana wissen.

»Als wir uns kennengelernt haben, war ich 24 und er 26«, sage ich. »Wir waren acht Jahre zusammen, vier davon verheiratet.«

»Er war Musiker?«

»Gitarrist und Sänger. Anfangs hat er mit anderen großen Künstlern gespielt und sie auf ihren Tourneen begleitet, dazwischen hat er sich seinen Lebensunterhalt als Barkeeper verdient. Kurz nachdem wir uns kennengelernt hatten, ist ihm der Durchbruch als Solokünstler gelungen.«

Simon Huss war der charmante Kerl mit den unbändigen Locken, der viel lächelte und lachte. Das hat er auch an jenem Abend, als er in der Bar in Söder arbeitete, in die ich mit meinen Freunden gegangen war. Ich gab ihm deutlich zu verstehen, dass ich interessiert war, und meine Aufmerksamkeit schien ihm sowohl zu schmeicheln als auch ihn einzuschüchtern. Das fand ich süß. Ich blieb da, während die anderen weiterzogen und wartete auf ihn, bis er Feierabend hatte. Als der Gentleman, der er war, bot er an, mich ein Stück zu begleiten, und irgendwo bei der Schleuse griff er nach meiner Hand. Er begleitete mich nach Hause und hielt mich für den Rest der Nacht wach.

Ich bekam zu hören, dass das alles viel zu schnell gehen würde. Simon sei entweder auf mein Geld aus oder auf meine Kontakte in der Musikbranche, um Unterstützung für seine Karriere zu erhalten. Er würde mich ausnutzen und weiterziehen, wenn er bekommen hatte, was er wollte. Verkehrter hätten sie nicht liegen können. Er liebte mich so, wie ich war und betete den Boden an, auf dem ich ging. Er sah mich auf eine Weise an, als sei ich der einzige Mensch, der in seiner Welt existierte. Und als ich ihn besser kennenlernte, wurde klar, dass er jemanden brauchte, der für ihn da war und an ihn glaubte, eine stabile Basis in dem Promidasein. Er brauchte mich. Genauso wie ich ihn brauchte.

Simon zog bald zu mir in die Wohnung, die Mama mir in der Nähe ihrer eigenen gekauft hatte. Als er seinen ersten großen Erfolg feierte, zogen wir in eine größere in Vasastan und bestellten ein luxuriöses Doppelbett, das dem Verkäufer zufolge mit einem Federsystem ausgestattet war, das uns *in Schwerelosigkeit ruhen* lassen würde.

»Spürst du es, Schatz«, sagte er, als er sich zum ersten Mal in unserem neuen Schlafzimmer auf die Matratze warf. »Man wiegt nichts.« Er zog mich auf sich und stöhnte übertrieben. »Ich habe mich geirrt. Du bist doch ziemlich schwer.«

Ich kitzelte ihn an der Seite und wir balgten uns eine Weile, bevor er mich küsste und mir die Sachen vom Leib riss. Danach lagen wir verschwitzt nebeneinander. Mehrere Jahre lang schliefen und liebten wir uns in diesem Bett, schwerelos oder nicht.

»Warst du glücklich mit ihm?«, erkundigt sich Adriana.

Während eines Wochenendes in Paris hielt Simon um meine Hand an. Wir heirateten auf einer Klippe auf einer Insel im Schärengarten. Es waren über 300 Gäste anwesend, und eine Zeitung war vor Ort, um exklusiv über die Hochzeit zu berichten. Mama sang natürlich, und Simon überraschte mich mit einem Lied, das er für mich geschrieben hatte. Kein Auge ist trocken geblieben.

Wir sagten Ja zueinander, sprachen unser Gelübde. *Bis dass der Tod uns scheidet.* Genau in diesem Moment hob ein kräftiger Windstoß meine mehrere Meter lange Tüllschleppe an. Simon flüsterte, dass es doch nett wäre, wenn ich weggetragen würde, um abzustürzen und zu ertrinken und ihn am Hochzeitstag zum Witwer machte. Wir lachten lange darüber. Er hielt mich auf dem Boden fest, und die Fotos wurden fantastisch, mit seinem breiten Lächeln, meiner Freude und dem Tüll, der um uns herumwirbelte.

»Ja, wir waren glücklich«, antworte ich. »Bis er alles, was wir hatten, weggeworfen hat.«

*

Meinem Anwalt Lukas Francke begegne ich zum ersten Mal in einem der Verhörräume in der Untersuchungshaft. Seine aschblond gefärbten Haare sind glatt und ordentlich, und nicht einmal wenn er mit der Hand darüberfährt, bringt das die Frisur aus der Fasson.

»Der Tote, Simon Huss, war also Ihr Ehemann?«, sagt er nach den einleitenden Phrasen.

»Ja«, antworte ich. »Das heißt, wir wollten uns scheiden lassen.«

Der Sauerstoff im Raum ist bereits aufgebraucht, und ich rede zu schnell, will das hier einfach nur hinter mich bringen. Zurück ins Sommerhaus auf Färingsö. Wie ich blutig im Bett im Gästehaus aufgewacht bin, wie ich ins Bad gegangen bin und all das, was an diesem Morgen passiert ist, bevor die Polizei gekommen ist. Nach einer Weile räuspert sich Lukas Francke und bittet mich, von Simon zu erzählen.

»Sie beide wollten sich scheiden lassen, sagen Sie, hatten Sie eine anstrengende Beziehung?«

»Er hatte sich verändert«, sage ich. »Er war ein vollkommen anderer Mensch geworden.«

»Was ist passiert?«

»Es war im Frühjahr«, beginne ich. »Oder früher. Simon ist fremdgegangen, nachdem Mama krank geworden ist.«

Und dann ist Mama gestorben, da habe ich ihn ertappt. Dann traf ich Alex, und wir waren den ganzen Sommer über zusammen, bis zu der Party im September.

Ich will erklären, was ich während dieser Zeit für Simon empfunden habe. Dass ich ihn hasste und es nicht erwarten konnte, bis wir geschieden waren. Dass ich ihn noch immer liebte und um uns getrauert habe. Es ist hoffnungslos, und schlussendlich sage ich überhaupt nichts. Wie soll ich einen Fremden dazu bringen, das zu verstehen, wenn ich es selbst kaum tue?

Lukas Francke wechselt die Spur. Er will wissen, ob ich mich von Simon bedroht gefühlt habe. Könnte ich aus Angst um mein Leben gehandelt haben? In diesem Fall gäbe es für uns eine Möglichkeit, auf Notwehr zu plädieren.

Ich brauche nicht nachzudenken, bevor ich Nein sage. Ich habe nicht aus Notwehr gehandelt. Ich verstehe ebenso gut wie jeder andere, dass es besser aussehen würde, wenn ich mich bedroht gefühlt hätte, aber ich kann nicht lügen. Ich war traurig und verärgert, was Simon betraf, aber ich hatte keine Angst vor ihm. Er ist nie gewalttätig gewesen oder mir gegenüber in irgendeiner Weise bedrohlich aufgetreten. Mich verletzt, ja, das hat er, aber er wollte, dass zwischen uns alles wieder gut wird.

Der Anwalt notiert etwas und seufzt.

*

Lukas Francke sagte, dass sich alles klären würde, wenn wir nur eins nach dem anderen angingen. Dann bat er mich, mit meinen eigenen Worten zu schildern, was zwischen Simon und mir geschehen war. Nicht das, was in den Zeitungen gestanden hatte. Er wollte, dass ich mir die Zeit nahm, die ich brauchte und nichts ausließ.

»Schaffen Sie das?«, fragte er.

»In den Zeitungen?«, entgegnete ich. »Was meinen Sie?«

Da begriff ich, dass Simons Untreue allgemein bekannt geworden war und dass alle schmierigen Details in der Presse standen. Ich verstand nicht, welchen Unterschied meine Worte machen sollten.

»Ich muss diese Fragen hier stellen«, erklärte Lukas Francke.

»Während des Polizeiverhörs werden Sie sie unzählige Male beantworten müssen. Leider.«

Damit sollte er recht behalten.

Tony Bodin war der Verhörleiter und übernahm das Reden, während sein Kollege, Johan Forsell, mich mit seinen hellblauen Augen fixierte. Es war offensichtlich, dass sie nicht zum ersten Mal ein Verhör führten. Sie schärften mir ein, dass nur Simon und ich im Gästehaus gewesen seien, ich wurde an das Messer erinnert, das sie gefunden hatten, an DNA, Fingerabdrücke und Blutspuren im Zimmer. Daran, dass alle technischen Beweise zu zwei Personen führten: zu Simon Huss und Linda Andersson. Und kam es nicht durchaus gelegen, dass aus meiner Erinnerung mehrere Stunden ausradiert waren?

Dass ich unter Drogen gesetzt worden sei, stimme auf keinen Fall. Ich hatte keine Substanzen im Blut, die darauf hindeuteten. Sie meinten, ich könne ebenso gut zugeben, dass die Schnittwunden an meinem linken Arm überhaupt nicht von einer kaputten Flasche stammten, sondern dass ich sie mir zugezogen habe, als Simon versucht hatte, mir das Messer wegzunehmen. Es gab keine Zeugen dafür, dass in der Küche irgendeine Flasche kaputtgegangen war, wie ich es behauptete.

Ich hörte, was sie sagten. Und ich sah ihnen an, dass sie meine Version nicht glaubten. Immerhin war ich die Einzige auf der Party, die offensichtlich ein Motiv hatte. Dann kamen wir zu Simons und meinem Sexleben und der bevorstehenden Scheidung. Nichts war heilig, nichts durfte privat bleiben.

Aber es war nicht nur unsere Beziehung, die auseinandergenommen wurde, oder all das, was zum letzten Tag und zur letzten Nacht in seinem Leben geführt hatte. Es war mein ganzes Leben. Das kleinste Detail war interessant, wie unbedeutend es auch schien. Sie merkten, wenn ich müde wurde und im Vorbeigehen fragten sie nach noch einer kleinen Sache, beinahe so, als würden wir dasitzen und miteinander plaudern. Sie klangen wirklich interessiert, als würden sie sich um mich Gedanken machen und wissen wollen, wer ich war. War aber irgendetwas in meinen Antworten widersprüchlich oder zweideutig, schlugen sie sofort zu.

Daher wurde ich immer wachsamer in Bezug auf das, was ich sagte. Ich weigerte mich, ihnen zu geben, was sie hören wollten, wollte sie nicht darin schwelgen lassen, wie das Sonnenscheinmädchen, trotz seiner privilegierten Kindheit, darüber jammerte, wie es verlassen und enttäuscht worden war. Wollte sie nicht darin herumwühlen lassen, was Alex und ich zusammen hatten, oder darin, wie es während Mamas letzter Lebenstage war. Ich weigerte mich, mich aufgrund dessen, was man mich in einem Verhörraum im Untersuchungsgefängnis Kronoberg zu sagen zwang, analysieren und verurteilen zu lassen.

Nachdem sie mit mir nicht vorankamen, wurde ich zum Sommerhaus gebracht, um gefühlt stundenlang am Tatort herumgeführt zu werden.

*

Als wir uns auf das Gästehaus zubewegen, sind meine Beine so schwer, dass ich kaum gehen kann. Ich muss mich darauf konzentrieren, einen Schritt nach dem anderen zu machen, einen Fuß vor den anderen zu setzen, bis ein Polizist am Griff meines Taillengurts zieht und mich ermahnt weiterzugehen.

Lukas Francke legt eine Hand auf meine Schulter und sagt etwas, das ich aber nicht verstehe. Mein Herz schlägt so heftig, dass es wehtut. Ich gehe die Treppe hinauf und trete in den Flur, gehe weiter zu der geöffneten Schlafzimmertür. Dort bleibe ich stehen und sehe mich um. Ich weiß nicht, was ich erwartet hatte, aber es gibt keine einzige Spur von Gewalttätigkeit oder Blut. Der Läufer auf dem Fußboden ist neu, und Großmutters handgewebter Bettüberwurf, blau mit weißen Rändern, liegt so, wie er soll. Ist er chemisch gereinigt worden? Oder war er nicht von Blut befleckt? Ich erinnere mich nicht, erinnere mich an nichts anderes, als dass ich hier aufgewacht bin. Es sieht so aus, wie es immer ausgesehen hat, und ich habe nur ihr Wort, dass Simon hier gestorben ist, nichts weiter. Ich selbst habe ihn nicht gesehen. Ist das Ganze hier ein einziger großer, kranker Scherz? Ich spüre, wie ich aus Erleichterung lauthals loslachen will, bis der Polizist an meiner Seite mir einen seltsamen Blick zuwirft und ich die Augen schließe.

Sofort ist das Zimmer so wie bei meinem Aufwachen. Die Blutlache auf dem Fußboden und die Spritzer an den Wänden, an meinen Armen und das besudelte Kleid. Der starke Geruch, der in Nase und Rachen dringt.

Ich mache die Augen wieder auf.

Tony Bodin bittet mich hineinzugehen und zu berichten, was geschehen ist, als ich in der Nacht hierhergekommen bin. Ich lege mich auf das Bett, zeige, wie ich mich auf die Seite gelegt habe, um zu warten.

»Warum haben Sie das Messer mitgenommen?«, fragt er.

»Das habe ich nicht.«

»Wie ist es sonst hierhergekommen? Sie sagten, es lag in der Küche, oben im Haus?«

»Ich erinnere mich nicht. Ich vermute es.«

»Wollten Sie Simon nur drohen?«

»Nein.«

»Haben Sie jemals daran gedacht, ihn zu töten?«

»Niemals.«

»Simon Huss hatte sie verletzt, nicht wahr?«, fährt Johan Forsell fort. »Das stand in jeder Klatschzeitung. Die Gerüchte müssen Sie sowohl traurig als auch wütend gemacht haben. Sie müssen Ihren Mann ganz schön dafür gehasst haben, dass er Sie dem ausgesetzt hat.«

»Nicht genug, um das zu tun, was Sie behaupten.«

»Ich wäre sehr wütend gewesen«, stimmt Tony Bodin ein und lässt es wie eine Bestätigung klingen. »Ich wäre komplett durchgedreht.«

»Ich habe Simon nicht umgebracht«, entgegne ich und

setze mich auf. »Ich habe es nicht getan, hätte es niemals tun können, denn ich habe ihn noch geliebt. Es war noch jemand hier drinnen.«

Ich sage es wieder und wieder. Ich wiederhole es, bis Lukas Francke das Verhör abbricht. Er und die anderen verlassen das Schlafzimmer, nur Tony Bodin ist noch da. Er starrt mich so intensiv an, dass es unangenehm ist. Ich lächle ihn an, instinktiv, wie um zu zeigen, dass ich nicht gefährlich bin.

*

»Du hast nie ein Geständnis abgelegt«, sagt Adriana in einem Tonfall und mit einem Blick, die schwer zu deuten sind. Ist sie stolz? Nachdenklich? Ich weiß es nicht.

»Es hat mir nichts gebracht«, sage ich. »Ich hätte es ebenso gut tun können.«

Ein Wärter steckt seinen Kopf in die Zelle.

»Andersson«, sagt er. »Zeit zum Einschließen.«

Ich nehme das Buch mit und gehe vor ihm her in meine Zelle. Ich lege mich aufs Bett, höre den Schlüssel im Schloss rasseln und wie er anschließend die Tür überprüft.

16

Anstatt zu lesen, grüble ich über das nach, was ich soeben Adriana erzählt habe. Genau wie im Polizeiverhör konnte ich ihr gegenüber die belanglosesten Details wiedergeben. Schweigend hat sie mich von dem Käse aus Portugal, dem luftgetrockneten Schinken und den Piroggen, den vegetarischen Rollen und einem märchenhaften Trüffelhonig erzählen lassen. Von dem Champagner und den teuren Weinen. Meinen wunderbaren Freunden. Von Tess, die eine Rede gehalten hat, bei der sich alle vor Lachen gekrümmt haben. Von Alex' Wärme. Simons neidischen Blicken und der Sehnsucht.

Es ist seltsam, wie bestimmte Erinnerungen so kristallklar sind, so, als wäre es gestern gewesen, während andere so weit weg erscheinen. Beinahe so, als wäre es jemand anderem widerfahren.

An was ich mich erinnerte oder nicht, war auch im

Prozess entscheidend. Die Glaubwürdigkeit meiner Erinnerungslücken wurde von einer als Expertin einbestellten Gedächtnisforscherin heftig infrage gestellt. Die sogenannten Erinnerungen, die ich tatsächlich *hatte*, seien zu überlegt, meinte sie. Ich würde mehrfach dieselben Dinge wiederholen, bestimmte Dinge auswählen, die ich stets in der gleichen Art und Weise darlegte. Das Lied, das gespielt wurde, als wir getanzt haben, das Essen, das wir zu uns genommen haben, wie ich mich im Gästehaus auf das Bett gelegt habe, wie ich eingeschlafen und dann von Blut bedeckt aufgewacht bin. Dementgegen würde ich mich nicht an die restlichen Stunden erinnern, die ich dort drinnen verbracht hatte.

Sie ließ sich lange darüber aus, wie verschiedene Bereiche des Gehirns unterschiedliche Arten von Informationen speichern, dass die Erinnerung assoziativ sei. An den Richter und die Schöffen gewandt, sagte sie, dass es sich bei vielen Erinnerungen tatsächlich um Konstruktionen handelt, die im Nachhinein erschaffen werden. Das bietet dem Gehirn die Möglichkeit, etwas zu erraten, das wir nicht richtig verstanden haben. Die Lücken zu füllen. Die Assoziationen müssen nicht einmal bewusst sein, sie kommen automatisch. Die Forschung und die Beweise müssten sprechen, da ich es nicht tat, sagte sie.

Lukas Francke bestellte seinerseits einen Forscher ein,

der behauptete, fehlende Erinnerungen seien keineswegs seltsam oder ungewöhnlich. Bei heftigen Traumata oder einem Schock sei es ein Schutzmechanismus des Gehirns, zudem kämen bei hohem Alkoholkonsum auch Blackouts relativ häufig vor. Abschließend präsentierte er eine Kurve, die beschrieb, an wie viel wir uns, in Bezug auf die Zeit, erinnern. Bereits zwanzig Minuten nach einem Ereignis haben wir zweiundvierzig Prozent davon vergessen. Nach einer Stunde mehr als sechzig Prozent. Nach einem Monat erinnern wir uns kaum an zwanzig Prozent.

Das sei in meinem Fall unwesentlich, konterte die Staatsanwältin. Ich würde bewusst jedes Mal bestimmte Stunden auslassen, mit Ausnahme eines bestimmten Augenblicks, über den ich eigentlich kein vernünftiges Wort sagen könne. Es ginge nicht darum, dass ich mich im März an weniger erinnere als im September. Ich hätte meine Geschichte vom ersten Tag an um keinen Deut verändert, also müsse sie fabriziert sein.

Bereits vor dem Prozess hatte mir mein Anwalt gesagt, dass die technische Beweisführung schwer wiegen würde, da ich keine Erklärung für Simons Tod abgeben oder Fakten vorlegen könne, die meine Version von einem anderen Täter stärken könnten. Auch damit sollte er recht behalten. Sie war alles entscheidend.

Wie die Nacht zum 18. September endete, klang in den Schlussplädoyers wie zwei vollkommen verschiedene

Geschichten. Die Staatsanwältin erzählte die eine, mein Anwalt eine andere.

In der ersten wurde ich als eine wütende, hemmungslose Frau, ohne jegliches Gewissen dargestellt. Die Staatsanwältin erinnerte an die besinnungslose Gewaltanwendung. Sie war sich sicher, dass mir bewusst war, was ich getan hatte, ich mich jedoch weigerte, dies zuzugeben. Ich hätte nicht mit der Polizei zusammengearbeitet, sondern durchblicken lassen, dass ich Mitleid verdient habe, weil Simon mich betrogen hatte und meine Mutter verstorben war.

»Aber Linda Andersson ist kein Opfer«, sagte sie. »Sollen Frauen mit schweren Verbrechen durchkommen, weil sie *Mitleid verdienen*? Ich behaupte, das sollen sie nicht. Simon Huss ist tot, und Linda Andersson ist die Person, die ihn ermordet hat. Dafür muss sie zu einer ebenso langen Gefängnisstrafe verurteilt werden, wie es bei einem angeklagten Mann der Fall sein würde.«

In Lukas Franckes Darstellung war ich eine gebrochene Frau, die alles getan hatte, um die Trümmer ihres Lebens aufzusammeln, und das zudem mitten im Licht der Öffentlichkeit. Er sagte, in meiner Biografie gäbe es absolut nichts, was darauf hindeute, dass ich zu einer solchen Handlung fähig sei. Ich sei eine gewissenhafte Person mit einer guten sozialen Kompetenz und einem großen Bekanntenkreis, ich hätte eine feste Arbeit und einen festen Wohnsitz. Ich hätte kürzlich jemanden kennengelernt, den ich sehr mochte. In einer solchen Situation hätte ich keinen Grund, meinen baldigen Exmann umzubringen.

Der Schlusssatz des Anwalts lautete, dass es alles andere als *zweifelsfrei* bewiesen sei, dass ich die Tat begangen habe. Es gäbe zu viele Fragezeichen, und die Wahrheit sei, dass der wahre Mörder noch immer frei herumlaufe.

Da ich keine eigene Version abgeliefert hatte, die irgendwelche Fakten oder Details enthielt außer denen, die mir zum Nachteil gereichten, war es am Richter und den Schöffen zu entscheiden, welche Geschichte sie für am wahrscheinlichsten hielten. Und das ist der Grund, warum ich mich in Biskopsberg befinde.

17

In den frühen Morgenstunden ist es in der Abteilung meistens still und ruhig. Für gewöhnlich wache ich früh auf, stehe auf, pinkle in den Nachttopf und entleere ihn im Waschbecken neben der Tür. Das mache ich auch an diesem Montagmorgen, anschließend wasche ich mir die Hände und das Gesicht, werfe einen schnellen Blick in den Spiegel aus poliertem Metall und fahre mir, aus alter Gewohnheit, mit den Händen über den Kopf, bis mir einfällt, dass meine langen Haare nicht mehr da sind. Die entstellte Frau mit dem starren Blick verfolgt mich, und es scheint, als würde es ihr gefallen, mich zu ärgern. Könnte sie sprechen, würde sie mich sicher dafür verhöhnen, wie widerlich ich sie finde. Würde sie fragen, ob ich Angst vor ihr habe, würde ich das mit Nein beantworten. Aber das wäre eine Lüge. Ich wende den Blick ab und ziehe mich an. Ich mache das Bett und warte darauf, dass die Wärter die Tür öffnen und es inspizieren, wie sie es die vergangenen fünf Jahre lang getan haben.

Dienstags habe ich immer Schmutzwäsche abgegeben und neue Sachen geholt, mittwochs an den Nachmittagen in der Bibliothek gesessen und gelesen. Waren vom Kiosk habe ich donnerstags bestellt und sie freitags abgeholt. Samstags und sonntags bin ich in der Abteilung geblieben, meist in der Zelle, und habe ferngesehen. Oder gelesen.

Für viele sind die Wochenenden anstrengender als die Wochentage, weil die Zeit noch langsamer vergeht, und die, die auf Besuch warten, sind rastlos und ungeduldig. Anschließend ist die Stimmung noch schlechter, in der Leere nach dem Abschied und den unerfüllten Erwartungen.

Wenn es dann wieder Montag wird, freue ich mich darauf, nach dem Frühstück wieder zur Arbeit zu gehen. Nicht, weil mir die Arbeit Spaß macht oder ich sie anregend finde, im Gegenteil. Sie killt die Zeit. Sie hilft, so zu tun, als würde das, was man macht, einen Zweck erfüllen, als hätte man ein Leben. Ich bin in Reih und Glied gegangen, ich wurde eingeschlossen und herausgelassen, ich habe mich durchsuchen lassen und getan, wie mir geheißen wurde. Jede Stunde, jeden Tag. Immer. Jetzt, da ich mich für meinen ersten Tag in der Fabrik nach der Attacke fertig gemacht habe, fühlt es sich sinnloser an als je zuvor.

In Biskopsberg herrscht von Montag bis Freitag volle Beschäftigungspflicht. Alle Insassinnen sollen in irgendeiner Form einer schematisierten Tätigkeit nachgehen, sei es Arbeit, Studium oder eine Therapie, um drogenfrei zu bleiben. Mir wurde ein Job in der Fabrik zugeteilt. Montage und Verpackung.

»Die täglichen Routinen tragen während eures Gefängnisaufenthalts zu einem normalen Alltag bei«, hat Tina gesagt, als mir und zwei weiteren Neuinsassinnen in der ersten Woche unsere Plätze zugewiesen wurden. »Ihr trainiert es, Anweisungen zu befolgen, ihr bekommt die Möglichkeit zu lernen, im Team zu arbeiten, und der Zweck besteht darin, euch auf ein Leben nach abgesessener Strafe vorzubereiten.«

Es war nach der Einführung, als ich gefragt habe, ob es für mich wirklich keine andere Arbeit gibt. Es war das erste und das letzte Mal, dass ich so etwas gefragt habe, und seither arbeite ich in der Fabrik.

Nach dem Frühstück, um halb neun, werden die Türen geöffnet. Während ich darauf warte, dass ich an der Reihe bin, um den Metalldetektor zu passieren, knöpfe ich den BH auf, streife einen Träger herunter, dann den anderen und ziehe ihn aus dem T-Shirt. Als mir das erste Mal befohlen wurde, ihn auszuziehen, glaubte ich nicht, dass sie es ernst meinten. Das ist noch immer die dümmste Erfindung in Biskopsberg.

»Der Metallbügel im BH reagiert«, erklärte mir

Kristoffer. »Sie müssen ihn ausziehen, vor allem nach der Arbeit, damit wir wissen, dass Sie dort drinnen nichts mitgenommen haben, was ausschlägt.«

Die Erniedrigung fühlt sich nicht mehr genauso heftig an, aber der dünne Stoff des T-Shirts gibt mir noch immer das Gefühl, nackt zu sein, und ich beeile mich, den BH auf der anderen Seite wieder anzuziehen. Vor einem Jahr war eine Insassin des Ganzen leid und weigerte sich. Mira ging einfach durch den Bogen und pfiff auf den losheulenden Alarm. Es endete selbstverständlich damit, dass die Wärter sie wegschleppten, um stattdessen eine Ganzkörpervisitation in nacktem Zustand durchzuführen. Solche Matchs gewinnen sie immer.

Am selben Abend ließ sich Mira auf der Toilette extra viel Zeit und verzögerte so das Einschließen in die Zellen, und am nächsten Morgen tat sie das Gleiche. Als sie schließlich herauskam, versetzte sie Kristoffer einen Stoß, als er zu ihr sagte, dass alle zu spät zum Frühstück kämen. Nach der ersten Pause hier in der Fabrik wurde sie von zwei Wärtern abgeholt, und seither haben wir sie nicht wieder gesehen.

Später habe ich gehört, dass Mira geschlagen worden war, was der Strafvollzug zum Anlass nimmt, einfach und ohne Vorwarnung schwierige Individuen zu verlegen. Sie werden sofort abtransportiert, sie erfahren nicht wohin und haben keine Zeit, irgendetwas mitzunehmen. Die Wärter räumen die Zelle von den Habseligkeiten, und wenn man Glück hat, gelangen sie in die neue Anstalt. Die, die zurückbleiben, erfahren nicht, wohin die Insassin verlegt wurde.

Ich gehe in die Fabrikhalle. Der Betonboden ist noch genauso schmutzig wie früher, die Fenster hinter dem Gitter sind noch immer staubig, und mitten im Raum stehen die langen Tische in Reih und Glied. Die Arbeitsstationen für Montage und Verpackung.

Ich setze mich an meinen Platz und stelle fest, dass der Montageauftrag, den wir hatten, als ich das letzte Mal hier gewesen bin, abgeschlossen ist. In Zeiten, in denen wir keine bestellten Aufträge von auswärtigen Firmen haben, müssen wir Schnürsenkel verpacken oder Schrauben sortieren, mitunter dürfen wir sie mit Muttern zusammen in kleine Tüten packen. Wenn wir fertig sind, entleert unser Betriebsleiter, Tor, alles in der großen Plastikkiste, und dann müssen wir von vorn anfangen. Es ist wichtig, dass wir beschäftigt werden, wenn wir in der Fabrik sind.

Die Neuen protestieren für gewöhnlich lautstark über die Sinnlosigkeit des Ganzen, aber das nützt selbstverständlich nichts. Im schlimmsten Fall führt es zu einem Aufenthalt in der Isolation.

Ich packe vier Schrauben und vier Muttern ein, ziehe den Druckverschlussbeutel zu und lege ihn in den Karton neben mir, bevor ich weitermache.

Vier Schrauben, vier Muttern, Druckverschlussbeutel zuziehen und in den Karton legen.

Vier Schrauben, vier Muttern, Druckverschlussbeutel zuziehen, in den Karton legen.

Ich weiß nicht, ob Daria in der Haftanstalt weitere Gerüchte verbreitet hat oder ob meine Erscheinung Neugierde erweckt, aber ich spüre, dass die anderen untereinander tuscheln. Über mich, und darüber, weswegen ich verurteilt wurde.

Vier Schrauben. Vier Muttern. Druckverschlussbeutel zuziehen. In den Karton legen.

Tag um Tag soll ich damit fortfahren.

Stunde um Stunde.

Woche um Woche.

Die Monate vergehen.

Ich sitze meine Zeit ab.

Jahr um Jahr.

18

Um zehn Uhr am Vormittag ist Pause, ich gehe durch die Seitentür zu dem eingezäunten Käfig, der zum Rauchen gedacht ist. Jedes Mal, wenn eine neue Insassin vorbeigeht, starrt sie uns erschrocken an, so, wie ich es einst getan habe. Für gewöhnlich nicke ich und heiße sie schweigend in unserer Raumstation willkommen.

Ich ziehe es vor, mit dem Rücken gegen die Hauswand gelehnt, ganz nah an der Tür zu stehen und den anderen zuzuhören, die von Besuchen oder bevorstehenden Urlauben erzählen. Eines der Mädchen wird bald entlassen und zählt die Stunden, bis sie ihre Kinder wieder in die Arme schließen kann. Die Luft ist kühl, aber die Herbstsonne scheint, und ich will noch nicht wirklich wieder reingehen.

»Willst du?«

Ich öffne die Augen und sehe, wie Tor sich neben mir an die Wand lehnt. Seine Glatze glänzt und er riecht ein bisschen nach Schweiß. In der Hand hält er eine Zigarette, die er mir reicht.

»Schön, dass du zurück bist«, sagt er. Ich antworte nicht und nehme auch die Zigarette nicht. »Kein Hafturlaub für dich?« Mit einem Kopfnicken verweist er in Richtung der anderen.

»Nein«, seufze ich.

»Hast du dich überhaupt darum gekümmert, nochmal einen Antrag zu stellen?«

»Warum sollte ich das tun?«

»Warum nicht?«

»Warum mir die Mühe machen, wenn ich weiß, dass er abgelehnt wird?«

»Das ist jetzt eine Weile her«, sagt Tor und nimmt einen Zug. »Wie war die Ablehnung begründet?«

»Mangel an Einsicht und Reue«, sage ich, sicher, dass er es bereits weiß. Ich schaue ihm in die Augen, und er ist es, der den Blick zuerst abwendet. »Ich habe doch keinen Ort, wo ich hingehen kann«, fahre ich fort. »Niemanden, den ich treffen kann.«

Das hatte ich vorher auch nicht, aber ich will hier raus, wenn auch nur für ein paar Stunden, und spüren, wie es ist, wieder normal zu sein. Zu hören, dass ich noch immer als zu gefährlich und unberechenbar eingestuft werde, um mich unter Menschen aufzuhalten, hat mich hart getroffen. Seither habe ich keinen weiteren Antrag auf Hafturlaub gestellt. Aber vielleicht könnte ich jetzt Mikaela in Stockholm besuchen. Ich frage mich, ob sie das wollen würde.

Tor runzelt die Stirn, als falle es ihm schwer zu glauben, dass ich keinen Kontakt zu den Personen habe, mit denen ich in meinem vorherigen Leben Umgang hatte. Die, die sich meine Freunde nannten, fanden es amüsant, Kontakt zu mir zu haben, solange ich ein schickes Leben geführt habe, über das man reden konnte. Sie waren schneller verschwunden, als dass ich verhaftet wurde, und alle waren sie weg, lange bevor ich offiziell verurteilt wurde. Das hätte ich Tor längst erzählen können, wenn ich Lust dazu gehabt hätte. Er hat seine Momente, in denen er nett und freundlich ist, aber ich verstehe den Sinn seiner Versuche nicht, mich besser kennenzulernen. Er plaudert, um zu erfahren, was ich mag und was ich im Leben will. Anfangs hat er mich einiges über Kathy gefragt, seine Mutter habe ihre Musik geliebt, hat er gesagt. Als würde uns das zu Freunden oder Vertrauten machen.

Wenigstens hat er aufgehört, mich Sonnenscheinmädchen zu nennen, das hat er nur während der ersten beiden Jahre getan. Da ich nicht darauf reagiert habe, ist er seines amüsanten Scherzes müde geworden. Vielleicht hat er Mitleid mit mir. Das braucht er nicht, nicht einmal ich selbst habe es mehr.

Ich gehe wieder in die Halle und sortiere weiter bis zur Mittagspause.

Der Speisesaal ist vom Geräusch weiblicher Stimmen, scharrender Stühle und klappernden Geschirrs erfüllt. Ich stelle mich in die Schlange der Essensausgabe und rücke bis zum Metallgestell und den blauen Kästen vor. Die Teller und Gläser sind aus Kunststoff, damit wir weder uns selbst noch andere verletzen. Ich nehme das Essen und gehe zu meinem Platz. Vor Kurzem bin ich an Adrianas Tisch umgezogen, in der Nähe des Fensters, bis dahin durfte ich neben Iris und Olga sitzen, den anderen zu lebenslanger Haft Verurteilten.

Iris wurde dafür verurteilt, in einer Stadt irgendwo in Mittelschweden ihren Onkel mütterlicherseits und seine Frau ermordet zu haben. Sie hat sie vergiftet, ihnen die Münder zugeklebt und sie zum Sterben zurückgelassen, während sie ihr Geld gestohlen hat. Es heißt, dass sie mit weniger als 200 Kronen abziehen musste. Sie spricht laut und ununterbrochen und hat ein hitziges Temperament.

Olga hat ihren Mann mit seinem eigenen Jagdgewehr erschossen, bevor sie den Körper zerstückelt und einige Teile im Garten vergraben hat. Die anderen landeten in der Mülltonne, und hätten die Leute von der Müllabfuhr sie nicht entdeckt, wäre sie vielleicht davongekommen. Iris und Olga haben vergangenes Jahr geheiratet und mehrfach beantragt, eine Zelle teilen zu dürfen, was bisher jedoch abgelehnt wurde.

Außer uns drei lebenslang Verurteilten sitzt »die

Peitsche« in Haus C, verurteilt wegen grober Misshandlung ihrer Pflegetochter. Auf verschiedene gerissene Arten hat sie das Mädchen über einen längeren Zeitraum gequält, um »ihm das Böse auszutreiben«. Die Einzige, die mit ihr Kontakt hat, ist »der Wicht«, verurteilt wegen Brandstiftung. Sie hat Feuer in dem Haus gelegt, in das ihr Exmann gerade mit seiner neuen Familie gezogen war, und eines der Kinder ist in den Flammen ums Leben gekommen. Die beiden sitzen im Speisesaal für sich, weit weg von allen anderen, weil alle sie wie die Pest meiden. Sie wählen die Isolation, um Angriffen zu entgehen, die meist verbaler, mitunter aber auch physischer Natur sind.

Meg war meine Nachbarin in Haus D, und für gewöhnlich saßen wir uns im Speisesaal gegenüber. Sie sitzt eine achtjährige Strafe wegen Kokainschmuggels ab. Jedes Mal, wenn ihr Freund ankündigt, sie besuchen zu wollen, macht sie sich besonders hübsch und sprüht sich viel zu viel von dem Parfüm auf, das zu haben ihr erlaubt wurde. Soweit ich weiß, ist er kein einziges Mal aufgetaucht, und es endet immer damit, dass Meg so sehr weint, dass ihr die Mascara herunterläuft. Sie schwört jedes Mal, nie wieder auf ihn zu warten. Später verspricht er erneut zu kommen, und sie erfindet Entschuldigungen, warum er das letzte Mal nicht kommen konnte, und erneut verbreitet sich der Geruch ihres Parfüms in der Abteilung. Ich nehme an, dass sich daran nichts geändert hat, seit ich in Haus C gezogen bin.

Dann gibt es die, die für kürzere Zeit einsitzen, wegen Betrug oder Diebstahl und solchen Sachen, aber ich spreche selten mit ihnen. Im Speisesaal sitzen die Kurzzeitigen und die Neuankömmlinge immer ganz vorn, wie ich selbst es am Anfang getan habe.

Gleich nachdem ich mich zum Essen hingesetzt habe, nähert sich eine junge Frau mit schwarz gefärbten Haaren meinem Tisch. Sie ist an den Händen tätowiert, und über den Kragen am Hals ragt ein Drachenkopf heraus. Sie stellt ihr Tablett neben mir ab, lächelt zaghaft und zieht den Stuhl vor, um sich hinzusetzen.

»Du kannst hier nicht sitzen«, sage ich. Sie zuckt zusammen und lässt den Stuhl los.

»Okay, sorry. Ist der besetzt?«

Dass sie neu in der Anstalt ist, ist offensichtlich, die Unsicherheit und die Angst, ein erschrockenes Kaninchen, das die Nase in die Luft reckt, um nach Gefahr zu schnüffeln. Sie ist das, was ich vor gut fünf Jahren war. Wir sind alle so gewesen. Aber ich sage nichts mehr, sondern esse einfach weiter, ohne mich um sie zu kümmern.

»Du bist Linda, Kathys Tochter«, sagt sie da. »Du siehst ganz anders aus als auf den Bildern.«

Sie studiert mein Gesicht und kommt mir dabei viel zu nahe. Ich verabscheue es, wenn Leute sich aufdrängen, und aus reinem Reflex hebe ich den Arm, woraufhin ihr das Tablett aus der Hand fliegt und eine Bruchlandung auf dem Boden macht. Essen und Wasser spritzen in alle Richtungen. Alle im Speisesaal starren uns an. Kein Ton ist zu hören. Die Frau hebt das Tablett auf, sammelt ein, was runtergefallen ist und versucht Ordnung zu machen. Rückwärts entfernt sie sich von dem Tisch und geht zu einem anderen weiter vorn im Speisesaal, zu den Neuankömmlingen. Die Wärter starren mich mit wachsamen Blicken an, greifen aber nicht ein.

Willkommen in Biskopsberg, denke ich, während um mich herum das Flüstern zunimmt.

*

Der Applaus nimmt kein Ende. Von meinem Platz neben der Bühne aus sehe ich, wie sich das Publikum unter begeistertem Beifall erhebt, und inmitten des Scheinwerferlichts steht Mama. Sie verbeugt sich wieder und wieder, eine Hand auf dem Herz, in einer Geste, die tiefe Dankbarkeit ausdrückt. Sie wirkt klein auf dem Podium, mit der gesichtslosen Masse davor. Dennoch ist sie eine Gigantin. Als sie ihnen Kusshände zuwirft und noch einmal ihren größten Hit anstimmt, erreicht der Jubel ein Crescendo.

»Die Sonne scheint auf mich und dich, sag, dass du mich liebst, mein Lieber, sag es.«

Bevor die letzte Strophe verklungen ist, fordern enthusiastische Stimmen noch mehr. Pfiffe, Jubel und wilder Applaus, der an Stärke zunimmt, sorgen dafür, dass ich die Geräusche am Ende nicht mehr auseinanderhalten kann. Sie verbergen sich wie ein einziger schriller Ton hinter dem diesigen Licht.

Ich verstecke mich in den Kulissen. Dort hinten bin ich unsichtbar. Ich frage mich, ob ich es auch bleibe, wenn ich raus zu Mama gehe und mich ins Licht stelle.

*

Ab und an haben mich die Wärter gefragt, warum ich nicht mehr unternehme, um die anderen kennenzulernen. Das ist leicht zu beantworten: Die meisten sind zu kürzeren Strafen verurteilt und verschwinden lange vor mir von hier, und so viele Abschiede hält man nicht aus.

Die Kurzzeitigen sind meist auch noch unsympathisch. Sie zeigen keinerlei Respekt und streiten sich um Kleinigkeiten, was uns anderen das Leben erschwert. Zurückgenommene Vorteile und härtere Routinen sind bedeutend verheerender, wenn man lange hier ist. Wenn das Dasein Hunderter eingesperrter Frauen auf kleinem Raum funktionieren soll, kann man sich nicht benehmen, wie man will. Das lernt man in den ersten Tagen und bringt es seinerseits denen bei, die später kommen. Man drängelt sich nicht in die Schlange, man nimmt den Aufschnitt nicht mit den Händen, und man setzt sich im Speisesaal nicht einfach irgendwohin. So läuft es, hier und auf dem Freiganghof wird die Hierarchie am deutlichsten.

Allerdings sage ich nur etwas, wenn es absolut nötig ist, ansonsten halte ich mich zurück und kümmere mich um mich. Ich habe nichts dagegen, unsichtbar zu sein und in der Menge zu verschwinden. Dann aber kommt eine Neuinsassin, die mich wiedererkennt und waghalsig genug ist, mich das wissen zu lassen.

Den Artikeln zufolge, die in regelmäßigen Abständen in der Boulevardpresse erscheinen, gehöre ich zu den Schlimmsten, denen man in Biskopsberg begegnen kann. Das Thema lautet meist *So leben Schwedens gefährlichste Frauen im Gefängnis*, und man kann lesen, dass wir eine geringe Anzahl von lebenslang Verurteilten sind, von denen ich lange Zeit eine der jüngsten war. Das verwendete Bild wurde im Raucherkäfig vor der Fabrik aufgenommen. In meinem ersten Jahr war eine Journalistin hier, um Olga zu interviewen. Dabei ist es ihr gelungen, mich heimlich zu fotografieren, obwohl das eigentlich nicht möglich sein sollte. Mir fällt es schwer, in der Frau auf dem Foto mich selbst zu erkennen. Meinem Gesichtsausdruck nach zu urteilen, ist es nicht nur angemessen, sondern direkt ratsam, mich in einer geschlossenen Anstalt einzusperren. Das

Foto, das gemacht wurde, als ich aus dem Krankenhaus abgeholt wurde, ist sicher noch schlimmer.

Mit einer dicken Schramme über dem halben Gesicht ist es unmöglich, in der Menge zu verschwinden. Die Narben an der Taille und am Oberschenkel kann ich wenigstens verbergen. Aber ich habe nicht umsonst mit Kathy gelebt. Im Scheinwerferlicht trage ich den Kopf oben und lasse alle starren, sollen sie über mich doch glauben und meinen, was sie wollen. The show must go on. Und mit Sicherheit ist dem Neuankömmling bereits zu Ohren gekommen, dass, wenn sie jemandem aus dem Weg gehen sollte, dies die Königin und das Monster sind. Sie wird es nicht noch einmal wagen, einem von uns zu nahe zu kommen.

Ich verlasse den Speisesaal, und nach dem Aufenthalt auf dem Freiganghof gehe ich zurück in die Fabrik, ziehe den BH aus, passiere den Metalldetektor, und ziehe den BH wieder an, bevor ich mich an meine Arbeitsstation setze.

Vier Schrauben, vier Muttern, Druckverschlusstüte zuziehen, in den Karton legen.

19

Nach der Schicht werde ich zur Gefängnischefin, Beatrice Viktorsson, gebracht. Bisher bin ich nur einmal in ihrem Büro gewesen, während des zweiten Jahres. Eine engagierte Kulturschaffende aus Stockholm hatte die brillante Idee gehabt, in der Haftanstalt ein Musical zu inszenieren, von und mit Insassinnen. Die kreative Arbeit sollte gut für die Beteiligten sein und ihnen die Möglichkeit bieten, sich künstlerisch auszudrücken, und die, die nicht an der Produktion mitwirkten, konnten an Weihnachten die Unterhaltung genießen. Wer war besser als Kathys Tochter geeignet, die Verantwortung dafür zu übernehmen?

»Danke, aber ich bin nicht interessiert«, sagte ich.

»Warum nicht?« Beatrice Viktorsson wandte sich an die Kulturschaffende. »Als sie hierhergekommen ist, hat Linda auf dem Klavier vor der Bibliothek gespielt. Sie ist wirklich gut.«

»Ich spiele nicht mehr«, sagte ich.

»Aber Sie haben sicher noch Ihre schöne Gesangsstimme«, lächelte die Kulturschaffende.

Freundlich, aber bestimmt lehnte ich ab und sagte noch einmal, dass ich an einem solchen Auftrag nicht interessiert sei. Keine von ihnen konnte verstehen, dass ich das nicht als eine goldene Gelegenheit betrachtete. Als wäre das Inszenieren eines Musicals mit verurteilten Gefangenen mein größter Lebenstraum. Eine neue Karrierechance. Hätten sie Mama gefragt, hätte sie direkt angebissen und geprüft, ob das Projekt in eine landesweite Tournee umgewandelt werden könnte. Sie hätte die Idee und die Öffentlichkeit geliebt. Ich nicht.

Zuvor war ich bereits mehrfach von anderen Insassinnen und Wärtern gebeten worden zu spielen und zu singen, aber ich will das nicht, das macht die Gefangenschaft nur noch offensichtlicher. Doch das versteht keiner.

Die Gefängnischefin begrüßt mich ohne aufzuschauen, zeigt auf den Stuhl vor dem Schreibtisch und bittet mich, Platz zu nehmen. Sie ist sechzig, macht jedoch einen fitten Eindruck, wie jemand, der im Sommer Golf spielt und segelt und im Winterhalbjahr nach Val d'Isère reist und braun gebrannt und wohlauf zurückkehrt.

Beatrice Viktorsson blättert in einer Mappe, die auf

dem Schreibtisch liegt, bevor sie die Hände vor sich verschränkt und mich in Augenschein nimmt.

»Die Ermittlungen bezüglich des Vorfalls im Keller sind abgeschlossen«, beginnt sie. »Anne wird wegen versuchten Mordes angeklagt, und wie Sie wissen, ist sie von hier verlegt worden.«

Ich nicke.

»Da sie keine Gegenanzeige erstattet hat, entgehen Sie einer Anklage. Wir haben uns damit begnügt, einen Untersuchungsbericht zu schreiben. Ich hoffe, Sie sind dankbar dafür.« Beatrice Viktorsson sieht mich mit hochgezogenen Augenbrauen an, und ich frage mich, ob sie eine Antwort erwartet. Was soll ich sagen?

»Sie sind jetzt seit über fünf Jahren hier, Linda«, seufzt sie schließlich.

»Ja«, antworte ich.

»Sie wissen, dass Ihr Verhalten eine Rolle spielt, sollten Sie noch einmal Hafturlaub beantragen.« Beatrice Viktorsson lächelt. »Oder falls Sie wollen, dass Ihre Strafe verkürzt wird.«

Ich nicke erneut.

»Dennoch geraten Sie immer wieder in … Schwierigkeiten, was ich ein wenig bedauerlich finde. Die Aufwiegelung in der Abteilung, der Vorfall mit Anne, und jetzt die Sache im Speisesaal. Sie sehen wohl ein, dass all das auf lange Sicht auf Sie selbst zurückfällt.«

Ihr Blick gleitet über die Narbe in meinem Gesicht.

»Was passiert ist, war nicht *mein* Fehler«, sage ich. »Ich habe Anne nicht bedroht.«

»Das sagen Sie für gewöhnlich. Dass Sie unschuldig daran sind, was andere über Sie behaupten. Aber heute haben Sie im Speisesaal eine Mitinsassin geschlagen. Und am Wochenende ist das auch passiert.«

»Ich habe sie nicht geschlagen«, entgegne ich. »Ich bin gegen das Tablett gekommen, woraufhin es zu Boden gefallen ist. Das ist ein Unterschied. Und die Frau auf dem Freiganghof ist absichtlich hingefallen.«

»Wir haben auch bemerkt, dass Sie nun viel Kontakt zu einer bestimmten Person haben«, sagt die Gefängnischefin.

»Wen meinen Sie?«, frage ich und stelle mich dumm.

»Ich möchte Sie bitten, darüber nachzudenken, ob das so klug ist.«

Mein Schweigen quittiert Beatrice Viktorsson mit einem Augenrollen. Dann warnt sie mich. Aufgrund meines ansonsten guten Benehmens vor dem Vorfall im Keller sei sie bereit, mir noch eine Chance zu geben.

»Aber«, betont sie mit Nachdruck. »Das geringste Anzeichen dafür, dass Sie dieses Gespräch hier vergessen haben, zwingt mich dazu, das Ganze zurückzunehmen. Haben wir uns verstanden?«

»Absolut«, sage ich. »Ich verstehe.«

Vom nächsten Tag an verweigere ich die Arbeit.

Nach dem Frühstück bleibe ich sitzen, statt wie die anderen in die Fabrik zu gehen. Sollen sie doch mit mir machen, was sie wollen. Ein Wärter droht damit, meine Besuchserlaubnis einzuziehen, wenn ich nicht kooperiere. Mehrere Wachleute eilen herbei und umringen mich. Sie sagen, dass ich in der Isolation vielleicht auf bessere Gedanken komme. Da steht Adriana auf und sagt, dass ich sie begleite, und zu meinem Erstaunen treten die Wärter den Rückzug an. Bevor sie uns in der Abteilung zurücklassen, erinnert einer daran, dass sich tagsüber alle beschäftigen sollen, allerdings begnügt er sich damit, einen weiteren Vorfallsbericht zu schreiben. Und keiner erwähnt mir gegenüber je wieder die Arbeitspflicht, nicht einmal die Gefängnischefin.

Ich bin neugierig zu erfahren, womit Adriana sie in der Hand hat, aber sie lacht nur über meine Fragen, wie sie es immer tut.

»Es reicht, ihnen etwas zu geben, was sie wirklich haben wollen«, äußert sie kryptisch.

Ich verstehe, warum Beatrice Viktorsson nicht will, dass ich Kontakt zu Adriana habe.

20

Die Plastiktanne mit der zerzausten Girlande steht in einer Ecke des Speisesaals, während die Lautsprecher Bing Crosbys Traum von einer weißen Weihnacht verbreiten. Die Angst liegt dick in der Luft über denen, die lieber zu Hause bei ihren Familien wären, als den Weihnachtsabend in Biskopsberg zu verbringen.

Einige Wärter mit Weihnachtsmannbärten gehen umher und glucksen *Ho-ho-ho*, wobei einer von ihnen spaßhaft fragt, ob es hier einige liebe Insassinnen gebe. Sie bieten alkoholfreien Glühwein und Pfefferkuchen an und freuen sich über das große Plus, das nach all den Feiertagen in der Lohntüte landet.

Kristoffer kommt mit einem Tablett, und ich schaue ihm unter der Weihnachtsmannmütze in die Augen. Seit ich aus der Krankenabteilung zurück bin, ist er mir ausgewichen, und ich habe mein Bestes getan, ihm aus dem Weg zu gehen. Wie so viele andere fällt es ihm schwer zu verbergen, was er empfindet, wenn er mein entstelltes Gesicht sieht.

»Fröhliche Weihnachten, Andersson«, sagt er mit einem aufgesetzten Lächeln und fragt, ob ich noch mehr Pfefferkuchen und Nachschub in meinem Glühweinbecher haben möchte.

Ohne zu antworten, starre ich ihn an.

»Schön zu sehen, dass du dich erholt hast«, fährt er fort. »Aber irgendwas ist anders. Lass mich sehen, was es ist. Ah, die Frisur. Hübsch, fast wie meine.« Kristoffer zieht sich die Mütze vom Kopf, fährt sich mit der Hand über seinen kurz geschorenen Schädel und grinst seinen Kollegen an, der es vermeidet, sich einzumischen.

»Findest du mein Gesicht auch hübsch?«, frage ich. »In diesem Fall hoffe ich, dass du ganz genau hinsiehst. Es ist deine Schuld, dass ich so aussehe.«

»Was zur Hölle meinst du damit?«

»Du hast mich und Anne im Keller alleine gelassen. Das war ein grobes Dienstvergehen, das weißt du so gut wie ich. Eigentlich hätte ich dich melden sollen, aber vielleicht ist es dafür noch nicht zu spät?«

Ich gehe weg und warte darauf, hinter mir Stiefelgetrampel zu hören, aber er lässt mich in Ruhe.

Das Training mit Adriana lässt die Zeit vergehen. Feiertage vergehen schneller, und ich habe etwas zu tun, obwohl ich tagsüber nicht arbeite. Mittlerweile ist es in Biskopsberg bekannt, dass die Königin und das Monster ständig zusammen sind. Ab und an erhalten wir die Erlaubnis, uns in einem Raum neben dem Fitnessstudio aufzuhalten, der mit dünnen Bodenmatten ausgelegt ist. Adriana schafft es noch immer nicht, so zu trainieren, wie sie es früher getan hat, aber sie instruiert mich. Mitunter von der Bank aus, mitunter auf dem Boden liegend. Die Tage, an denen es ihr besser geht, macht sie eine Weile mit.

»Achtundzwanzig, neunundzwanzig«, zählt sie. »Das kannst du besser, mach weiter.«

Ich beiße die Zähne zusammen. Ich beuge die Knie und gehe in die Hocke, während ich gleichzeitig die Arme gerade nach vorne strecke. Dann strecke ich die Beine wieder und führe die Arme nach unten. Anschließend wiederhole ich den Bewegungsablauf. Wieder und wieder. Die Muskeln sind von der Milchsäure wie betäubt, und es brennt in Armen und Beinen. Adriana, die unablässig an mir hängt, nervt mich immer mehr.

»Ich hasse das hier«, schnaufe ich.

»Gut«, sagt sie. »Du bist wütend. Nutz das.«

»Das ist zu schwer.«

»Führ dich nicht auf wie eine verzogene Rotznase. Kämpfe ein bisschen.«

»Halt die Klappe.«

»Und vergiss nicht zu atmen.«

Ich mache weitere zwanzig Kniebeugen. Dann Liegestütze. Dann Sit-ups. Wieder Liegestütze, danach Kniebeugen. Dann liege ich, mit Blutgeschmack im Mund, keuchend auf dem Boden.

»Wann kommt Mikaela das nächste Mal?«, fragt Adriana.

»Sie könnte nach dem Wochenende kommen, aber wir haben erst Anfang Februar einen Termin bekommen.«

»Fühlt sich das gut an?«

»Ja, das tut es.«

»Sag Bescheid, wenn du sie vorher kontaktieren willst.«

Ich weiß, dass Adriana ein Handy hat, habe aber keine Ahnung, wo sie es aufbewahrt. Ich bedanke mich für das Angebot, sage aber, dass meine Schwester darauf bedacht ist, dass alles mit rechten Dingen zugeht. Es würde sie nur nervös machen, wenn ich sie aus der Haftanstalt von einer unbekannten Nummer aus anrufe.

Adriana stupst mich mit dem Fuß an und sagt, dass ich heute gut gearbeitet hätte. Anfangs habe ich kaum zwei Liegestütze geschafft.

»Alex hat abends immer Liegestütze gemacht«, sage ich und schließe die Augen.

Einmal habe ich ihn wegen seiner Eitelkeit aufgezogen, woraufhin er entgegnete, dass ich mit seinem

Körper scheinbar doch ganz zufrieden sei. Dann hat er mich in seine Arme gezogen und wir haben uns lange geküsst.

»Wie habt ihr euch kennengelernt?«, fragt Adriana. »Es scheint schnell gegangen zu sein.«

»Das war gleich nach Mamas Beerdigung«, sage ich. »Anfang Juni. Wir waren diesen einen kurzen, wonnigen Sommer zusammen, bevor ich verhaftet wurde.«

Wenn ich gewusst hätte, von welch kurzer Dauer mein Glück sein sollte, hätte ich es dann noch mehr genossen? Die Sehnsucht nach Alex war lange ein einziger konstanter, bohrender Schmerz in mir. Ich habe fantasiert, was wir getan hätten, wenn nichts von dem hier geschehen und ich frei wäre. Wir hätten ein Haus gekauft und wären zusammengezogen, hätten uns in den Nächten geliebt und wären ineinander verschlungen aufgewacht. Wie wir es zu tun pflegten.

Seit ich verletzt wurde, habe ich viel zu viel Zeit darauf verwendet, über all das Schwere nachzudenken, das ich durchgemacht habe. Bei Alex will ich mich nur an das Gute erinnern, und ausnahmsweise erlaube ich mir, mich über jede Erinnerung zu freuen, die ich an ihn habe.

Adriana bekommt zu hören, wie wir uns in einem Supermarkt begegnet sind. Ich war in Vasastan und hatte einen Teil meiner Sachen aus meiner und Simons Wohnung geholt und wollte auf dem Heimweg Mittagessen kaufen. Alex griff nach einem Caesar Salad, bevor er sich umdrehte, und da ich hinter ihm stand, lief er direkt in mich hinein. Er griff meinen Arm, lächelte und bat um Entschuldigung.

»War das der letzte?«, fragte ich.

Er hielt inne. »Möglich. Wollen Sie ihn haben?«

»Nein«, sagte ich leicht geniert. »Ich habe einfach drauflosgeplappert, das war nicht meine Absicht.«

Ich sagte, dass ich etwas anderes finden würde, aber er beharrte darauf, nicht in dem Wissen gehen zu können, dass ich nichts zu essen bekommen hätte. Er reichte mir den Salat, aber ich weigerte mich, ihn anzunehmen. Dann kam mir eine Idee und ich fragte ihn, ob er stattdessen irgendwo mit mir zu Mittag essen wolle.

Es war definitiv nicht meine Absicht, einen neuen Mann kennenzulernen, aber Alex war so nett und so groß und gut aussehend, er war so gut gekleidet und machte so einen charmanten Eindruck. Er zögerte einen Moment, und mein Mut sank in den Keller, bis er schließlich zusagte.

Wir gingen zu Ritorno und setzten uns an einen Tisch ganz hinten in dem Raum mit dem roten Teppich, den verrückten Gemälden und den Kronleuchtern an der Decke. Ich fragte ihn, was er arbeitete und erfuhr, dass er Business Controller in einem Medienunternehmen war, aber er wollte mich nicht mit den

Details langweilen. Stattdessen erkundigte er sich nach mir, und ich erzählte ihm, dass ich bis nach dem Sommer von meiner Stelle als Musiklehrerin freigestellt war. Als er auf die Uhr schaute, fragte ich, ob er eilig zur Arbeit zurück müsse. Er lächelte und blieb noch eine Weile.

Es wurde schnell klar, wie normal Alex war. Er brauchte keine kreischenden Fans oder eine aufmerksame Frau, die ihn andauernd bestätigte. Er lebte nicht für den nächsten Auftritt oder für glamouröse Partys, er hatte einen festen Job mit einem beständigen Einkommen und mehreren Wochen bezahltem Urlaub. Er war ein erwachsener Mann, während Simon in vielerlei Hinsicht noch immer ein unreifer Junge war.

Nach unserem ersten Mittagessen gelang es mir, Alex zu einem weiteren Treffen zu überreden. Nach meinen einsamen Abenden leistete er mir nun Gesellschaft. Er kam zum Scrabble spielen und zog mich damit auf, dass ich so streng mit den Regeln war. Wir schauten Filme, und mitunter lag er einfach nur mit einem Buch neben mir auf dem Sofa. Wir spazierten über Djurgården und tranken Kaffee in gemütlichen Cafés. Wir besuchten Kunstausstellungen und gingen ab und an ins Theater. Ich erinnere mich an unsere erste gemeinsame Nacht.

*

Das Meer ist ein ruhiger Spiegel aus Gold. Die Sonne lässt die Wolken am Himmel orange und rosa glühen. Ein paar Möwen umkreisen die Masten der Segelboote neben uns.

Ich lehne mich an die Reling und sage, dass dieser Tag unwirklich sei. Ich will nicht, dass er jemals endet. Alex kneift mich in den Arm, und ich lache, als er fragt, ob sich das real angefühlt habe.

Den ganzen Tag sind wir in einem gemieteten Motorboot umhergefahren, mit dem Wind in den Haaren und den wogenden Wellen hinter uns. Er hat mich zum Essen in ein Lokal im Schärengarten eingeladen, und jetzt am Abend hatten wir ein Picknick an Bord. Perfekter konnte es nicht sein.

Er konnte nicht perfekter sein. Ich fühle mich wieder wie mein altes Ich, die fröhliche, positive Linda, und ich bringe ihn mit dem, was ich sage, häufig dazu, lauthals zu lachen. Ihm liegt daran zu erfahren, was ich über verschiedene Dinge denke, und wir können in einer Weise diskutieren, wie ich es mit Simon nie konnte. Wenn ich mit Alex zusammen bin, denke ich nicht einmal an meinen Mann. Wahrscheinlich, weil ich spüre, dass er interessiert ist, selbst wenn er nicht alles wissen will. Er ist nicht aufdringlich, berührt mich aber ein bisschen zu oft, als dass es Zufall wäre. Das gefällt mir.

Die Wärme von Alex' sonnengebräuntem Arm strahlt auf mich ab. Er will gerade etwas sagen, als ich mich auf die Zehenspitzen stelle und nach dem Kragen seines Poloshirts greife. Er legt seine Hände um meine Taille, wie um mir Halt zu geben, und wartet.

Ich schaue ihm in die Augen und lege vorsichtig meine Lippen auf seine. Zuerst steht er vollkommen still da und sagt, dass ich eine verheiratete Frau bin. Ich erwidere, dass ich das nicht mehr lange bin, woraufhin er mich näher zu sich heranzieht. Ich lache, als er flüstert, dass ich eine Art magnetische Kraft auf ihn ausüben müsse, und wir küssen uns wieder.

Er nimmt meine Hand und führt mich in die Kajüte. Er zieht mir die Sachen aus und lässt sich dabei Zeit. Er hat es nicht eilig. Er murmelt, dass ich hübsch und wunderbar sei, dass ich ihn hypnotisiere, und wir lieben uns zum Geräusch der glucksenden Wellen und den weiter entfernten Schreien der Möwen.

Bevor ich in Alex' Armen einschlafe, merke ich, dass ich frei atmen kann. Seit ich ihm begegnet bin, wache ich nicht mehr mit einem schwarzen Abgrund unter mir auf oder mit einem Gefühl von Leere, einem Gefühl, mich in einem Vakuum zu befinden.

Ich liebe und werde geliebt, also bin ich.

21

Ich weiß nicht, wie die Medien davon erfahren hatten, dass Simon fremdgegangen war. Vielleicht war die Frau indiskret, oder eine Freundin von ihr, es spielte damals keine Rolle und tut es auch jetzt nicht. Bis auf ein Detail, das erst während des Prozesses allgemein bekannt wurde, nämlich, wann ich selbst es entdeckt hatte.

Ich hatte mich für Mamas Beerdigung fertig gemacht, trug ein gut sitzendes schwarzes Kleid, Haare und Make-up waren perfekt. Simon war wie üblich spät dran, er stand noch immer unter der Dusche, und ich wurde langsam nervös. Sein Handy lag auf dem Bett, und gerade, als ich nachsehen wollte, wie spät es war, schickte sie eine Nachricht.

Ich öffnete sie und las. Las ihre komplette Korrespondenz. Eine andere Frau brachte meinen Mann dazu, so zu fühlen, wie ich glaubte, dass er mit mir fühlte. Wenn ich eine Pause von Mama machte, nach Hause kam und mit ihm zu Abend aß, wenn ich mich zum Schlafen an ihn kuschelte, wenn er mir einen Gutenachtkuss gab. Dabei war sie es, die er streicheln und mit der er schlafen wollte. Die Zeit konnte nicht schnell genug vergehen, bis er wieder bei ihr war. Bei ihr, die ihn verstand. Innerhalb einer Sekunde fühlte ich mich bloßgestellt, ausradiert.

Ich fühlte mich schlecht.

Mit einem Handtuch um die Hüften kam er aus dem Bad, schüttelte die Feuchtigkeit aus den Locken und lächelte mich an. Mein Simon, so vertraut, und dennoch ein vollkommen Fremder.

Anfänglich hat er sich verteidigt und mich beschuldigt, nicht für ihn dagewesen zu sein. Es habe ganz unschuldig angefangen, als Mama krank wurde, sich jedoch intensiviert, als sie immer mehr meiner Zeit einforderte. Ich traute meinen Ohren nicht. Ich hatte gekämpft, mir ein Bein ausgerissen, um für sie beide da zu sein, hatte er denn keine Scham im Körper?

Da weinte er und appellierte an mich. Er habe sich einsam gefühlt, verlassen. Er sähe ein, welch irrsinnigen Fehler er begangen habe, bereue es, ich bedeute doch alles für ihn.

Ich wollte nichts mehr hören.

Betäubt von der Trauer und dem Schock über die Treulosigkeit meines Mannes. Ich passierte das Presseaufgebot vor der Gustav Vasa Kirche erhobenen Hauptes, ging hinein und an den Bankreihen mit den über tausend Trauernden vorbei, die sich versammelt hatten, um Abschied von Kathy zu nehmen. Ich nahm meinen Platz ganz vorne ein, dicht gefolgt von Simon, der den Kopf gesenkt hielt.

Ein Meer aus Blumen umgab Mamas Sarg, Kränze, Dekoration und Bouquets. Der Sargschmuck war in Gelb gehalten, Mamas Lieblingsfarbe. Sie hat alle Blumen geliebt, aber gelbe ganz besonders. Rosen, Tulpen oder Gerbera, das spielte keine Rolle, sie mochte sogar Löwenzahn, der überall im Garten des Sommerhauses wuchs.

»Man sollte immer gelbe Blumen zu Hause haben, das ist so, als würde man ein bisschen Sonnenschein mit hereinnehmen«, sagte sie oft mit einem heiteren Lächeln. Demselben wohlbekannten Lächeln wie auf dem Foto, das neben dem Sarg aufgestellt war.

Orgelmusik und Lieder, dargeboten von einem Künstler nach dem anderen, und die Worte des Pfarrers, der davon sprach, welche Spuren Mama hinterließ und wie das ganze Volk trauerte. Schweden hatte viel zu früh seine größte Künstlerin verloren. Aber sie war nicht nur eine große Künstlerin, sie war eine zutiefst engagierte und liebende Mutter, in der Musikbranche eine hoch geschätzte und respektierte Kollegin. Ein wunderbarer Mensch. Ihre gottbegnadete Stimme würde für immer weiterleben, trotz der Leere, die sie hinterlassen hat.

Aber Leere ist zu schwach. Wenn ein gigantischer Stern explodiert, entsteht ein schwarzes Loch. Es ist unmöglich zu sehen und schluckt alles in seiner Nähe, nicht einmal Licht entkommt ihm.

Genau das war geschehen, als Mama starb. Und jetzt hatte mich auch noch mein Mann verlassen. Ich wurde in die Leere hineingesaugt und verschwand. Ich war einsam in der Dunkelheit, und niemand bemerkte es. Die Kameras nicht, die auf mich gerichtet waren, die Teilnehmer an der Beerdigung in den Reihen hinter mir nicht und definitiv nicht Simon neben mir. Nicht einmal meine eigene Schwester.

Die ganze Zeremonie hindurch saß ich aufrecht da und vergoss nicht eine einzige Träne.

Das hinterfragten die Mordermittler, als sie sich die Fernsehübertragung von Mamas Beerdigung ansahen. Mir sei nicht anzusehen, was ich soeben durchgemacht habe. Es sähe keineswegs so aus, als sei ich so geknickt von Simons Untreue gewesen, wie ich behauptete. Vielmehr wirkte ich kalt und hart. Und möglicherweise hatte ich bereits zu diesem Zeitpunkt beschlossen, meinen Mann zu ermorden.

Aber die Tränen kamen später, als niemand sie sah.

Dass der Mann, dem du vertraust und den du über alles liebst, dich betrügt, ist grauenvoll. Doch dass die ganze Welt alles darüber weiß, ist erniedrigend. Als der

Skandal nach Simons Tod explodierte, schwelgten die Medien nur so darin und entlarvten, mit wem er geschlafen hatte. Während ich in der Untersuchungshaft saß, sah ich sie in den Zeitungen, kurz bevor ich nach Biskopsberg verlegt wurde. Eine hübsche, junge Frau mit einem kurvigen Körper und dicken roten Haaren bis zur Taille. Sie hatte an seiner letzten Single mitgewirkt, und das Tonstudio wurde als ihr Liebesnest für leidenschaftliche Treffen bezeichnet. Es wurden Fotos veröffentlicht, die von ihnen zusammen bei allen möglichen Anlässen aufgenommen worden waren, und es wurde spekuliert, wie lange das Sonnenscheinmädchen schon betrogen worden war. Die andere Frau war völlig verzweifelt und sagte, er sei alles für sie gewesen. Es war, als würde ich von jemand anderem lesen, gleichzeitig erinnerte ich mich an alles viel zu gut.

Die Zeit nach der Beerdigung war furchtbar. Ich konnte nicht essen, konnte nicht schlafen. Ich erlebte sie so, als hätte ich aufgehört zu existieren. Als ich die Wohnung ausräumen musste und gleichzeitig versuchte, die Trauer um Mama zu verarbeiten, flossen Tag und Nacht ineinander. Ich war unerwünscht, abgewählt und einsam. Eine verheiratete Frau, die ihren Mann nicht mehr befriedigen konnte. Ich quälte mich selbst, indem ich mich fragte, ob Simon sie mit nach Hause in unsere Wohnung genommen hatte, ob sie alles, was er so eingehend in seinen Nachrichten beschrieb, in unserem

Bett getan hatten. Tief im Inneren glaubte ich das nicht von ihm, aber offensichtlich war mein Vertrauen nichts, auf das man sich verlassen sollte.

Außer ein paar Gesprächen im Rausch, bei denen Simon mich weinend bat, wieder nach Hause zu kommen, ließ er mich den Sommer über in Ruhe.

Im August schickte ich ihm die Scheidungsunterlagen, und da fing er an, wieder von sich hören zu lassen. Einmal ist er nach Karlaplan gekommen, er drängte sich an mir vorbei in die Wohnung und sagte, dass wir uns aussprechen müssten, dass wir unsere Ehe und unsere Liebe nicht so leichtfertig wegwerfen könnten. Ich sagte, er sei es doch, der alles weggeworfen hatte, er sei es, der leichtfertig gewesen ist. Er war frustriert, weil ich nicht zuhörte, als er mir versicherte, dass er sein ganzes Leben lang keine andere mehr anschauen würde, wenn ich nur zu ihm zurückkehren würde. Er schrie, und ich schrie zurück.

»Es ist zu spät. Ich habe jemanden kennengelernt, und ich will, dass du jetzt gehst.«

Er starrte mich an, als würde ich eine andere Sprache sprechen. Er griff nach meiner Hand und betrachtete meinen nackten Ringfinger. Dann ging er an mir vorbei ins Schlafzimmer, blieb jedoch in der Türöffnung stehen und drehte sich um. Er sah völlig verstört aus.

»Wer ist er?«

Ich folgte Simons Blick und sah eins von Alex' Hemden auf dem Bett.

»Jemand, der nicht so ist wie du«, antwortete ich.

*

Im Laufe des Verhörs will Tony Bodin wissen, warum Simon sich im August entschieden hatte, Kontakt zu mir aufzunehmen. Da wir seit der Beerdigung im Mai kaum etwas voneinander gehört hatten, meint er. Warum gerade da?

»Das habe ich doch gesagt«, entgegne ich. »Da hat er die Scheidungspapiere bekommen. Letztendlich ist ihm wohl bewusst geworden, was er getan hat, und er war verzweifelt. Er hat sich ständig bei mir gemeldet. Er hat angerufen, er hat SMS geschickt, er wollte, dass wir uns sehen, er wollte reden.«

»Worüber wollte er reden?«

»Er wollte, dass ich Alex nicht mehr treffe, und er wollte sich erklären, er wollte, dass ich verstand, dass er sich aufs Abstellgleis geschoben gefühlt hat, als Mama krank geworden ist. Dass die andere Frau ihm nichts bedeutet hat, dieselben leeren Worte wie zuvor. Aber das noch einmal wiederzukäuen, war, wie ein Messer aus einer Wunde zu ziehen, nur, um es erneut hineinzustechen und umzudrehen«, sage ich und mache eine Handbewegung, als würde ich auf etwas einstechen.

Zu spät erkenne ich, wie das aufgefasst werden muss. Tony Bodin schaut mich an, dann wechselt er einen langen Blick mit Johan Forsell.

»Warum hätte ich mich dem aussetzen sollen?«, sage ich abschließend leise und verschränke die Hände im Schoß. »Ich hatte mich entschieden. Ich war gerade über ihn hinweggekommen und wieder glücklich.«

22

Vor Mikaelas nächstem Besuch in der Haftanstalt bin ich weniger nervös als das letzte Mal. Beide vermeiden wir es, über Mama und Papa zu sprechen, stattdessen reden wir über alte Erinnerungen.

Wie die enormen Hechte, die sich angeblich im Schilf unter dem Steg beim Sommerhaus aufhalten. Meistens kümmerten wir uns nicht um diese Geschichten, sondern stürzten uns ins Wasser und schwammen umher, bis wir so runzlig waren wie Rosinen. Ab und an jedoch, wenn wir auf dem Steg saßen und die Beine baumeln ließen, schreckten uns die Nachbarskinder mit Berichten über Leute auf, die von Bestien mit spitzen Zähnen angefallen und gebissen worden waren. Dann versuchten wir, in dem trüben Wasser unter uns die geringste Bewegung auszumachen, und sie forderten uns damit heraus, wer sich traute, die Füße am längsten im Wasser zu lassen. Was Mikaela und mich betraf, war es fast immer ich, aber das will sie nicht zugeben.

Wir lachen über unsere Reise nach Italien, bei der wir in Rom ein Auto mieteten. Ich war überzeugt, dass Mikaela uns totfahren würde und erinnere sie daran, wie sie einfach auf jede Kreuzung gefahren ist. Das war komplett lebensgefährlich. Ich necke sie mit der Frage, ob sie im Stockholmer Verkehr auch so unberechenbar agiert.

»Immerhin habe ich erst geguckt«, protestiert sie. »Das haben alle so gemacht, die rote Ampel war nur eine Empfehlung, aufmerksam zu sein. Und du musst zugeben, dass ich besser gefahren bin als Simon. Er war immer zu vorsichtig.« Sie verstummt und senkt den Blick.

Jetzt kommt es. Ich spüre es, ihre Fragen lassen sich nicht länger unterdrücken.

»Das war eine herrliche Zeit«, sage ich und versuche, die Stimme so ruhig und gleichmäßig zu halten wie möglich.

»Ihr wart das glücklichste Paar, das ich jemals gesehen habe«, sagt Mikaela. »Was ist eigentlich zwischen euch beiden vorgefallen?«

Ich antworte nicht. Von seiner Untreue weiß sie bereits. Was sie eigentlich hören will, ist all das, was die Presse nicht erfahren hat. Was war der wirkliche Anlass dafür, dass er mich hintergangen hat? Und habe ich ihn zur Strafe umgebracht, verrückt vor Eifersucht und Wut?

»Du hättest dich nach der Beerdigung nicht verkriechen dürfen«, sagt Mikaela. »Du hättest von dir hören lassen sollen.«

»Hinterher ist man immer schlauer«, sage ich. »Als Erstes hätte ich niemals die Nachricht dieser Frau lesen dürfen. Ich wünschte, ich hätte nie erfahren, dass es sie gibt.«

Mikaela sieht erstaunt aus.

»In diesem Fall hätten Simon und ich unser Leben so gelebt, wie es war, bevor Mama krank wurde«, fahre ich fort. »Er hätte mit ihr Schluss gemacht. Wir hätten ein Haus gekauft und Kinder bekommen. Er hat mich geliebt, das war es, was er wollte.«

»Aber wolltest *du* das?«, fragt Mikaela.

Darüber habe ich oft nachgedacht. Ich weiß es nicht. Simon war in der Lage, mich bis aufs Äußerste zu reizen, und er war ein Meister darin, mich dazu zu bringen, ihm zu verzeihen.

»Vielleicht«, entgegne ich. »Hätte ich Alex nicht kennengelernt, hätte ich das vielleicht getan. Stell dir vor, eine zufällige Begegnung, eines der wenigen Male, als ich die Wohnung verlassen habe, hat alles verändert. Ein Teil von mir hat Simon noch immer geliebt, aber Alex hat mich glücklicher gemacht, als ich es seit Ewigkeiten gewesen war.«

»Das mit Alex war schon ziemlich übereilt«, sagt Mikaela. »Du entdeckst, dass die Liebe deines Lebens dich betrogen hat, am selben Tag begraben wir Mama, und kurz darauf lernst du einen neuen Mann kennen. Wusstest du wirklich, was du willst?«

Alex hat mir Bestätigung gegeben, statt umgekehrt. Er hat mich daran erinnert, wie es war, gesehen zu werden, sich begehrt zu fühlen. Er hat mich an die Zukunft glauben lassen, aber ich bin mir keineswegs sicher, ob Mikaela das versteht.

»Der Zeitpunkt war vielleicht nicht der beste«, sage ich. »Aber wie oft hast du dich nicht selbst verliebt und warst total blind?«

»Verliebt und total blind«, wiederholt Mikaela und steht auf. Die Arme um sich geschlungen, schaut sie aus dem Fenster. »Wie lange habt ihr euch eigentlich getroffen?«

»Wir waren diesen Sommer mehr oder weniger die ganze Zeit über zusammen. Warum fragst du?«

»Ich hatte den Eindruck, dass ihr euch nur ein paarmal gesehen habt. Bist du sicher, dass Alex das genauso ernst genommen hat wie du?«

»Er hat gesagt, dass er nie zuvor so starke Gefühle für jemanden gehabt hat«, antworte ich leise. »Dass ich die große Liebe seines Lebens sei.«

Mikaela geht im Raum vor mir auf und ab. »Aber kommt man wirklich so schnell über jemanden hinweg? Du hast gerade gesagt, dass du überlegt hattest, Simon zurückzunehmen.«

»Ich weiß nicht, ob das möglich gewesen wäre«, seufze ich. »Wie hätte ich ihm wieder vertrauen können?«

»Warum hast du ihn überhaupt zu der Party eingeladen?«, sagt Mikaela. »Alex war doch da. Das begreife ich nicht, Linda. Vor allem nicht, da du Simon kurz zuvor mit dem Tod bedroht hattest.«

*

Meine Kollegin aus der Schule wird als Zeugin aufgerufen.

»Wie ich es verstanden habe, ist es am Dienstag, den 13. September, zu einem Vorfall gekommen«, sagt die Staatsanwältin. »Können Sie uns berichten, wie Sie dieses Vorkommnis in Erinnerung haben?«

»Linda und ich hatten an diesem Tag zur selben Zeit Schluss und haben die Schule zusammen mit einer anderen Kollegin verlassen«, sagt sie und schielt kurz zu mir herüber. »Simon hat an der Treppe gewartet.«

»Haben Sie gehört, was er zu Linda gesagt hat?«

»Er wolle nur mit ihr reden, hat er gesagt.«

Sie erklärt, dass Simon immer nett gewesen ist. Dass er das auch dieses Mal war, er war ruhig und wirkte ein bisschen zurückhaltend. Keineswegs zornig oder erregt. Ich hingegen sei komplett wütend geworden. Hätte ihm plötzlich mit der Faust ins Gesicht geschlagen. Das Blut von seiner aufgesprungenen Lippe sei auf seine Jacke getropft und ich hätte geschrien, dass ich ihn umbringe, wenn er mich nicht in Ruhe lässt.

Sie seien vollkommen schockiert gewesen. Ich meinerseits völlig unausgeglichen, verrückt. Gewiss hatten sie von den Gerüchten über Simons Affäre gehört, aber meine Reaktion sei vollkommen unangemessen gewesen. Es sei erschreckend gewesen, mich so zu sehen.

»Haben Sie Linda Andersson vorab schon einmal so erlebt?«, fragt die Staatsanwältin.

»Nie. Ich war mega erstaunt, so kannte ich sie nicht. Aber selbstverständlich hatte sie eine anstrengende Zeit hinter sich, mit Kathys Krankheit und so.«

»Hat sie genau diese Worte gesagt ›ansonsten bringe ich dich um‹?«

Meine Kollegin schaut nach unten auf den Tisch. »Ja.«

»Danke, ich habe keine weiteren Fragen.«

*

»Ehrlich gesagt, erinnere ich mich kaum daran, dass das passiert ist«, sage ich. »Du weißt besser als jemand anderer, wie Simon und ich mitunter aneinandergeraten und uns anschreien konnten.«

Ich sehe, dass Mikaela mit meiner Antwort nicht zufrieden ist.

»Selbstverständlich hatte ich nicht die Absicht, Simon umzubringen«, fahre ich fort. »Jeder hat doch wohl schon einmal so etwas herausgebrüllt, wenn er verärgert war?«

»Nicht jeder wird kurz danach wegen Mordes festgenommen.«

Sie gießt sich ein Glas Wasser ein, trinkt einen Schluck. Lange ist es still.

»Du siehst blass aus«, sage ich nach einer Weile. »Geht es dir gut?«

»Ich bin ein bisschen müde«, antwortet sie und streicht sich die Haare aus der Stirn.

Mir fällt auf, dass sie einen hübschen, funkelnden Ring am Finger trägt und ich stelle mit einem Stich im Herzen fest, dass ich nicht das Geringste über Mikaelas Leben weiß. Sie schaut auf die Uhr und sagt, dass sie gehen muss.

»Aber ich komme bald wieder.«

»Ich würde mich sehr freuen, wenn du das tust. Trotz allem.«

»Das werde ich.«

»Danke«, entgegne ich. »Das bedeutet mir viel.«

»Du musst dich nicht bedanken, Linda.«

Ihre Worte rühren mich, und ich umarme sie lange. Ich möchte so gerne, dass es zwischen uns wieder gut wird.

23

Die Bibliothek der Haftanstalt ist der Ort, an dem ich mich am wohlsten fühle. Durch die Tür zu treten, ist wie von Biskopsberg in eine andere Welt hineinzugleiten. Es ist ein gemütlicher Raum, grundverschieden von den langen, kalten Fluren mit den Stahltüren, dem Panzerglas und den Leuchtstoffröhren an der Decke. Regale aus Teakholz, charmant abgerundet im Stil der Fünfzigerjahre, und vor den Fenstern ein paar abgenutzte Ledersessel. Die ältere Dame, die hier arbeitet, sucht ständig ihre Brille, obwohl sie sie an einem roten Band um den Hals trägt. Für gewöhnlich stehe ich mittwochs um vier Uhr vor der Tür, wenn sie öffnet, und bin eine der Letzten, die geht.

Ich nehme ein Buch und will mich hinsetzen, um zu lesen, als ich Daria mit einer aufgeschlagenen Zeitung vor sich sehe.

»Hier schreiben sie über dich«, sagt sie und hebt den

Blick. »Nach mehreren Jahren kommt die Schwester des Sonnenscheinmädchens zu Besuch in die Anstalt, steht da. Willst du's lesen?«

Ich werfe ihr einen Blick zu, der zeigt, was ich von ihrer Frage halte, und setze mich ein Stück entfernt in einen Sessel.

»Du hast dich bestimmt einer Untersuchung deiner geistigen Zurechnungsfähigkeit unterziehen müssen«, sagt Daria nach einer Weile. »Haben sie wirklich keinen Defekt bei dir gefunden?«

Ohne zu antworten, schaue ich auf die Buchseite hinunter. Ich versuche zu lesen, kann mich aber nicht konzentrieren.

Mein Verteidiger Lukas Francke hatte mir erklärt, der Zweck der Untersuchung sei herauszufinden, ob Bedarf für eine umfassende gerichtspsychiatrische Untersuchung vorliege.

»In diesem Fall könnten Sie zu einer Einweisung in die Psychiatrie verurteilt werden«, hatte er gesagt. »Also, falls Sie schuldig gesprochen werden.«

Das Gespräch mit dem Psychiater in der Rechtsmedizin war in einer Stunde erledigt. In dieser Zeit habe ich über alles Bericht erstattet. Von meiner Kindheit und Jugend mit der Familie über Kumpels bis hin zu meinem Erwachsenenleben. Die Ausbildung zur Musikpädagogin, die Arbeit und die Beziehung zu Kollegen, Freunde und Liebesverhältnisse. Und selbstverständlich hat er nach meiner psychischen Gesundheit in diesen Jahren gefragt. Ob ich an Depressionen oder Angst gelitten habe. Ob ich jemals Halluzinationen oder Erlebnisse hatte, die nichts mit der Wirklichkeit zu tun hatten. Das hatte ich nicht. In dem Auszug aus meiner Krankenakte konnte er selbst sehen, dass ich nie in Kontakt mit der Psychiatrie gekommen war. Und in dem Gutachten, das für das Gericht erstellt worden war, stand, dass der Psychiater keinen Verdacht auf eine ernsthafte psychische Störung hegte, weder zum Zeitpunkt der Tat noch bei der Untersuchung.

»Dass du nie gestanden hast, kann darauf hindeuten, dass du entweder an Borderline oder an einer narzisstischen Persönlichkeitsstörung leidest«, beharrt Daria, und man kann hören, dass sie es genießt. »Das steht in dem Artikel. Du solltest ihn vielleicht doch lesen? Er ist ziemlich interessant.«

Ich richte den Blick weiter auf die Buchseite und hoffe, dass sie sich endlich zufriedengibt. Doch das tut sie nicht.

»Ist es dir schon gelungen, die Königin von deiner Unschuld zu überzeugen?«

Ich schaue auf und begegne Darias Blick.

»Habe ich dir irgendetwas getan?«, frage ich. »Du wirkst so zornig.«

Sie schleudert die Zeitung weg. »Du bist so freundlich und nett, bis man das Geringste in deinen Erzählungen infrage stellt, dann wendest du dich gegen einen und wirst böse. Obwohl man sich für dich eingesetzt hat.«

»Es tut mir leid, sollte ich dich in irgendeiner Weise enttäuscht haben«, sage ich. »Aber was weißt du schon über mich? Was macht dich glauben, dass du mich kennst?«

»Ich weiß, dass du lügst. Man versucht nicht, sich das Blut abzuwaschen, wenn man unschuldig ist. Für alles, was gegen dich spricht, hast du sofort eine Erklärung. Genauso wie für das Messer, nehme ich an.«

»Das Messer?«, frage ich und weiß genau, was Daria meint. Was ich nicht begreife, ist, was sie dazu treibt, mich anzuklagen.

»Nur wenige Tage vor dem Mord hast du das Messer gekauft, mit dem dein Mann umgebracht wurde.«

»Steht das auch in der Zeitung?«, erkundige ich mich. »Du solltest vielleicht nicht alles glauben, was du liest.« Ich stehe auf und gehe.

Es stimmt, dass ich ein Messer gekauft habe. Die Staatsanwältin hat gesagt, es sei am Donnerstag gewesen, bevor Simon gestorben ist, und das stimmt sicher. Ich erinnere mich nicht genau, wo ich zu welchem Zeitpunkt meines Lebens gewesen bin. Während des Prozesses hat sie Aufnahmen der Überwachungskameras des Kaufhauses NK gezeigt, und ich sah selbst, wie eine Frau, die mir ähnlich sah, sich zwischen den Geschäften hin und her bewegte. Sie hat eine große Sache daraus gemacht, wie ich herumgeschlendert bin und mir Kleidung angeschaut habe, und dass ich so unbesorgt wirkte. Aber wieso hätte ich das nicht sein sollen? Mein Besuch dort hatte keine verborgenen Absichten, keine dunklen Motive.

Ich habe es immer gemocht, im NK herumzuschlendern. Ich bin oft dorthin gegangen und habe zwischen Mode und Wohnungseinrichtung gestöbert, um mich dann, mit einem Kaffee und einem Schokoladenbiskuit, ins Café zu setzen. Das herauszufinden, war nicht schwer.

Die Aufnahmen zeigten, wie ich in den oberen Etagen hin und her ging, bis ich runter in die Küchenabteilung im Erdgeschoss fuhr.

Es gab viele unterschiedliche Messer zur Auswahl, in allen Preisklassen. Ich wusste nicht, welches ich nehmen sollte, nur, dass ein neues für das Sommerhaus gebraucht wurde. Das, mit dem Mama immer den Fisch gesäubert hatte, war verschwunden, und ich hatte geplant, mit Alex zum Angeln rauszufahren. Ich bin eine Weile herumgelaufen und habe die Beschreibungen gelesen, ich habe die Preise verglichen und bin letztendlich zu dem Schluss gekommen, dass das alles eigentlich keine so große Rolle spielte, solange es richtig scharf war.

Im Nachhinein, als klar war, dass genau dieses Messer beim Mord an Simon zur Anwendung kam, war es leicht, alles in einem anderen Licht zu sehen. Der Verkäufer sagte während des Prozesses aus, dass er sich an mich erinnere, weil ich die Messer genauer studiert hätte, als die Leute das für gewöhnlich taten. Und als ich bezahlt habe, hatte ich mich offenbar versichern wollen, dass die Klinge scharf und effektiv schnitt, woran ich keinerlei Erinnerung habe. Ich frage mich, ob ich es wirklich so ausgedrückt habe, oder ob er alles extra dramatisch darstellen wollte, indem er übertrieb.

Sowohl Tony Bodin als auch Johan Forsell übten wegen dieses Messers im Laufe des Verhörs mehrfach Druck auf mich aus. Ihrer Theorie zufolge hatte ich es mit der Absicht gekauft, mich an Simon zu rächen und ihn deshalb zu der Party eingeladen. Und der Beweis schien die Theorie zu bestätigen.

Weil einige alltägliche, vollkommen harmlose Ereignisse plötzlich verdächtig wirkten, war die Staatsanwältin der Meinung, dass ich nicht nur ein Motiv gehabt hätte, sondern dass sogar ein Vorsatz vorläge. Ich hätte lange geplant, meinen Mann zu ermorden.

Seit zwei Tagen schüttet es wie aus Kübeln, wodurch sich der Rasen in Matsch verwandelt hat. Was als Schneeregen angefangen hatte, war in einen regelrechten Wolkenbruch übergegangen, während uns dichter Nebel in eine gräuliche Welt einbettet. Die Straße vor dem Areal ist nicht zu sehen, selbst der Zaun und der Stacheldraht, der die Öffentlichkeit vor uns schützen soll, sind hinter milchigen Schleiern verborgen. Auf dem Weg zum Speisesaal platschen wir durch die Wasserlachen, wie verirrte Kreaturen warten wir davor und sehnen uns danach, eingelassen zu werden. Die Luft ist von Gereiztheit erfüllt und als wir in der Schlange stehen, meint Meg, das sei, als hätten wir alle zeitgleich PMS. Was mich betrifft, bin ich unendlich müde. Ich zwinge mich aufrecht zu stehen, obwohl ich am liebsten in mich zusammensinken und im Schlamm verschwinden möchte.

Ich esse schweigend, den Blick geradeaus gerichtet. Die meisten wenden in meiner Nähe den Blick ab, jedoch gibt es einige, denen es noch immer schwerfällt, nicht auf mein Gesicht und meinen Kopf zu starren, den ich weiterhin rasiere. Zwanzig Minuten sitzen wir am Tisch, dann ertönt das Signal, und die ersten erheben sich und gehen zum Ausgang. Ich nehme das Tablett und entsorge die Reste, stelle das Glas in die blaue Vorrichtung und den Teller in die Halterung. Am Ausgang werde ich visitiert, ein Strafvollzugsbeamter führt einen Metalldetektor an meinem kompletten Körper entlang, und wenn dieser nicht ausschlägt, kann ich weitergehen. Wir werden in Reihen durch aufgeschlossene Türen geführt und beeilen uns, über den Hof und durch den Regen in unsere jeweiligen Abteilungen zu gelangen, wo wir den Rest des Nachmittags und den Abend verbringen werden.

Zurück in der Zelle fahre ich mir mit dem Handtuch über den Schädel, bevor ich mich aufs Bett lege und an Mikaelas Besuch denke.

Sie scheint der Ansicht zu sein, dass ich mich hätte mehr anstrengen sollen, um freigesprochen zu werden. Wenn ich wirklich unschuldig war, hätte ich härter kämpfen müssen. Es fällt ihr schwer zu akzeptieren, oder vielleicht zu glauben, dass es nichts gab, was ich hätte tun können.

Das tut es noch immer nicht, und daran zu denken, erzeugt nur Angst. Während des Verhörs kann man seine eigene Version präsentieren und darauf hoffen, ernst genommen zu werden. Anschließend ist man den Zeugenaussagen anderer, den Ermittlungen der Polizei sowie dem Umstand ausgeliefert, welche Spuren sie verfolgen, welche Beweise sie vorlegen und wie das Gericht diese auslegt. Wird man verurteilt, dann ist man auch schuldig. Und ist die Strafe vollstreckt, spielt es überhaupt keine Rolle, wie sehr man auch protestiert.

Sollen die Ermittlungen wieder aufgenommen werden, erfordert das völlig neue Beweise, und es ist äußerst selten, dass jemand sich ausreichend um einen und den eigenen Fall schert, um Jahre an Arbeit zu investieren, diese zu finden. Der Ausgangspunkt ist immer der, dass das Urteil hinsichtlich der Anklage und der zugrunde liegenden Beweise korrekt ist.

Mein Anwalt hat mir alles genauestens erklärt, nachdem wir beim Oberlandesgericht Berufung eingelegt hatten und ich weitere Monate in Haft und einen weiteren Prozess durchlitten hatte, mit dem Ergebnis, dass das Urteil des Amtsgerichts auf lebenslange Gefängnisstrafe bestätigt wurde. Ich bin komplett zusammengebrochen, als ich eingesehen habe, dass alle Auswege verschlossen waren. Für immer.

Aber meine Schwester versteht das nicht. Da ich schon so lange im Gefängnis sitze, ohne dagegen anzugehen, nimmt sie an, dass ich mir meiner Schuld bewusst bin, obwohl ich mich weigere, sie anzuerkennen. Die Beweise waren überwältigend, und in Schweden können doch keine Unschuldigen im Gefängnis sitzen.

Wie Daria vor vielen Jahren spottete: Alle in Biskopsberg sind unschuldig.

Ich vermag es nicht, sie wiederzusehen. Vermag es nicht, ihren und Mikaelas Anklagen und Unterstellungen entgegenzutreten. Keiner hat mehr Zeit darauf verwendet als ich, darüber nachzudenken, was ich in meiner Situation tun könnte. In den ersten Jahren habe ich versucht, darauf zu kommen, wer in der Nacht im Gästehaus gewesen sein könnte und bin jeden einzelnen der Partygäste durchgegangen. Mikaela und Alex, Tess und die anderen.

Keiner hatte ein Motiv, jeder hatte ein Alibi. Alle, außer mir, die ein Motiv, aber kein Alibi hatte.

Dennoch habe ich jede wache Stunde mit dem Versuch verbracht, Antworten zu finden, und das hat mich fast krank gemacht. Denn ich habe keine gefunden. Ich konnte nichts finden, so sehr ich auch gegrübelt habe. Dennoch tue ich es erneut.

24

Es ist März, und endlich wird es Frühling. Zumindest möchte ich das glauben, obwohl sicher noch mehr Schnee kommt, bevor der Winter seinen Griff lockert. Beim Hofgang wärmt die Sonne, es tropft von den Dachrinnen, und auf der Rabatte leuchten die Krokusse, die die Gärtner gepflanzt haben, gelb und lila. Zu dieser Jahreszeit wünsche ich mir immer, dass wir länger draußen sein dürften als nur eine Stunde am Tag.

Adriana hatte einen der seltenen Besuche von Jakob, und am Nachmittag bittet sie mich, in ihre Zelle zu kommen. Als ich nach dem Anklopfen eintrete, setzt sie eine Tröte an die Lippen und bläst hinein. Mit einem schrillen Laut rollt sich der Luftrüssel in meine Richtung aus.

»Herzlichen Glückwunsch zum 39. Geburtstag«, ruft sie mir entgegen.

Ich lache überrascht und wir umarmen uns.

»Ich fühle mich bedeutend älter.«

»Du bist noch immer jung«, sagt Adriana, während sie auf dem Tisch drei Teelichter anzündet.

Auf ihre Aufforderung hin puste ich sie aus, dann reicht sie mir eine Schachtel Pralinen. Wir nehmen jede eine und setzen uns aufs Bett. Die Erinnerung an Mama kommt hoch, wie wir während der Tourneen auf dem Hotelbett Pralinen gegessen haben, jede von uns mit einem Turban auf dem Kopf. Das scheint so weit weg, dass ich mich fast frage, ob es überhaupt stattgefunden hat.

»Hast du Jakob gebeten, meinetwegen einzukaufen?«, erkundige ich mich. »Wie aufmerksam von euch.«

»Oder selbstsüchtig«, sagt Adriana. »Schokolade ist mein größtes Laster.« Sie nimmt noch eine Praline und schließt genüsslich die Augen.

»Hast du manchmal den Wunsch, Dinge anders gemacht zu haben?«, frage ich.

»Was zum Beispiel?«

»Ich weiß nicht. Ich habe so viele Geschichten über dich gehört, weiß aber nicht einmal, ob überhaupt die Hälfte davon wahr ist.«

Adriana lacht. »An welche denkst du? Dass ich alle umbringe, die mich ärgern? Der Gedanke ist verlockend, aber das kannst du getrost als Räuberpistole abtun.«

»Was für ein Glück«, sage ich.

»Aber selbstverständlich gibt es einen Grund dafür, dass ich eingesperrt wurde.«

»Genau das meine ich, wenn du es ungeschehen machen könntest?«

»Die Entscheidung liegt nicht immer bei einem selbst«, sagt Adriana und streicht sich eine graue Strähne hinter das Ohr. »Es gibt Umstände, die wir nicht beeinflussen können, wo das eine zum anderen führt und wir gezwungen sind, gewisse Entscheidungen zu treffen. Mitunter tun wir vielleicht das, was wir tun müssen, so einfach ist das.«

»Du machst nicht den Eindruck, Opfer deiner Umstände zu sein.«

»Aber geht es darum, ein Opfer zu sein? Oder geht es darum, die Kontrolle zurückzuerlangen?«

»Du wurdest wegen Anstiftung zum Mord verurteilt«, sage ich und ziehe die Beine unter mich. »Was ist passiert?«

»Er hat versucht, mich reinzulegen. Er hätte die Dinge auch anders machen können, aber das hat er nicht getan. Wer also hat die Entscheidung getroffen, er oder ich?« Sie zuckt mit den Schultern.

»Du meinst also, weil Simon mich betrogen hat, hat er sich für seinen eigenen Tod entschieden? Nach dieser Logik brauche ich kein derart schlechtes Gewissen zu haben.«

»Habe ich das wirklich gesagt?«, entgegnet Adriana nachdenklich. »Ich glaube nur nicht, dass es etwas bringt, darüber nachzudenken, warum Dinge geschehen. Oder darüber, was das Leben hätte anders aussehen lassen können.«

»Ich hatte damit aufgehört«, sage ich. »Bis Anne mich fast umgebracht hat. Da hat alles wieder von vorn angefangen.«

»Und wie funktioniert es für dich?«

»Überhaupt nicht. Ich erinnere mich nicht an mehr als damals.«

Adriana sieht müde aus, und ich frage sie, ob sie sich hinlegen will. Sie lehnt den Kopf gegen die Wand und schließt die Augen. Ich vermute beinahe, dass sie eingeschlafen ist, als sie, genau wie Mikaela, fragt, warum ich Simon zu der Party eingeladen habe. Ich wollte mich doch von ihm scheiden lassen und hatte ein Verhältnis mit Alex angefangen.

Ich denke nach, bevor ich antworte. Ich sage, dass ich trotz allem gehofft hatte, dass wir Freunde bleiben könnten. Obwohl wir eine Krise durchlaufen haben, hatten wir eine gemeinsame Vergangenheit, das wirft man doch nicht einfach so weg? Ist das so schwer zu verstehen?

Adriana öffnet die Augen und sieht mich an. »Bisher klang es so, als sei Alex der Mann deines Lebens gewesen.«

»Das *war* er. Auch.«

»Hast du jemals darüber nachgedacht, wie er es gefunden hat, dass Simon zu der Party gekommen ist?«

*

Ich bin sechs Jahre alt, sitze im Tourbus und esse eine Schale Milch mit Frühstücksflocken, die mit Zucker obendrauf, die wir eigentlich nicht kaufen dürfen, als Mama nur in Unterwäsche und mit einer rosa Federboa um den Hals zu mir herausgetanzt kommt.

»Männer sind ein unberechenbares Geschlecht«, sagt sie. »Vergiss das nicht, mein Sonnenscheinmädchen.«

Ich entgegne, dass ich nicht verstehe, was sie meint. Und dass ich für so was noch zu klein bin.

Mama lacht und dreht eine Pirouette. »Du musst zusehen, dass du sie am Haken hast. Locke sie, bezaubere sie, warte damit, ihnen zu geben, was sie haben wollen. Eins ist sicher: Willst du jemandes Interesse wecken, sorge für Konkurrenz. Um das Interesse aufrechtzuerhalten, muss eine Frau mystisch und begehrenswert sein, und alle müssen sie haben wollen.«

Mama vollführt eine weitere Drehung und wedelt mit der Boa. Sie zwinkert mir zu und sagt, wenn Männer nicht wüssten, wo sie uns haben, dann könnten sie sich nicht fernhalten. Sie dreht die Lautstärke der Musik hoch, hebt mich auf den Tisch, und dann tanzen wir, bis sich der Inhalt der Schale mit den Frühstücksflocken über das Sofa ergießt.

Nach der Scheidung von Papa hat Mama niemanden mehr in ihr Leben gelassen, sie flatterte von einer kurzen Beziehung zur nächsten. Die Liebe erlebte sie nie wieder richtig, aber sie hatte viele *Freunde*. Ihr Charisma und ihre Anziehungskraft waren enorm, und ich nehme an, dass sie eine Art Vakuum hinterließ, wenn sie ihre Aufmerksamkeit auf etwas anderes oder jemand anderen richtete. Ich erinnere mich, dass ich mitunter niedergeschlagene Männer bitten musste, uns in Ruhe zu lassen, wenn sie keine Zeit hatte.

Hatte ich versucht, es Mama gleichzutun? Hatte ich Alex benutzt, um Simon zu zeigen, dass ich noch immer begehrenswert war? Um ihn dazu zu bringen, zu mir zurückgekrochen zu kommen?

Nein, so war es nicht. Ich habe mich in Alex verliebt, weil er war, wie er war. Wir hatten eine wunderbare Zeit zusammen, und er hat mich geliebt.

Aber je öfter ich das wiederhole, desto mehr klingt es wie ein leeres Mantra. Was weiß ich über ihn? Was wusste er über mich? Eins ist sicher: Nicht genug, denn dann hätte er niemals an meine Schuld geglaubt. Dann hätte er niemals gesagt, was er während des Prozesses gesagt hat.

*

Die Tränen drohen sich ihren Weg zu bahnen, als Alex in den Gerichtssaal kommt, und ich muss heftig schlucken. Das letzte Mal habe ich ihn an dem Morgen vor dem Sommerhaus gesehen, vor fast einem halben Jahr. Es muss ihm schwergefallen sein herzukommen, denke ich, als er seinen Platz im Zeugenstand einnimmt. Bestimmt wurde er auf dem Weg hinein fotografiert, und ihm sind alle möglichen Fragen gestellt worden.

Wie fühlt es sich an, eine Freundin zu haben, die wegen Mordes angeklagt ist?

Haben Sie sich jemals von Linda bedroht gefühlt?

Sind Sie noch immer ein Paar, Alex?

Seine Stimme, als er den Eid ablegt, ist genauso wie er selbst, ruhig und stabil. Zuverlässig.

Die Staatsanwältin fragt, was für eine Beziehung er zu mir habe. Sein Blick ist fest auf sie gerichtet und seine Hände sind im Schoß verschränkt, als er sagt, dass wir uns im Juni begegnet sind und im Ritorno essen waren, und dass wir danach weiterhin Kontakt hatten. Ausnahmsweise einmal sagt jemand, wie es wirklich gewesen ist, und ich liebe ihn dafür.

Dann aber lügt er. Seine Worte treffen mich wie ein Schlag, als er leugnet, dass wir eine feste Beziehung hatten. Er sagt, dass er wusste, dass ich noch immer verheiratet war, obwohl ich mich von Simon getrennt hatte. Als er behauptet, dass wir nur einige wenige Male Sex hatten, wirkt er verlegen. Keiner von uns sei auf etwas

Ernstes aus gewesen. Darüber hinaus habe er mich während des Sommers ein paarmal gesehen, um mir zur Seite zu stehen, da er das Gefühl gehabt habe, ich sei sehr einsam.

Seine Worte tun weh. Für den Rest seines Verhörs schaue ich auf den Tisch hinunter. Er berichtet von der Mordnacht und präsentiert seine Version davon, wie wir uns hingelegt haben, er eingeschlafen sei und nicht gemerkt habe, dass ich aufgestanden sei, und dass er erst am nächsten Morgen bemerkt habe, dass ich weg war.

»Halten Sie Linda für fähig, Simon umgebracht zu haben?«, fragt die Staatsanwältin.

»Bevor all das hier geschehen ist, hätte ich diese Frage mit Nein beantwortet«, sagt Alex.

»Aber ich habe mit eigenen Augen gesehen, wie sie vollkommen blutverschmiert auf dem Bett lag. Daher ... ich weiß nicht, was ich sagen soll.«

*

Weitaus später glaubte ich zu verstehen, warum Alex das gesagt hatte. Der Druck seitens der Medien und der Öffentlichkeit muss enorm gewesen sein. Da war es leichter zu lügen. Seine Reaktion war völlig natürlich. Es hätte nichts geändert, wenn er die Wahrheit über uns gesagt hätte, wir hatten sowieso keine Zukunft mehr. Das bedeutete jedoch nicht, dass ihm das, was wir hatten, gleichgültig war. Im Gegenteil. Und nach seinem merkwürdigen Besuch in der Haftanstalt redete ich mir weiter ein, dass das, was wir hatten, echt war. Das Schicksal wollte nur etwas anderes für uns.

Wenn ich jetzt darüber nachdenke, bin ich mir gar nicht mehr so sicher. Sowohl Mikaela als auch Adriana haben mich darauf hingewiesen, dass Alex und ich uns nur über eine kurze Zeit getroffen haben. Das stimmt. Nicht ein einziges Mal hat er mich seinen Freunden oder seiner Familie vorgestellt, es waren nur er und ich in unserer kleinen Blase. Damals fand ich das schön, aber ist es nicht ein bisschen sonderbar? War es wirklich so wunderbar, wie ich mich daran erinnern will? Immerhin hat er mich dazu gebracht zu glauben, dass ich wieder glücklich werden könnte, und das hat mir das Leben gerettet.

Die Liebe, wird mir jetzt bewusst, hat mich gerettet. Nicht Alex.

Habe ich ihn und unsere Beziehung in stärkeren Farben gemalt, als sie sie eigentlich hatten? Das wirft für mich die Frage auf, wie ausgeglichen ich während dieser Zeit eigentlich war. Auch darin kann Mikaela recht haben, und ich bereue es, mich damals nicht bei ihr gemeldet zu haben.

»Es gibt vieles, aus dem ich nicht richtig schlau werde«, sage ich zu Adriana. »Und ich verstehe, wenn du nichts von dem glaubst, was ich sage. Angesichts der

Beweise, die es gegen mich gab, klingt es unglaublich, dass jemand anderes Simon umgebracht hat.«

»Das spielt für mich keine Rolle«, sagt sie. »Aber wenn *du* es nicht loslassen kannst, wenn du noch immer sicher bist, dass du fälschlicherweise verurteilt worden bist, solltest du dagegen vielleicht etwas unternehmen.«

»Ich kann nichts tun«, sage ich und kann die Frustration in meiner Stimme nicht verbergen.

»Vielleicht kann es dir dabei helfen, inneren Frieden zu finden.«

»Das zu akzeptieren, was ich nicht ändern kann?«

Adriana erinnert mich daran, dass alle Dokumente gespeichert werden. Die komplette Voruntersuchung, der Grund für die Anklage und alle abgehaltenen Verhöre, der Richterspruch. All das existiert noch. Das sind öffentliche Akten, und jeder hat das Recht, Einsicht zu beantragen.

25

Einige Wochen später steht ein Karton mit meinem Namen darauf in der Zelle. Adriana zufolge dürfen die Strafvollzugsbeamten keine Post aufmachen, die von einer Behörde kommt, doch sie meint, dass ich die Sachen nicht herumstehen lassen sollte. Hier drinnen hätten die Dinge eine Tendenz zu verschwinden. Dann geht sie und lässt mich alleine.

Ich bin so lange apathisch gewesen. Zum ersten Mal seit vielen Jahren verspüre ich eine Lust zu kämpfen. Ich öffne den Karton, nehme den Papierstapel heraus und lege ihn auf den Schreibtisch. Ich blättere aufs Geratewohl darin herum, und eines der ersten Dinge, die ich sehe, sind die Fotos von dem blutigen Schlafzimmer im Gästehaus. Vom Tatort. Von meinem zusammengeknüllten Kleid in der Dusche. Es ist mehr Material, als ich geglaubt habe.

Ich beginne mit dem Richterspruch und überfliege

ihn schnell. Die juristische Sprache ist trocken, der sachliche Ton in seiner Förmlichkeit einschläfernd.

Das Protokoll der Voruntersuchung ist da ganz anders. Es ist ein Mischmasch aus Telefonlisten, SMS-Konversationen zwischen Simon und mir sowie Transkriptionen von Verhören und Zeugenaussagen. Es ist keine vergnügliche Lektüre, und die Bilder von seinen zerfetzten, blutdurchtränkten Sachen sind widerwärtig. Ich sehe das befleckte Messer neben einem Lineal liegen und mit der Bestätigung versehen, dass das Blut daran von Simon Huss stammt. Die allerschlimmsten Fotos, die von Simons totem Körper und seinen Verletzungen, wurden hinter verschlossenen Türen gezeigt und unterliegen der Geheimhaltung. Deshalb wurden sie aus dem Material entfernt. Ich bin dankbar dafür, ihn im Gästehaus nicht gesehen zu haben und die Fotos nicht noch einmal ansehen zu müssen.

Ich lese, was für zerfranste und scharfzahnige Schäden an Simons Jeans und Pullover gefunden wurden, zwischen einem halben und neunzehn Zentimeter lang. Sie lassen sich auf achtzehn Stück berechnen, die Obduktion hat jedoch ergeben, dass mindestens sechsundzwanzigmal auf Simon Huss eingestochen wurde. Die Blutspuren auf dem Boden und an den Wänden sprachen dafür, dass das Opfer gelegen hat, als die Stiche auf den Körper verübt wurden, wahrscheinlich war er da bereits tot.

Als die Staatsanwältin während des Prozesses diesen Teil behandelt hat, war unter den Zuhörern ein Schrei zu vernehmen gewesen, gefolgt von einem lautstarken Schluchzen. Ein Stuhl scharrte, schwere Schritte auf dem Boden, bevor sich die Tür wieder schloss und das Weinen von Simons Mutter erstickte, die ihren Platz verlassen hatte.

Vergleiche mit der Klinge und der Blattlänge des Messers, das ich bei NK gekauft hatte und das neben dem Körper gefunden wurde, belegten, dass dieses Messer die Verletzungen am Körper und die Schäden an der Kleidung des Toten verursacht hatte. Ebenso die Schnittwunde, die ich selbst am linken Arm hatte.

Das Bild, wie die Flasche an der Spüle in der Küche des Sommerhauses zersplittert, zieht an mir vorüber, und wie ich mich schneide, als ich die Scherben vom Boden aufhebe. Die Schrammen, die ich mir dabei zufüge, das Blut, das aus der Wunde dringt. Ich berühre die schwachen Narben.

Jede Seite ist eine schmerzliche Erinnerung daran, dass genau diese Nacht mein ganzes Leben verändert hat. Gleichzeitig aber spüre ich, dass es sich um eine vollkommen andere Person handelt. Ich hätte es nie fertiggebracht, jemandem die Kehle durchzuschneiden, wie wütend ich auch sein mochte. Und anschließend besinnungslos weiter auf das Opfer einzustechen, während sich das Blut über mich ergießt. Am wenigsten auf jemanden, den ich liebte. Das habe ich immer gewusst, und ich werde in meiner Überzeugung nur noch bestätigt.

Interessant wird es, als ich zu den Zeugenaussagen meiner Freunde komme, die auf der Party waren. Darin finden sich einige Dinge, die nicht stimmen. Ich lese die Auszüge mehrfach. Ich vergleiche sie miteinander, lese sie wieder und wieder, um sicherzugehen, dass ich nichts missverstehe oder mir Fehler unterlaufen.

Das ist nicht der Fall.

Ich gehe raus zur Toilette, um zu pinkeln, bevor ich für die Nacht eingeschlossen werde. Ich betrachte die Narbe in meinem Gesicht. Wenn ich dem Spiegel die rechte Seite zudrehe, kann ich beinahe so tun, als wäre es mein altes, gewohntes Ich, das dort steht, wenn auch mit kurzen Stoppeln. Aber in Wirklichkeit würde es der umfassenden plastischen Chirurgie durch einen Spezialisten bedürfen, um etwas wiederherzustellen, das meinem einstigen Aussehen ähnelt, und das kommt nicht infrage. Für so etwas werde ich nicht rausgelassen, obwohl ich es selbst bezahlen könnte. Trotz allem wurde mir bisher kein Hafturlaub bewilligt.

Ich mache das Licht aus und gehe durch den Flur zurück zu meiner Zelle. Die Stacheldrahtrollen voller scharfer Rasierklingen sind in Kreisen vor den Bäumen aufgewickelt. Das Blinken in den Rasierklingen sind Augen, die mich beobachten, sie bewachen mich. Ich habe es gespürt, als ich aus dem Krankenhaus kam, und jetzt ist es noch stärker. Ich hasse Biskopsberg. So sollte mein Leben nicht werden, es sollte definitiv nicht auf einem dreckigen Fußboden im Keller eines Gefängnisses enden, in dem ich nicht sein sollte.

In dieser Nacht kann ich nicht schlafen. Ich kann nicht verstehen, warum die Mordermittler scheinbar bereits zu Beginn beschlossen hatten, dass ich die Schuldige war. Sie haben sich nur auf mich konzentriert und keine große Mühe darauf verwendet, irgendwelchen anderen Spuren nachzugehen. Vermutlich wollten sie ein schnelles Ergebnis. Da der Fall aufgrund von Simons und meiner Bekanntheit genau verfolgt wurde, war es sicher wichtig, den Mord so schnell wie möglich aufzuklären. Wenn sie mir nur zugehört hätten, hätte alles anders ausgesehen.

Ich schalte die Lampe ein und setze mich auf die Bettkante, stehe auf und trinke Wasser aus dem Hahn. Nach einem Blick auf die Uhr schalte ich das Licht aus und lege mich wieder hin. Sie tickt laut in der Stille, und mit jeder Sekunde wird das Geräusch lauter. Ich drehe mich erneut um, das Laken fühlt sich trocken auf meiner Haut an, und es knistert. In meinem früheren Leben habe ich schöne Materialien und luxuriöse Produkte geliebt. Meine dicke, cremige Körperlotion, das Gefühl, wenn der glatte Balsam über meine Haut glitt, der Duft von Aprikosen, der sich im Raum ausbreitete. Das Seidenkleid, das ich auf der letzten Grammisgala trug, zu der ich Simon begleitete. Es war dunkelblau und saß perfekt, es wogte bei jedem Schritt, den ich machte und glänzte in den Kamerablitzen. Die Pflegekur, die meine Haare leicht und lebendig machte, meine langen schönen Haare, die mir über Schultern und Rücken fielen. Ich fahre mit der Hand über die Stoppeln, die sich rau anfühlen und überlege, ob ich sie wieder wachsen lassen soll.

*

Ich wache mit Alex' Beinen über meinen auf. Er bohrt sein Gesicht in meine Haare. Dann schaut er mir in die Augen, als sei ich das Zentrum seines Universums.

»Hej«, sage ich.

»Hej«, erwidert er. »Wenn ich Kaffee im Bett vorschlage, was sagst du dann?«

»Dass du mich verwöhnst.«

Er steht auf, streift die Jeans über, und ich fantasiere, ob er noch immer Kaffee kocht und ihn mir im Bett serviert, wenn wir alt und grau sind. Als er zurückkommt, lehne ich mich an ihn und versichere mich, dass er nicht mehr wütend ist.

»Ich war nie wütend«, seufzt er.

»Gestern warst du es.«

»Nicht auf dich, auf ihn.«

»Aber was hat dich so sauer gemacht?«, frage ich.

»Simon hat dich im Stich gelassen, zur Hölle. Er hat sich richtig schlecht benommen. Du solltest nicht antworten, wenn er sich meldet. Er hat es nicht verdient.«

Ich stimme ihm zu, vor allem, weil ich merke, dass Alex kurz davor ist, wieder wütend zu werden. Ich will erklären, dass das nicht so einfach ist, weiß aber, dass jetzt nicht der richtige Zeitpunkt ist.

»Ich begreife nicht, warum du das tust«, fährt er fort.

»Er will eine Chance zum Reden«, sage ich. »Vielleicht bin ich es ihm schuldig, mir zumindest anzuhören, was er zu sagen hat.«

»Du bist ihm überhaupt nichts schuldig.« Alex stellt die Kaffeetasse beiseite. »Aber du solltest dich vielleicht entscheiden, was du willst. Wenn du ihn zurück willst, dann bitte.«

»Ich habe nie gesagt, dass ich das will.«

Alex setzt eine ungeduldige Miene auf. »Es würde dir viel besser gehen, wenn es ihn nicht gäbe.«

»Hör auf«, sage ich und packe seine Hand. »Sag so was nicht.«

»Er sorgt nur dafür, dass es dir schlecht geht, Linda.«

»Machst du dir Sorgen um mich?«, frage ich und ziehe ihn zu mir heran. »Versprichst du, dass du dich um mich kümmerst?«

Er lächelt, aber das Lächeln kommt nicht bei den Augen an.

»Solange es Simon gibt, bin ich nicht sicher, ob mir das gelingt.«

*

Ich ziehe die Decke weg und krabbele auf den Schreibtisch, um rauszuschauen. Auf der anderen Seite des Sees erheben sich die Bäume wie schwarze Silhouetten gen Himmel, auf dem Areal der Haftanstalt wird es dagegen nie dunkel. Niemand entkommt dem unbarmherzigen Licht, das auf den Zaun und die Mauern montiert ist.

Gleichsam sehe ich klarer als je zuvor. Ich hatte geglaubt, dass Alex während des Prozesses nur in einer einzigen Sache gelogen hat, aber ich habe mich geirrt.

26

Es ist Mai geworden, als Tina den Besuchsraum das nächste Mal aufschließt, um mich hineinzulassen. Der Stapel mit den Papierlaken liegt auf dem Stuhl, der Plastikbehälter mit den Kondomen steht obendrauf. Ich stelle ihn ins Fenster hinter die Gardine, ich will nicht, dass er dort steht, wenn mein Anwalt kommt.

Adriana war skeptisch, dass ich Kontakt zu ihm aufgenommen habe.

»Aber womöglich glaubst du noch immer an das System?«, sagte sie.

»Ich habe keine Wahl«, entgegnete ich. »Wenn ich rehabilitiert werden und hier rauskommen will, brauche ich seine Hilfe. Eine andere Möglichkeit gibt es nicht.«

Lukas Francke hat sich kaum verändert. Die Strähnen an den Schläfen sind grau geworden, aber sie liegen noch genauso akkurat wie damals. Er nimmt meine

Hände in seine und studiert die Narben in meinem Gesicht, ohne mit einer Miene Abscheu oder Angst zu zeigen. Er sagt, die Wunden scheinen gut geheilt zu sein, worauf ich entgegne, dass ich mich nicht beklage, schließlich lebe ich noch.

»Schön, dass Sie das so sehen können«, sagt er. »Wirklich schön zu hören.«

Wir setzen uns an den Tisch, Lukas Francke nimmt einen Kugelschreiber aus der Innentasche seines Jacketts und dreht ihn zwischen den Fingern. Ein Signal dafür, dass er zur Sache kommen will.

»Wie ich am Telefon bereits gesagt habe, brauche ich Hilfe bei der Überprüfung von Alex Lagerberg«, sage ich und fülle zwei Becher mit Wasser.

»Selbstverständlich bin ich sehr neugierig. Können Sie mir mehr darüber berichten, woran Sie denken?«

Ich beginne damit, was ich in einem der Verhöre gefunden habe, die mit Alex geführt wurden. Mit der Aussage, dass wir uns zur selben Zeit hingelegt haben und er am nächsten Morgen aufgewacht sei und festgestellt habe, dass ich nicht da war. Der Rest ist bekannt, er hat die anderen in der Küche getroffen, und da keiner mich gesehen hatte, hat Tess im Gästehaus nachgesehen, wo sie mich und Simon fand.

Francke hört zu.

»Aber in dem allerersten Verhör klingt das vollkommen anders.« Ich lese Alex' Worte vor, denen zufolge er bereits im Laufe der Nacht aufgewacht war und *da* entdeckt hatte, dass ich nicht mehr im Schlafzimmer war.

»Und Tess hat der Polizei gegenüber gesagt, dass mehrere der Gäste bis weit in die Morgenstunden draußen waren, unter anderem jemand, von dem sie glaubte, es sei Alex gewesen«, fahre ich fort. »Zu der Zeit hatte er seiner Behauptung nach im Bett gelegen und geschlafen. Trotzdem gibt es keine Notiz dazu, dass diesen widersprüchlichen Angaben nachgegangen wurde, oder die Polizei sich überhaupt die Mühe gemacht hat, sie auf ihre Richtigkeit hin zu überprüfen.«

Ich warte.

Lukas Francke scheint auch zu warten.

»Okay«, sagt er dann. »Haben Sie mehr?«

»Noch mehr? Alex hat unterschiedliche Sachen gesagt, als die Polizei ihn verhört hat. Und während des Prozesses hat er unsere Beziehung geleugnet. Eine offensichtliche Lüge, auch wenn sie verständlich ist. Aber zusammen mit dem anderen weist es darauf hin, dass er etwas verbergen will.«

»Erstens wurde Alex nicht verhört, er war ein Zeuge«, sagt Francke. »Und vielleicht hat er sich falsch erinnert, Linda. Das kann doch auch sein. Es ist nicht immer so, dass unsere Erinnerung so funktioniert, wie wir uns das wünschen. Dem sollten doch gerade Sie sich bewusst sein.«

Ich lasse Franckes Bemerkung unkommentiert, auch wenn sie ein Schlag unter die Gürtellinie ist.

»Aber ich habe meine Geschichte nie geändert«, erwidere ich sachlich. »Alex hat es getan, das hat nichts mit seiner Erinnerung zu tun. Was, wenn er es *war*, den Tess in der Nacht draußen gesehen hat?«

Lukas bittet mich um die Aktennummer und die Seite, um die Sache zu überprüfen, und ich gebe sie ihm, ohne dafür in meine Notizen schauen zu müssen. Ich habe mir alles gemerkt, was wichtig ist, aber mein Anwalt sieht alles andere als überzeugt aus. Er ist keineswegs so begeistert, wie ich geglaubt hatte.

»Die Polizei hat mit allen gesprochen, die auf der Party waren, und sie haben überprüft, wer sich in der Nacht draußen aufgehalten hat. Hätte sich der geringste Anlass gefunden, eine andere Person zu verdächtigen, bin ich mir sicher, dass sie dem nachgegangen wären«, sagt er.

»Wie können Sie sich da so sicher sein?«, frage ich. »Es war am einfachsten zu glauben, dass ich es war. Ich lag in dem Zimmer, ich war blutverschmiert, und ihrer Ansicht nach hatte ich ein Motiv. Es wäre nicht das erste Mal, dass man nur die Beweise heranzieht, die die eigene Theorie untermauern. Mitunter kommt es bei einer polizeilichen Ermittlung zu Fehlern. Dem sollten *Sie* sich doch wohl bewusst sein.«

Francke sieht mich an und scheint ein wenig verlegen, seinen eigenen Kommentar zurückzubekommen.

»Sie sind also der Meinung, dass Alex Simon umgebracht hat?«, sagt er.

»Warum sollte er sonst lügen?«, antworte ich. »Und bei seinem Besuch hier war er seltsam. Ich habe viel darüber nachgedacht. Er muss gekommen sein, um sicherzugehen, dass ich wirklich nichts ahne. Es gab für ihn keinen anderen Grund, mich zu besuchen.«

Lukas Francke nickt langsam und sagt dann leise:

»Ich will Ihnen helfen, Linda. Das will ich wirklich.« Er klingt aufrichtig, sieht aber dennoch skeptisch aus. »Das Problem ist, dass das hier nicht für einen Antrag auf Wiederaufnahme reicht.«

»Alex lügt, und er kommt damit durch, weil die Polizei entschieden hat, auf ihn nicht den gleichen Druck auszuüben, den sie auf mich ausgeübt hat.«

Francke presst die Lippen aufeinander. Er schlägt die Beine übereinander und betrachtet die Decke.

»Wenn *ich* mir selbst widersprochen oder mich auch nur unklar ausgedrückt habe, bin ich direkt an die Wand gestellt worden«, sage ich. »Ich habe Hunderte von Anschlussfragen gestellt bekommen, um mich zu erklären.«

Mit entschlossener Stimme erklärt der Anwalt, dass er sicher sei, dass Alex' Tun sowie das aller anderen sehr genau überprüft wurde. Außerdem gäbe es kaum einen Menschen, der bei einem Gespräch mit der Polizei nicht nervös würde. Wenn ein Mord geschieht, seien alle ängstlich und angespannt. Das bedeute jedoch nicht, dass sie schuldig sind. Alex' Verhalten kann als höchst natürlich in einer solchen Situation gedeutet werden.

»Wie ich bereits erläutert habe, ist es ein äußerst umständlicher Prozess, ein Wiederaufnahmeverfahren durchzusetzen«, sagt Lukas Francke. »Wir reden von einem monatelangen Vollzeitjob. Und das kostet.«

»Geld ist kein Problem«, sage ich, den Blick auf den Notizzettel vor mir auf dem Tisch gerichtet.

»Und wir brauchen *neue* Beweise, Linda. Es müssen vollkommen neue Informationen aufgetaucht sein, bei denen das Gericht *vielleicht* anders geurteilt hätte, wenn es Zugang dazu gehabt hätte. Und da liegt unser Problem.« Lukas Francke sucht meinen Blick. »Das hier ist nichts Neues. Das reicht nicht aus. Verstehen Sie mich?« Der Anwalt lehnt sich über den Tisch und drückt meine Hand. »Warum, glauben Sie?«, sagt er dann mit mitfühlender Stimme.

»Warum was?«

»Warum sollte Ihr neuer Freund Ihren Mann ermordet haben?«

Die Frage hat in den letzten Tagen an mir genagt, und ich habe keine Antwort darauf. Noch nicht. Offensichtlich habe ich Alex Lagerberg nicht so gut gekannt, wie ich geglaubt habe, auch wenn es mir widerstrebt, das zuzugeben.

»Kann es um Geld gegangen sein?«, fährt Lukas Francke fort. »Sie sind vermögend, und Simon hatte wohl auch einiges. Aber durch seinen Tod hätte Alex keinen Anspruch auf irgendetwas gehabt. Ging es um Eifersucht?«

»Vielleicht«, antworte ich. »Er hat Simon verabscheut und davon gesprochen, mich beschützen zu wollen, obwohl es dafür keinen Grund gab. Vielleicht hat es Alex aufgebracht, dass Simon zu der Party gekommen ist.«

»Aber warum sollte er Sie die Schuld tragen lassen?«

»Warum nicht? Lieber das, als selbst wegen Mordes verurteilt zu werden.«

Lukas schaut auf seine Armbanduhr und zieht die Augenbrauen hoch. Er erhebt sich, der Besuch ist zu Ende.

»Lukas, ich muss wissen, wer Simon umgebracht hat«, sage ich.

»Es gibt nichts, was ich tun kann«, sagt er. »Wie sehr ich es auch möchte.«

Dann drückt er leicht meinen Arm und verlässt den Besuchsraum.

27

Adriana schleudert mich auf die Matte. Mir bleibt die Luft weg, und ich bleibe liegen. Sie streicht sich die grauen Haare aus dem Gesicht und sieht mich an.

»Wieder hoch mit dir.«

»Du packst mich zu hart an.«

»Das da war nicht hart, Linda. Hoch mit dir.«

Ich stehe auf. Beuge die Knie und balle die Fäuste, halte sie vor mich und denke an das Gleichgewicht. Ich hole tief Luft, mache einen schnellen Schritt auf Adriana zu und hole zu einem Schlag in ihr Gesicht aus. Sie gleitet nach rechts, wehrt den Schlag ab und packt meinen Oberarm. Dann folgt ein weiterer Griff und ich fliege durch die Luft und lande erneut auf der Matte. Ich schließe die Augen und stöhne.

»Das war härter«, sagt sie. »Aber nur ein bisschen.«

Ihr zufolge gibt es keinen Namen für die Technik, die sie mir beibringt, es sei eine Mischung aus mehreren verschiedenen Kampfsportarten. Sie hat nicht immer die Kraft, so aktiv zu sein wie heute, dann laufe ich stattdessen am Zaun auf dem Hof entlang. Gehe in den Fitnessraum und stemme Gewichte. Ich habe an Kraft gewonnen, und die Sachen schlabbern, mittlerweile hole ich eine Kleidergröße weniger aus der Wäscherei. Ich trainiere jeden Tag, das hilft dabei, die Gedanken und die Gefühle unter Kontrolle zu halten. Die Gedanken an Alex, daran, wie er mein Leben zerstört hat. Ich will keinen einzigen Tag hier drin mehr vergeuden. Die Frustration darüber, nichts tun zu können, zehrt an mir.

Ich stehe vom Boden auf und strecke den Rücken. Ich beuge die Knie erneut und balle die Fäuste. Adriana holt zu einem schnellen, geraden Schlag aus kurzer Distanz aus, der mich auf der einen Wange trifft, und ich schaffe es nicht zu reagieren, bevor der nächste Schlag landet. Adriana bewegt sich nach links, und plötzlich, schnell und unerwartet nach rechts. Ihr Bein schwingt zur Seite und mein linker Fuß weicht zurück. Mit einem Griff packt sie mein Handgelenk, zieht mich zur Seite und dann entschlossen nach hinten. Ich verliere das Gleichgewicht, aber dieses Mal versagen meine Reflexe nicht, und ich dämpfe den Sturz mit einer Hand und den Füßen ab.

»Schön«, kommentiert Adriana und lässt sich an der Wand nach unten sinken. »Du bist trotz allem nicht ganz hoffnungslos.«

Sie ist leichenblass, ich gebe ihr die Wasserflasche und setze mich neben sie.

»Wie geht es dir?«

»Es ist mit dem Anwalt nicht so gelaufen, wie du es dir erhofft hattest«, entgegnet sie und weicht der Frage aus.

»Er fand, es gäbe nicht genug, um es sich wenigstens anzusehen«, sage ich.

»Was wirst du jetzt tun?«

»Ich weiß es nicht. Aber ich will, dass Alex leidet, genauso wie ich gelitten habe.«

»Sag Bescheid, wenn du meine Hilfe brauchst.«

Sie sieht erschöpft aus, und ich begreife, dass sich ihr Zustand verschlechtert hat, sage aber nichts. Ich schelte mich selbst dafür, sie nicht gezwungen zu haben, es ruhiger anzugehen. Ich helfe ihr zurück in Haus C und in die Zelle.

»Es gibt einen Weg«, murmelt Adriana. »Raus. Jakob, er kann. Wenn du willst.«

»Wovon faselst du?«, frage ich, erhalte aber keine Antwort.

Im Laufe der kommenden Tage widme ich mich dem Versuch, mir jedes Gespräch, das Alex und ich miteinander geführt haben, wieder ins Gedächtnis zu rufen. Was er gesagt und was er tatsächlich gemeint hat. Was unterschiedliche Blicke bedeutet haben, unterschiedliche

Tonfälle. Ich muss wissen, warum er Simon umgebracht hat.

Ich schlage im Fitnessraum auf den Boxsack ein und verfluche Alex Lagerberg. Ich verfluche den Tag, an dem wir uns begegnet sind. Ich weine bei der Erinnerung daran, wie er mich angesehen hat, als wir uns geliebt haben, bevor ich mir die Tränen abtrockne und mich selbst dafür verfluche, so gutgläubig gewesen zu sein. Dafür, mir erlaubt zu haben, in all diesen Jahren so apathisch zu sein. Solange ich hier sitze, kann ich überhaupt nichts tun, und ich verfluche das System, das mich eingesperrt und den Schlüssel weggeworfen hat.

Mir fällt nur ein einziger Mensch ein, der mir helfen kann. Und ich hätte die Hand schon vor langer Zeit nach ihm ausstrecken sollen.

28

Die Bäume vor dem Zaun sind dicht belaubt, und die Rabatten stehen in voller Blüte. Die Luft ist lauwarm und der Himmel wolkenlos. Ich drehe mein Gesicht zur Sonne. Ich schaue zu den Fenstern der Krankenabteilung hinauf, bevor ich dem Wärter in Haus A folge. Vor acht Monaten habe ich dort drinnen gelegen und mir gewünscht, das Leben wäre vorbei. Da konnte ich nicht ahnen, dass Annes Attacke dazu führen würde, dass ich wieder Kontakt zu meiner kleinen Schwester bekomme.

Mikaela trägt ein ärmelloses Kleid, das sie strahlen lässt.

»Wie geht es dir?«, fragt sie. »Du siehst müde aus.«

»Eine andere Art zu sagen, dass ich elend aussehe?«, lache ich. »Es ist schwer, an der Sonnenbräune zu arbeiten, wenn man nur eine Stunde pro Tag draußen sein darf. Aber du bist wunderschön.« Ich umarme sie lange.

»Wie ist es dir ergangen?«, will sie wissen.

»Ich hatte einiges, worüber ich nachdenken musste.«

»Hast du etwas von Mamas Manager gehört?« Mikaela setzt sich aufs Sofa.

»Nein.«

»Er hängt wieder an mir und will Zugriff auf Mamas Sachen. Die Platten, die Kleider, alles.«

»Ich hatte geglaubt, dass er aufgegeben hat.«

»Der gibt niemals auf. Kann er die Sachen nicht einfach bekommen, dann sind wir ihn endlich los?« Mikaela streicht sich über die Stirn. »Sie stehen doch nur in der Wohnung herum und verstauben. Solltest du die nicht vielleicht auch loswerden? Sie zu behalten, muss teuer sein.«

Es war immer undenkbar für mich, Leute in die Wohnung zu lassen, in die ich selbst so lange keinen Fuß gesetzt habe. Sie herumwühlen und sich von Mamas Leben nehmen zu lassen, was sie wollten, ohne dass ich etwas dazu sagen kann. Und den einzigen Fixpunkt abzustoßen, den ich im Dasein noch habe, hat sich immer verheerend angefühlt.

Jetzt wage ich sogar den Gedanken, dorthin zurückzukehren.

»Er will Geld verdienen, nichts anderes«, schnaube ich.

Wie es aussieht, will Mikaela noch etwas dazu sagen, lässt es aber.

»Stell dir vor, dass Mama dieses Jahr siebzig geworden wäre«, sagt sie stattdessen. »Ihr zu Ehren soll im Fernsehen eine Dokumentation ausgestrahlt werden. Ich bin nicht sicher, ob du das weißt?«

»Das wusste ich nicht.«

»Henri hat das organisiert.« Mikaela spielt an ihrem Halsband herum und sagt, dass Mama bereits seit sieben Jahren tot ist. Dass sie so schnell gestorben sei, von einem Tag auf den anderen habe sie einfach aufgehört zu atmen.

»So verläuft die Krankheit nun einmal.« Ich stehe auf, um Wasser zu trinken, nehme eine Serviette mit und setze mich wieder hin. »Und du warst nicht da.«

Die Worte entschlüpfen mir einfach. Trotz der Vertrautheit, die Mikaela und ich gerade wieder aufbauen, ist die Enttäuschung noch da. Sie schaut auf meine Hände, die die Serviette in winzig kleine Stückchen zerreißen. Sie sieht weg.

»Macht es wirklich irgendeinen Sinn, das jetzt durchzugehen«, seufzt sie. »Es hat doch nicht ausgereicht, einfach nur da zu sein. Du hast dein Leben komplett aufgegeben, deine eigene Persönlichkeit, um Kathy glücklich zu machen. Und mit weniger hat sie sich nie zufriedengegeben.« Mikaela lächelt betrübt.

»Warum hast du Mama so sehr verabscheut?«, will ich wissen.

»Verabscheuen ist ein heftiges Wort. Aber ich konnte

sie nie auf die Weise anbeten, wie sie es von allen gefordert hat. Mitunter habe ich mir gewünscht, dass ich Teil dessen sein könnte, was ihr beide zusammen hattet, doch als ich älter wurde, war ich froh, dem entgangen zu sein.«

Wie üblich übertreibt meine Schwester. Aber selbstverständlich hat sie ein Recht auf ihre Erinnerungen und ihr eigenes Erleben von Mama. Und ich auch, was das betrifft. Es macht mich traurig, dass die Zweifel noch immer da sind. Dass sie mir nicht glaubt. Ich versuche zu lächeln, versuche, mit meinem Blick an sie zu appellieren.

»Mikaela, du bist meine Schwester«, sage ich. »Glaubst du wirklich, dass ich Simon umgebracht habe?«

»Wenn du es nicht warst, wer war es dann?«, entgegnet sie. »Wie konnte die gesamte Ermittlung so schieflaufen?«

»Ich habe mit meinem Anwalt darüber gesprochen«, sage ich und höre, wie angespannt meine Stimme klingt. Ich achte darauf, langsamer zu atmen und senke die Schultern, bevor ich ihr davon erzähle, dass ich die Dokumente der kompletten Voruntersuchung gelesen habe und dass sich darin Dinge finden, die mir äußerst merkwürdig erscheinen. Ich spüre, dass sie mir glauben will, dass sie ebenso sehr wie ich will, dass meine Unschuld bewiesen werden kann. Ich berichte von allem, was ich mit Lukas Francke besprochen habe.

»Es gibt viele Ungereimtheiten rund um Alex Lagerberg«, sage ich abschließend. »Du weißt, der Mann, den ich damals kennengelernt hatte. Ich habe euch auf der Party einander vorgestellt. Oder, habe ich das nicht? Ich erinnere mich nicht.«

Mikaela starrt mich mit halb geöffnetem Mund an. Lediglich unsere Atemzüge sind zu hören.

»Ich kann es beweisen«, sage ich nach einer Weile. »Es steht da, schwarz auf weiß. Tess hat ihn draußen gesehen, als er seiner Behauptung nach geschlafen hat.«

Ich erzähle ihr davon, wie wütend er auf Simon war, und ich gebe zu, dass ich zu dieser Zeit wahrscheinlich nicht mein rationalstes Ich war, ich hätte früher reagieren müssen. Sie hört zu, ohne mich zu unterbrechen, und mir gelingt es, meine Stimme in einer gleichmäßigen Tonlage zu halten.

»Ich brauche deine Hilfe, Mikaela«, bitte ich. »Ich muss mehr über Alex erfahren. Ohne neue Beweise habe ich keine Chance auf ein Wiederaufnahmeverfahren, aber die zu finden, ist von hier aus unmöglich.«

»Was soll ich deiner Meinung nach tun? Ihn fragen?« Sie lacht, sieht jedoch betrübt aus. »Warum hätte Alex Simon umbringen sollen? Er hatte überhaupt keinen Grund dazu, ich glaube, das siehst du selbst.«

»Woher weißt du das? Du kennst ihn doch gar nicht. Offenbar habe ich das auch nicht getan.«

»Glaub mir, ich weiß es«, sagt Mikaela.

»Was meinst du?«

Mikaela legt eine Hand über ihre Augen, das Zucken ihrer Schultern sagt mir, dass sie weint. Ich streiche ihr über den Rücken und bitte sie sich zu beruhigen. Sie nimmt die Serviette, die ich ihr reiche und flüstert, dass sie eher etwas hätte sagen sollen. Sie sagt, dass sie sich schämt, sie bittet mich um Verzeihung.

Ich frage, wovon sie spricht, mittlerweile unruhig. Ich werde es aus ihr herausschütteln, wenn sie nicht bald etwas sagt.

Mikaela weicht auf dem Sofa ein Stück zurück und streicht sich mit der Hand über den Bauch. »Ich habe mich so gefreut, als du mir geschrieben hast«, sagt sie. »Und ich wollte nicht riskieren, dich zu verärgern.«

Ich folge ihrer Hand mit dem Blick und frage mich, wie es mir entgehen konnte, dass sie ein Kind erwartet. Ich umarme sie, flüstere, dass ich mich für sie freue, aber sie antwortet nicht, sondern bricht erneut in Tränen aus. Mikaelas Schweigen und der Blick in ihren Augen lässt mich die Wahrheit erahnen, bevor sie es wagt, sie auszusprechen.

»Es ist Alex' Baby«, sagt sie und drückt meine Hand viel zu fest. Ihre Stimme ist weit entfernt, als sie erzählt, dass sie vor ein paar Jahren geheiratet haben, und dass das Kind, das sie in sich trägt, ihr zweites ist. Sie haben bereits eine Tochter, die bald vier wird.

»Es war keine Absicht, dass das passiert«, flüstert sie.

»Ich wusste, dass es falsch war. Ich wusste, dass du am Boden zerstört sein würdest. Liebe Linda, verzeih mir.«

Als Alex mich im Gefängnis besucht hat, war er also womöglich schon mit meiner kleinen Schwester zusammen. Ich kann nicht glauben, dass das wahr ist. Mikaelas reumütige Miene vermag es nicht, meine Sympathie zu wecken.

Draußen erklingt das Signal vom Tor, jemand ist auf dem Weg hinein oder hinaus. Es könnte eine Neuinsassin sein, die eingeschrieben und fotografiert werden soll, eine unsichere Frau, die sich ausziehen muss und gezwungen wird, vor Fremden zu urinieren. Eine, die ihre Habseligkeiten abgeben und die Sachen des Strafvollzugs anziehen muss, und ich werde sie bestimmt später im Speisesaal sehen, wo sie lernen wird, sich von der Königin fernzuhalten, vor allem aber von dem Monster.

Ich komme niemals hier raus.

Die Einsicht packt mein Inneres und drückt so fest zu, dass mir die Luft wegbleibt.

Ich stehe vom Sofa auf, gehe zur Tür und hämmere so heftig daran, wie ich nur kann. Als der Wärter aufschließt, schwanke ich in den Flur hinaus und weiter, weg vom Besuchsraum, obwohl Mikaela nach mir ruft.

*

Ein Sommertag. Ich bin zehn Jahre alt. Mikaela und ich liegen bäuchlings auf dem von der Sonne erwärmten Steg unterhalb des Sommerhauses und schauen auf unsere Spiegelbilder im Wasser. Die Reflexion wogt langsam hin und her, unsere Gesichter verzerren sich, bis die Wellen sich wieder beruhigen und wir unser gewohntes Erscheinungsbild zurückbekommen.

Ich fahre mit dem Finger durch das Wasser und betrachte ein weiteres Mal, wie wir dort unten verformt werden und miteinander verschmelzen.

»Das sieht nicht aus wie wir«, sagt Mikaela und zieht eine lustige Grimasse.

»Wolltest du irgendwann einmal jemand anderer sein?«, frage ich.

Mikaela runzelt die Stirn. »Wer?«

»Wer immer du willst.«

»Vielleicht. Ich würde auch gern ein Sonnenscheinmädchen sein.«

»Dann hättest du nie Ruhe.«

»Wer würdest du denn gern sein?« Mikaela taucht ebenfalls einen Finger in den See, zieht ihn jedoch wieder heraus, als sie eine Bewegung im Wasser wahrnimmt.

»Eine, die keiner erkennt«, sage ich und stecke die Hand tief ins kühle Nass. Als die Oberfläche sich beruhigt hat, schaue ich durch mein Spiegelbild hindurch bis auf den Grund.

29

Adrianas Zustand verschlechtert sich zusehends. Sie wird von heftigen Kopfschmerzen und Schwindel geplagt und liegt tagsüber meist im Bett. Zwischen den Anfällen verspricht sie, bald wieder auf den Beinen zu sein. Dann will sie mich wieder zum Training begleiten und mir zeigen, wer tatsächlich die Stärkere ist. Aber der Blick in ihren Augen sagt etwas anderes, und ich habe Angst, dass ihr nicht mehr viel Zeit bleibt. Der Gedanke, dass Adriana mich verlässt, ist unerträglich.

In den Nächten wache ich über sie. Ich weigere mich, ihr von der Seite zu weichen, und weil es um Adriana geht, lassen mich die Wärter in Ruhe.

Die Zeit löst sich in einen zähflüssigen Strom aus Erinnerungen und dem Augenblick auf, so als sei das Leben ein weiter Kreis, der langsam um sich selbst rotiert, ein einziger Strom, in den wir immer wieder hinabsteigen, und jedes Mal ist alles verändert, aber dennoch die ganze Zeit dasselbe. Etwas Ähnliches ist einmal darüber gesagt worden, aber ich weiß nicht von wem.

Scheinwerferlicht blendet mich, wenn ich an die Shows mit Mama denke, ich höre den Applaus und das Lachen, sehe den Glanz, der sich in eine verzweifelte Bitte um Hilfe verwandelt, das Leid zu beenden. Muffiger Geruch vom Krankenbett, ich erinnere mich an ihre letzten Stunden.

Ich höre das Lachen meiner Schwester von der Schaukel in der Eiche, spüre, wie ihre Haare meinen Arm kitzeln, wenn wir auf der Decke liegen und in den meilenweit entfernten Himmel über uns schauen.

Ich vermisse Simon und die Art, wie er mich angesehen hat, bevor die Welt untergegangen ist. Es zieht im Magen, als der Wind den Tüll um meinen Körper herumwirbelt und ich verspreche, ihn zu lieben, bis dass der Tod uns scheidet. Als ich mich von unserem Kuss zurückziehe, gefriert sein breites Lächeln zu einer Totengrimasse und er liegt in einem Meer aus Blut.

Die Angst frisst mich auf, als ich zurück in der Haft bin, das Blickfeld schrumpft, und das Herz trommelt von Panik ergriffen in meiner Brust, weil ich eingesperrt bin, ohne zu wissen warum. Ich quäle mich wegen der Jahre, die ich nie zurückbekomme.

Meine Großmutter pflegte zu sagen, dass Dinge nicht ohne Grund passieren. Ebenso sicher war sie sich der Existenz von Karma. Tue Gutes und erhalte Gutes. Und umgekehrt. Wenn du säst, wirst du auch ernten, hat sie zu mir gesagt. Man müsse daran glauben, dass allem etwas Gutes entspringen könne.

Das ist ein schöner Gedanke, und ich habe lange Zeit daran glauben wollen. Das tue ich nicht mehr. Es spielt keine Rolle, wie tüchtig man ist, es hat keine Bedeutung, ob unsere Taten gut oder böse sind. Simons Tod dient keinem höheren Zweck. Meine Gefängnisstrafe auch nicht. Es gibt keine tiefere Lehre, die man aus dem Geschehenen ziehen kann. Nichts weiter, als dass jeder umgebracht werden kann.

Und allem voran, dass jeder einen betrügen und verlassen kann.

Wir steigen hinab in den dunklen Strom unseres eigenen Lebens und wissen nie, was sich unter der Oberfläche verbirgt. Das Einzige, was wir mit Sicherheit erwarten können, ist, dass es wehtun wird.

Eines Morgens zwingen mich die Wärter von der Matratze aufzustehen, die ich auf den Boden vor Adrianas Bett gelegt habe. Ich dürfe einige Stunden bei ihr sein, aber von jetzt an müsse ich in meiner eigenen Zelle schlafen, sagen sie. In den nächsten Tagen konzentriere ich mich auf das Training und verausgabe mich komplett. Ich zwinge meinen Körper, das zu tun, was ich will, dass er tut, zwinge mich zu langen Schlagserien auf den Boxsack, gefolgt von Gewichte stemmen und einer hochintensiven Einheit mit unterschiedlichen Übungen, ohne mich von der Müdigkeit aufhalten zu lassen, denn ich weiß: Wenn ich mich hinlege, stehe ich nicht wieder auf.

Im Speisesaal begegne ich Daria, sie wirkt ängstlich, als sie mich sieht. Ich gehe einfach an ihr vorbei. Ich hole Wäsche für Adriana, und als Tina mich ins Haus C begleitet, fragt sie mich, wie es um sie steht.

»Nicht gut«, entgegne ich. »Es ist unmenschlich, dass ihr sie ihr Leben eingesperrt in einer Zelle beenden lasst.« Der Hals schmerzt, aber ich weigere mich zu weinen und mich schwach zu zeigen.

»Und du?« Tina stellt sich breitbeinig vor mich hin und wartet mit dem Aufschließen. »Wie geht es dir?«

»Es ging mir nie besser.«

»Du brauchst nicht ironisch zu sein«, sagt sie. »Ich bin da, wenn du reden willst, das weißt du.«

Ich antworte nicht, schäme mich aber, dass ich sie angefahren habe, als sie nur freundlich sein wollte. Tina schließt auf und sagt, dass Adriana bald in die Krankenabteilung verlegt werden wird, dort würde man sich gut um sie kümmern. Ich lächle vorsichtig, bevor ich an ihr vorbei in den Flur gehe.

Adriana schläft. Ich lege die sauberen Sachen in ihren Schrank. Dann setze ich mich auf die Bettkante und schaue sie an. Sie ist noch blasser als vorher, und die grauen Haare liegen wie ein Wischmopp auf dem Kissen.

Ihre sehnigen, einst so starken Hände ruhen wie ein verwittertes Tierskelett gefaltet auf der Brust. Ich weiß, dass sie die Krankenabteilung dieses Mal nicht lebend verlassen wird. Sie wimmert, woraufhin ich ihr über die Wange streichle und mich vorsichtig neben sie lege. Sie öffnet die Augen, schließt sie jedoch wieder.

»Gedenkst du Mikaelas Brief zu beantworten?«, fragt sie mit heiserer Stimme.

»Ich glaube nicht«, antworte ich.

»Warum?«

»Ich begreife nicht, warum sie sich die Mühe macht zu schreiben. Auf Männer gebe ich nicht viel, man kann keinem von ihnen trauen, aber von ihr hätte ich mehr erwartet.«

»Sie ist deine Schwester, Linda.«

»Gerade deshalb.«

Es fällt mir schwer, nicht mehr daran zu denken. Mikaela und Alex, miteinander verheiratet. Das ist sicher nicht ungewöhnlich, in Krisensituationen können alle möglichen Gefühle entstehen. Wahrscheinlich hat es damit angefangen, dass sie nach meinem Urteil einander getröstet haben. Aber es ist fürchterlich falsch. Und sie haben ein Kind zusammen. Ich werde niemals Kinder haben, ein Kummer, so groß, dass ich nicht daran zu denken vermag. Wie konnte sie glauben, dass wir unsere Beziehung wieder aufnehmen könnten und gleichzeitig darüber schweigen?

»Du weinst.« Adriana nimmt meine Hand und drückt sie schwach.

»Du bist jetzt meine Familie«, flüstere ich. »Du bist die Einzige, die ich habe.«

Sie sagt, dass sie besorgt um mich sei. Und dieses Mal höre ich zu, als sie mir von Jakob erzählt. Dass er mir helfen kann, dass es noch nicht vorbei ist. Im Gegenteil, womöglich fängt es jetzt erst an. Sie spricht leise und ein bisschen umständlich, und einiges verstehe ich nicht. Als sie eingeschlafen ist, bleibe ich liegen, bis die Wachen mich rausschmeißen.

*

Es ist unvermeidlich, dass letztendlich herauskommt, dass Mama an ALS leidet. Wenig später kommt ihr Manager zu uns nach Hause, er ist Feuer und Flamme, und beginnt zu sprechen, bevor er überhaupt Luft geholt hat. Im Zirkus soll eine Gala veranstaltet werden, um Mamas lange, erfolgreiche Karriere zu feiern.

»Sowohl alte Kollegen als auch Nachwuchsstars sollen deine Lieder präsentieren, Kathy«, sagt er. »Dann musst du nicht selbst den ganzen Abend singen. Die Gala soll im Fernsehen übertragen werden, und die Zuschauer können gleichzeitig Geld für die Forschung spenden. Ist das nicht eine fantastische Idee?«

Kathy weigert sich.

»Du verstehst es nicht«, sagt sie zu ihm. »Ich will mich so nicht zeigen. Will nicht, dass sich die Leute so an mich erinnern.« Eine zittrige Hand klammert sich an den Rollstuhl, in dem sie sitzt. Sie zieht es vor, jede wache Stunde darin zu verbringen, da sie große Angst hat, das Gleichgewicht zu verlieren und hinzufallen.

»Jetzt bist du starrköpfig«, sagt Henri in dem herausfordernden Ton, dessen er sich bedient, wenn Mama Nein sagt. »Du liebst solche Initiativen.«

»Du liebst sie, weil du Geld damit verdienst«, zischt Mama.

»Das war jetzt ungerecht, Kathy«, sagt er, ohne böse zu werden. »Es kann vielleicht anderen helfen, so was findest du doch wichtig. Und deine Fans werden verstehen, warum du dich aus dem Rampenlicht zurückgezogen hast. Sie lieben dich. Linda, rede ein ernstes Wort mit deiner Mutter.«

»Ich pfeife darauf, ob sie es verstehen oder nicht. Ich will keine Sympathie. Und ich brauche definitiv niemanden, der Mitleid mit mir hat. Das schaffe ich selbst ganz gut.«

Henri murmelt, dass sie damit wahrhaftig recht habe, das könne sie besser als jeder andere, den er kenne. Dann geht er. Aber nichts, was er oder ich, oder was das betrifft jeder andere, sagt, kann Mama dazu bewegen, sich zu ändern.

*

Die Gala hat sie selbstverständlich trotzdem gemacht. Henri hatte recht, sie konnte der Chance nicht widerstehen, sich wieder in der Öffentlichkeit zu zeigen. Ich war bei den Vorbereitungen dabei und habe geholfen, damit sie sich sicher fühlte. Am Galaabend selbst habe ich ihr auf die Bühne geholfen, und sie hat die Veranstaltung ohne Rollstuhl und größere Missgeschicke überstanden. Ich stand in den Kulissen und sah sie zum letzten Mal im Scheinwerferlicht glänzen. Als ich zu unserer gemeinsamen Nummer auf die Bühne gegangen bin, ertranken wir zusammen im Strahlenglanz, der uns umschloss. Ein Erlebnis, das so tief in meine Erinnerung eingebrannt ist, dass es niemals verschwinden wird.

Aber ich erinnere mich auch an das, was Mama gesagt hat, bevor sie ihre Entscheidung getroffen hat.

»Du verstehst wohl, wie sich das anfühlt, Linda?«, hat sie gesagt. »Das hier bin nicht ich. Doch wenn die Leute mich so sehen, eine Behinderte im Rollstuhl, dann *werde* ich zu einer. Dann bin ich nicht mehr Kathy. Ich will, dass sie sich an sie erinnern, an die Frau, die ich einmal war.«

Erst jetzt verstehe ich, wie sie sich gefühlt hat.

Wenn niemand, nicht einmal meine Schwester, mich die Linda Andersson sein lässt, die ich immer gewesen bin, die ich eigentlich bin, dann bin ich sie vielleicht gar nicht? Es reicht nicht, dass ich mir selbst sicher bin, es wird immer die geben, die überzeugt sind, dass ich jemand anderer bin. Eine zu lebenslanger Haft verurteilte Mörderin. Ein Monster. Aber sie könnten recht haben. Vielleicht bin ich nie aus dem schwarzen Loch herausgekommen, in das ich nach Mamas Tod hineingesaugt wurde. Ich bin eine Fremde geworden, sogar für mich.

Und ich frage mich, in wen ich mich verwandle, wenn Adriana verschwindet. Wird das Letzte von mir ausgelöscht werden? Der Gedanke ist verlockend. Es gibt schlimmere Dinge als zu sterben, und eines davon ist zu leben, wie ich es jetzt tue.

30

Ich wache früh auf, warte bereits, als die Türen um acht Uhr aufgeschlossen werden. Ich frühstücke im Speisesaal, anschließend trainiere ich bis zum Mittagessen. Jeden Nachmittag, den ganzen Sommer über, laufe ich am Zaun des Freiganghofs entlang, ob bei Platzregen oder Sonne. Die Abende vertreibe ich mir mit Training in der Zelle, und beim Einschließen sitze ich bereits auf dem Bett und warte.

Der Herbst ist windig und dunkel. Adriana schläft ein, als das erste Laub von den Bäumen fällt. Der Winter ist lang und eisig kalt, mit funkelnden Schneewehen vor dem Hof. Sie bleiben bis weit ins Frühjahr hinein liegen. Meinen vierzigsten Geburtstag verbringe ich in Einsamkeit und denke daran, wie ich in Adrianas Zelle auf dem Bett Pralinen gegessen habe.

31

Im März wird mein erster beaufsichtigter Ausgang bewilligt. Seit der Attacke im Keller sind anderthalb Jahre vergangen, und die Gefängnischefin Beatrice Viktorsson gibt mir zu verstehen, dass ich nach sorgfältiger Abwägung raus darf. Ich sei nicht gerade eine Mustergefangene. Es sei alles andere als selbstverständlich, dass mein Antrag genehmigt worden sei, dass ich in letzter Zeit jedoch Pflichtbewusstsein bewiesen hätte, habe stark zu meinen Gunsten gesprochen, sagt sie. Man wird mich zum Einkaufszentrum Marieberg in Örebro fahren, wo ich durch die Geschäfte schlendern darf, wie es mein Wunsch war.

»Nutzen Sie diese Chance, Linda«, sagt sie.

»Hoffentlich tut es Ihnen gut. Es ist nicht so gedacht, dass Sie für immer hierbleiben, das wissen Sie. Und ab und an müssen Sie spüren, wie es sich anfühlt, sich außerhalb der Sicherheit von Biskopsberg zu befinden.« Sie lächelt mich an. »Dann kommen Sie wieder hierher. Es ist bald an der Zeit, zusammen Ostern zu feiern.«

Es ist so weit. Ich warte in Haus A darauf, aus dem Gefängnis eskortiert zu werden. Das Spiegelbild im Fenster zeigt eine Frau in einer schmalen schwarzen, eng am Bein anliegenden Jeans, sie trägt schwarze Stiefel und einen grauen Kapuzenpullover. Die Haare sind einige Zentimeter gewachsen, trotzdem sieht sie wie jemand aus, vor dem sich die alte Linda Andersson in Acht genommen hätte.

Ich quittiere den Erhalt meines Portemonnaies und öffne es. Der Führerschein ist abgelaufen, aber das spielt keine Rolle, in Verbindung mit dem Urteil wurde er für ungültig erklärt. Weil ich fehlenden Respekt vor dem Leben anderer gezeigt habe, wurde ich als ungeeignet eingestuft Auto zu fahren. Ich studiere die Frau auf dem Foto und erinnere mich kaum mehr daran, wie es sich angefühlt hat, sie zu sein.

Eine wütende Stimme in mir flüstert, dass das keine denkwürdige Erfahrung war, und ich bin geneigt, ihr recht zu geben.

Mein Transport kommt, zwei Wärter sollen mich nach Örebro und zurück begleiten. Der ältere von ihnen sieht mich mit einem durchdringenden Blick an, er legt mir eine Hand auf die Schulter und fragt, ob ich okay sei.

Ich erwidere, dass alles in Ordnung ist, und wir gehen zum Ausgang.

Ich schaue an der schmutziggrauen Fassade hinauf zu den Fenstern der Krankenabteilung, wo Adriana und ich uns begegnet sind. Mein Blick folgt dem Zaun und den Stacheldrahtrollen, ich sehe die Mauern und die Scheinwerfer, die das Areal überwachen, und als die anderen nach der vormittäglichen Pause an die Arbeit zurückkehren, steige ich ins Auto.

Viele Male habe ich mir in Tagträumen ausgemalt, was ich machen würde, wenn ich reingewaschen war. Ich würde als freie Frau durch die Gittertore treten. Ich würde gelbe Blumen kaufen und Mamas Grab besuchen, und wenn am Sommerhaus der Löwenzahn wuchs und die Wiese bedeckte, würde ich an sie denken. Wenn er verwelkte, würde ich mich daran erinnern, wie fasziniert sie von seiner Schönheit war. Von dem Samen auf seinen wackligen Halmen, der vom Wind davongetragen wird.

»Er erinnert an die Vergänglichkeit des Lebens«, hat sie einmal gesagt, als wir durch das Gras zum Steg hinuntergingen. »Er wird weggetragen, und wir sehen ihn nie wieder. Aber irgendwo, weit weg, erlangt er neues Leben.«

Sie hat jeweils einen Stängel für mich und Mikaela gepflückt, und wir haben gepustet und zugesehen, wie der Samen über das Gras davongetanzt ist.

Der Wachmann schließt die Tür hinter mir. Wir passieren das erste Tor, das hinter uns geschlossen wird, dann wird das zweite geöffnet, und ich lasse Biskopsberg hinter mir.

32

Zuerst sah es aus wie zwei separate Ereignisse, die nichts miteinander zu tun hatten. Eine des Mordes verurteilte Frau war während eines beaufsichtigten Ausgangs geflohen, woraufhin landesweit Alarm ausgelöst wurde. Am Tag darauf fanden zwei Jungs in einer abseits gelegenen Kiesgrube einige Kilometer außerhalb von Örebro ein ausgebranntes Fahrzeug. Der darin gefundene Körper konnte unmöglich direkt identifiziert werden, da er mehr oder weniger verkohlt war. Das Auto war in hohem Tempo geradewegs über den Steilhang gefahren und tief unten in der Kiesgrube gelandet. Nach dem Sturz aus gut vierzig Metern Höhe hatte das Fahrzeug beim Aufprall Feuer gefangen, und kurz darauf war der Benzintank explodiert.

Niemand hatte am Vortag etwas Verdächtiges in dem Gebiet gesehen, niemand hatte bemerkt, dass es brannte. Erst als sich herausstellte, dass das Auto zeitgleich mit der Flucht vor dem Einkaufszentrum gestohlen worden war, kam es zu einem Durchbruch in den Ermittlungen. Mithilfe eines Zahnabgleichs wurde die Tote als Linda Andersson identifiziert. In der polizeilichen Untersuchung wurde der Vorfall als Selbstmord eingestuft.

Die Gefängnischefin Beatrice Viktorsson wurde heftig kritisiert, den Ausgang genehmigt zu haben. Die Insassin hatte sich in der Frauenanstalt Biskopsberg schlecht eingefügt und eine Vielzahl von Vorfallsberichten eingehandelt. Außerdem bezeugten Angestellte und Insassinnen, dass Linda Andersson nach dem Mordversuch auf sie deprimiert gewesen sei.

Als Antwort auf die Kritik gab Beatrice Viktorsson an, dass Ausgänge ein wichtiger Aspekt seien, um verurteilte Straftäter wieder in die Gesellschaft einzugliedern. Nichts an ihrer Einschätzung von Linda Anderssons mentalem Zustand habe darauf hingedeutet, dass sie unausgeglichen und suizidgefährdet war. Weder die Gefängnischefin noch die ermittelnde Polizei wollte das Ereignis weiter kommentieren.

Das Sonnenscheinmädchen wurde zur letzten Ruhe in einen Erinnerungshain gebracht, sieben Jahre nachdem es wegen Mordes verurteilt worden war. Als einige Stunden später der Regen einsetzte und alle Spuren der Asche auslöschte, war es, als hätte es nie existiert.

33

Es ist Nacht und ich stehe vor ihrem Haus. Ich bin bereits mehrfach hier gewesen, zu unterschiedlichen Tageszeiten, am liebsten aber komme ich nachts her. Das Gras in dem gepflegten Garten wird von einem selbstfahrenden Rasenmäher kurz gehalten, es gibt Laubbäume und in Form geschnittene Sträucher. In der einen Ecke steht ein Trampolin mit einem sorgfältig darum herum montierten Sicherheitsnetz, der Pool ist für die Nacht abgedeckt. Auf der Holzterrasse davor stehen teure Gartenmöbel. Das Schlafzimmerfenster daneben ist dunkel.

Die Septembernacht ist kalt, dennoch schwitze ich am Rücken. Ich presse die Hand gegen die Glasscheibe. Auf der anderen Seite liegt er und schläft, ohne auch nur zu ahnen, dass ich hier bin. Er weiß nicht, wie ungeschützt er und seine Familie sind, seine hübsche Frau und ihre beiden kleinen Kinder. Sie laufen dort drinnen in ihren hell erleuchteten Räumen herum und zeigen gern allen ihr perfektes Leben. Ahnungslose Goldfische in einem Aquarium.

Keiner sieht mich, aber ich sehe alles.

Jeder Wochentag ähnelt dem anderen. Exakt um Viertel nach sechs geht das Licht im Schlafzimmer an und die Rollgardine wird hochgezogen. Das Licht im Flur im Erdgeschoss geht an, kurz darauf die Lampe in der Küche, und bald sind die Kinder auf. Sie streiten mit der Vierjährigen, welche Sachen sie anziehen soll, sie kochen Kaffee und decken den Frühstückstisch, während der Einjährige in seinem Kinderstuhl sitzt und mit einem Löffel auf den Küchentisch klopft.

Er ist zum Finanzchef befördert worden, oder zum CFO, wie er selbst es nennt, und arbeitet in einem Büro in der Nähe des Kungsträdgården mitten in der Stadt. Sie ist im Erziehungsurlaub von ihrer Stelle als Innenausstatterin und meist diejenige, die die Tochter in den Kindergarten bringt. Anschließend geht sie mit dem Sohn auf den Spielplatz oder fährt ihn mit anderen Eltern zusammen im Kinderwagen spazieren. Jeden Donnerstag kommt er mittags nach Hause, damit sie in der Stadt zum Yoga gehen kann.

Mittwochs machen sie Großeinkauf, und jeden Freitagvormittag kommt die Putzfrau. Sie wechseln sich ab bei der Zubereitung des Abendessens und helfen einander, abends die Kinder ins Bett zu bringen. Er schaut am liebsten Sport, sie guckt Dokumentationen. Sie haben ein erfülltes Sozialleben mit vielen Freunden, ein bequemes Leben, es geht ihnen gut, es fehlt ihnen an nichts. Sie haben keine Zahlungsrückstände, sie tauchen nicht im Strafregister auf, sie sind ganz gewöhnliche ordentliche schwedische Mitbürger, die sich durch ein wenig Glück im oberen Bereich der Gesellschaftspyramide befinden. Niemand glaubt, dass er ein äußerst gefährlicher Mann ist, am wenigsten seine Frau.

Meine kleine Schwester begreift nicht, dass sie mit einem Mörder zusammenlebt.

34

Jakobs stattliche Gestalt und seine militärische Haltung sind nicht zu übersehen, als er dort mit den Händen in der Manteltasche vor dem Eingang von Ikea im Einkaufszentrum Kungens kurva steht. Sollte er verärgert sein, dann zeigt er es nicht. Als ich ihn neulich angerufen habe, hat er vorgeschlagen, dass wir uns hier treffen, obwohl er nicht der Typ zu sein scheint, der sich gern Möbel anschaut. Sollte ihn mein Anruf erstaunt haben, dann ist ihm auch das nicht anzumerken. Ich gehe direkt auf ihn zu und habe ihn fast erreicht, bevor er mich wiedererkennt.

»Nadia«, sagt er und klopft mir auf die Schulter. Er betrachtet meine dunkelbraunen Haare und meint, sie würden mir stehen. Als wir uns vor sechs Monaten das letzte Mal gesehen haben, waren sie sowohl kürzer als auch heller.

Wir gehen rein und fahren ins Restaurant hoch. Ich

setze mich ans Fenster mit Blick auf die Einkaufspassage gegenüber. Jakob hängt seinen Mantel auf, bevor er fragt, was ich essen möchte. Ich antworte, dass mir ein Kaffee reicht, und kurz darauf kommt er mit einer Tasse für mich und einem Essen für sich zurück. Köttbullar mit Preiselbeermarmelade und Kartoffelbrei.

Er setzt sich und fragt, wie es mir in Berlin gefällt. Was er wissen will, ist, ob ich mit der Wahl meines Zufluchtsorts zufrieden bin, und das bin ich.

In meinen Zwanzigern hatte ich Berlin mit gemischten Gefühlen erlebt. Es war eine Stadt, die alle anzog, spannende Menschen aus allen Ecken der Welt mit Träumen und Ambitionen. Mit meinen Freunden habe ich in hippen Clubs in diversen Industrielokalitäten die Nächte durchgetanzt. Aber es waren nicht die Feten oder Bars und Cafés, an die ich dachte, als ich mich für einen Zufluchtsort entschieden habe, es war das Gefühl, dort alles erreichen zu können, was es auch sein mochte. Alles ist möglich und erlaubt.

Ich erwähne, dass die Wohnung wunderbar und die Umgebung gemütlich ist. Zudem ist die Stadt bedeutend größer als Stockholm, was mir ausgezeichnet passt.

»Was machst du dann hier?«

Ich nehme einen Schluck von meinem Kaffee und schaue aus dem Fenster. »Ich musste zurückkommen«, antworte ich.

»Eine ziemlich schlechte Idee«, erwidert Jakob. »Und warum gerade jetzt? Wie lange bist du schon hier?«

»Einen Tag.«

»Ich habe Adriana versprochen, nach dir zu sehen, und das gedenke ich auch zu tun.« Jakob lässt mir einen langen Blick zuteilwerden, bevor er weiterisst.

Eine Frau am Nebentisch beobachtet uns und lächelt. Es ist offensichtlich, dass sie uns für Vater und Tochter hält. Bekäme sie zu hören, dass der gut gekleidete, gewandte Mann mir gegenüber Menschen dabei helfen kann zu verschwinden, würde ihr das Lachen vergehen. Wüsste sie, dass er einen toten Körper beschaffen kann, der, nachdem er bis zur Unkenntlichkeit verbrannt wurde, als jemand anderes identifiziert wird, würde sie ihre Handtasche und ihre Begleitung nehmen und sich so schnell wie möglich aus dem Staub machen. Und würde ihr jemand verraten, dass ich die verstorbene Linda Andersson bin, würde sie wahrscheinlich die Polizei rufen.

Aber ich bin nicht mehr Linda, rufe ich mir selbst in Erinnerung. Mein Name ist Nadia Hansen.

Jakob plaudert unbefangen, während er sein Essen verzehrt. Dann wischt er sich einen unsichtbaren Fleck vom Kinn und holt sich einen Kaffee. Zurück am Tisch erinnert er mich daran, dass er sich meinetwegen ziemlich ins Zeug gelegt hat. Ein neues Leben in Freiheit mit allen Möglichkeiten zu bekommen, sollte mehr wert sein.

»Das ist es«, sage ich und streichle seine Hand. »Das ist wertvoller, als ich es ausdrücken kann. Das weißt du.«

»Fahr zurück, vergiss alles und alle hier. Lebe dein Leben.«

»Wenn das hier vorbei ist, werde ich das tun.«

»Was hast du vor?«

»Ich weiß es noch nicht«, sage ich und spüre, wie Jakob mich mit skeptischer Miene betrachtet.

Das stimmt, ich habe keinen Plan. Aber ich konnte mich nicht von hier fernhalten. Der Gedanke an Genugtuung hat mich gezwungen zurückzukommen.

Alex hat nicht nur Simon umgebracht, er hat auch mir das Leben genommen. Er hat uns die Zukunft genommen und sie wie einen Gebrauchsgegenstand weggeworfen. In irgendeiner Weise soll die Welt verstehen, dass Linda Andersson unschuldig war. Doch obwohl ich ununterbrochen daran denke, weiß ich noch nicht genau, wie ich es anstellen soll oder zu was das führen wird. Wie soll Alex seine Strafe erhalten? Und was wird das für meine Schwester bedeuten?

Es hat Zeit gebraucht, über ihr tränenreiches Geständnis hinwegzukommen, dass sie mit Alex verheiratet ist und ihr zweites Kind mit ihm erwartet, aber ich habe ihr vergeben. Sie lebt mit ihm, vollkommen unwissend, wer er eigentlich ist.

Adriana hätte verstanden, dass es notwendig war

zurückzukommen, aber ich glaube nicht, dass Jakob das tut. So gut kenne ich ihn nicht.

Während unserer Zeit im Gefängnis hat sie mir einiges über ihn erzählt, und bevor er und ich uns das erste Mal getroffen haben, haben wir über ihr Handy miteinander gesprochen. Jakob ist immer nett, hat jedoch eine Angewohnheit mich zu beobachten, die ich als unangenehm empfinde. Wie jetzt. Mir ist bewusst, dass er viel riskiert hat, und ich will am liebsten nicht darüber nachdenken, wie er es möglich gemacht hat, dass ich heute hier mit ihm sitzen kann, aber ich habe keine Zeit, auch noch darüber nachzugrübeln. Zumindest hat er mir nicht viel erzählt. Bei unserem allerersten Gespräch hatte er gesagt, wenn ich ihm Zeit und Ort meines Ausgangs mitteilen würde, dann würde er alles regeln, worum Adriana ihn gebeten hatte.

Es brauchte mehrere Anträge und fast acht Monate, bis der Ausgang genehmigt wurde. Als die Wachmänner mich zum Einkaufszentrum in Örebro fuhren, war ich keineswegs sicher, ob der Plan funktionieren würde. Sie folgten mir die ganze Zeit auf Abstand, während ich durch die Läden schlenderte. Wie abgesprochen, ging ich exakt um Viertel nach elf in ein Geschäft der größten Bekleidungskette, und sie blieben am Eingang stehen. Ich spazierte zwischen den Kleiderständern umher und tat so, als würde ich mir Kleider und Blusen ansehen, und nach einer Weile stand er da. Ich folgte ihm umgehend zu den Umkleiden, wo wir über einen Notausgang auf der Rückseite nach draußen gelangten. Wir setzten uns in sein Auto, und als der landesweite Alarm ausgelöst wurde, waren wir bereits weit weg.

Ein paar Tage später befand ich mich in einem Haus an der schonischen Südküste und verfolgte in den Fernsehnachrichten, wie Linda Andersson für tot erklärt wurde. Als die Bilder des ausgebrannten Autowracks gezeigt wurden, überkam mich ein sonderbares Gefühl, dass ein Teil von mir tatsächlich in den Flammen umgekommen war. Aber ich war frei. Niemand würde je nach mir suchen. Gleichzeitig bekam ich Angst und war schockiert, was Jakob getan hatte, dass das, was bisher nur Geschichten über Adriana und ihre lichtscheue Welt gewesen waren, Wirklichkeit geworden war. Die Glücksgefühle, die zu erleben ich erwartet hatte, stellten sich nicht ein.

Später habe ich ihn gefragt, ob es keine weniger endgültige Art gegeben hätte, mich verschwinden zu lassen, und es war offensichtlich, für wie naiv er mich hielt. Ich wollte wenigstens wissen, wie er es gemacht hatte. Ein gestohlenes Auto, eine Tote, die über meinen Zahnabgleich als Linda Andersson identifiziert wurde. Wie machte man so etwas überhaupt, wie ging das vonstatten? War *mein* Zahnarzt involviert?

Er war der Meinung, ich bräuchte nicht zu wissen,

wie er seinen Job erledige, und er riet mir, keine schlaflosen Nächte damit zu verbringen darüber nachzusinnen, wer die Tote war oder wie er an sie gekommen war.

Jakob leert die Kaffeetasse und zieht ein Schlüsselbund mit einer Figur daran aus der Tasche.

»Das Lager, das ich für dich angemietet habe, befindet sich in Västberga«, sagt er. »Was hast du dort, das so wichtig ist? Bisher hast du daran doch keinerlei Interesse gezeigt.«

Als ich nicht antworte, sagt er, er habe gehofft, dass ich alles auf sich beruhen lassen würde. »Denk genau nach«, bittet er mich. »Geh keine unnötigen Risiken ein. Dass du in Stockholm bist, ist riskant genug.«

Ich nehme die Schlüssel, wir stehen auf und verlassen den Tisch, aber nach einigen Metern bleibe ich stehen und gehe zurück. Jakob wartet mit den Händen in den Manteltaschen, schweigend sieht er zu, wie ich die Servietten auf den Teller lege, das Besteck ordentlich daneben platziere und das Glas neben die Kaffeetassen auf dem Tablett stelle. Dann trage ich es zur Abfallstation und entsorge den Müll, bevor ich das Tablett auf das Rollband stelle.

»Dafür gibt es hier Leute«, sagt Jakob, als ich zurückkomme.

»Ich habe acht Jahre lang kein Tablett stehen lassen«, entgegne ich. »Warum soll ich jetzt damit anfangen?«

»Warum nicht?«, sagt er und setzt sich in Bewegung. »Du befindest dich jetzt außerhalb der Mauern, wie du dich vielleicht erinnerst.«

Im Gefängnis habe ich mehrfach gehört, wie die, die in eine offene Anstalt verlegt werden sollten, um dann allmählich in die Freiheit entlassen zu werden, darüber gesprochen haben, wie das Leben wieder in normalen Bahnen verlaufen sollte. Wie sie sich darauf freuten, hingehen zu können, wohin sie wollten und wann sie wollten und selbst zu entscheiden, wie der Tag aussehen sollte. Nicht mehr dem Gutdünken anderer ausgesetzt zu sein und nicht mehr für alles um Erlaubnis bitten zu müssen. Das klang wie ein Traum, wie ein Leben völlig frei von Problemen. Keiner hat davon berichtet, wie schwer es ist, sich von dem streng reglementierten Dasein drinnen auf das chaotische Leben draußen umzustellen. Die Veränderung ist überwältigend. All diese verschiedenen Möglichkeiten wirken lähmend, wenn man Jahre seines Lebens eingeschlossen hinter Gittern verbracht hat. Obwohl ich frei bin zu tun, was ich will, sind meine Tage genauso getaktet, wie sie es in Biskopsberg waren. Vor allem am Anfang war das so. Egal, wie früh ich in Berlin auch aufgewacht bin, habe ich meinen Kaffee nicht vor exakt Viertel nach acht getrunken wie in der Anstalt, und zur gleichen Zeit zu Mittag und zu Abend gegessen wie die,

die noch immer dort sind. Ich habe das Bett genauso sorgfältig gemacht, als könne es jederzeit inspiziert werden, und das Geschirr abgeräumt, obwohl es niemand gesehen hat oder es überhaupt jemanden kümmerte. Mehrere Jahre lang hatte ich eigenhändig keine Tür aufgeschlossen oder geöffnet, und wenn ich unter anderen Menschen war, ist es vorgekommen, dass ich darauf gewartet habe, dass jemand das für mich übernahm. Es ist sechs Monate her, seit ich durch die Gittertore getreten bin, aber an bestimmten Tagen benehme ich mich noch immer wie eine Gefangene.

35

Das Haus, das ich gemietet habe, liegt am Rand von Nynäshamn, einer Schärengartenstadt einige Kilometer südlich von Stockholm. Als ich mich der Abfahrt nähere, landen schwere Tropfen auf der Scheibe und schon bald regnet es ohne Unterlass. Dichter Nebel hüllt die karge Küstenlandschaft ein und lässt sie einem Ort ähneln, der einer altnordischen Sage entnommen sein könnte. Die Nähe zum Meer und zum Wald gibt mir das Gefühl, dass ich es hier länger aushalten könnte, obwohl ich immer ein Stadtmensch gewesen bin und nach Berlin zurückkehren sollte.

Als ich in den Flur komme, ziehe ich Schuhe und Strümpfe aus und gehe weiter ins Wohnzimmer. Die breiten Bodendielen sind abgenutzt und glatt unter meinen Füßen. Das Haus ist mit einem Holzofen ausgestattet und zum Dachfirst hin offen, was einen luftigen Eindruck vermittelt, eine Theke trennt die Küche vom Rest des Erdgeschosses, und eine steile Treppe führt zu dem darüberliegenden Schlafloft. Die Möbel fließen in die Miete ein, und das Einzige, was ich gekauft habe, ist der Boxsack, der in der Wohnzimmermitte auf dem Boden steht. Ich schaue durch das Panoramafenster nach draußen. An klaren Tagen kann ich unendlich weit blicken, unterhalb der Terrasse erstreckt sich das Meer bis zum weit entfernten Horizont, wo es mit dem Himmel verschmilzt. Die Abende bieten oft schöne Sonnenuntergänge, wobei der Wasserspiegel wie von Feuer gefärbt wirkt. Aber heute ist alles grau. Durch den verglasten Teil der Terrasse betrachte ich das aufgewühlte Meer und die Wellen, die sich gegen die Klippen unten stürzen. Der Regen trommelt auf das Dach. Ich gehe hinein und mache im Holzofen Feuer, um die Kälte zu vertreiben.

Im Badezimmer lasse ich die Wanne volllaufen, bevor ich in das warme Wasser sinke. Ich hebe mein linkes Bein, um es einzuseifen und fahre mit der Hand über die Narbe am Oberschenkel. Die Narbe wird immer dort sein, aber mittlerweile ist sie weniger augenfällig. Der plastische Chirurg in Kopenhagen, zu dem Jakob mich mitgenommen hat, hat Wunder vollbracht, vor allem im Gesicht. Die Delle an der Stirn ist gerichtet, und von der Narbe ist nur ein schwacher Strich vom Haaransatz bis über die Augenbraue zurückgeblieben. Schaut man genau hin, sieht man, dass sie zum Ohr hin weiter verläuft.

Nachdem ich aus der Wanne gestiegen bin und mich abgetrocknet habe, schlüpfe ich in eine verschlissene Jeans und einen weichen grauen Pullover und greife mir eine Bürste. Lindas blonde Haare haben Extensions bekommen und sind in einer dunkelbraunen Nuance gefärbt worden. Den Ausdruck in meinen Augen würde niemand von früher wiedererkennen. Die, die ich einmal war, ist wie alte Kleidung zerrissen worden, wie zerfetzte Lumpen, die kaum noch zusammenhalten.

»Hej, ich heiße Nadia Hansen«, sage ich und versuche, die Frau im Badezimmerspiegel anzulächeln, aber es wirkt nicht ganz überzeugend. Ich hole tief Luft und versuche vollständig auszuatmen, damit meine neue Persönlichkeit hervortreten kann. Anfangs habe ich das ständig gemacht, der Name war für meine Stimme ungewohnt, und es fiel mir schwer, entspannt zu klingen. Ich habe es immer wieder versucht, ihn auf unterschiedliche Arten und mit unterschiedlichem Tonfall und Gesichtsausdruck gesagt. Wieder und wieder habe ich mich der Frau vorgestellt, deren Blick mir im Spiegel begegnete. Es fühlt sich immer noch unnatürlich an, hier fast noch mehr als in Berlin.

»Ich heiße Nadia Hansen«, sage ich erneut. Dieses Mal ernst, dann mit etwas mehr Wärme: »Hej, ich heiße Nadia. Nadia Hansen.«

Mein neues Ich. Die Frau, die ich geworden bin.

Jakob kommt zum Haus an der schonischen Südküste, als mein Gesicht nach der Narbenreduktion wiederhergestellt ist. Er legt meinen gefälschten Führerschein und Pass auf den Küchentisch, ausgestellt auf einen anderen Namen, mit einem anderen Geburtsdatum.

Ich studiere die Frau auf dem Foto, sehe, dass sie an mich erinnert. Aber niemand, der mich früher gekannt hat, wird auf die Ausweisdokumente schauen und sagen, dass diese Frau in Wirklichkeit Linda Andersson ist. Sie hat die gleiche Gesichtsform und eine ähnliche Kieferpartie, aber die veränderte Haarfarbe, die Augenbrauen und der ernsthafte Ausdruck um den Mund bewirken, dass sich ihr Aussehen deutlich von Lindas Erscheinungsbild unterscheidet.

Jakob beobachtet mich schweigend.

»Wie fühlst du dich?«, fragt er nach einer Weile. Ich bin kurz davor zu antworten, dass alles gut ist, ändere jedoch meine Meinung.

»Wer ist sie?«, erwidere ich und zeige auf den Führerschein, der zwischen uns liegt.

Jakob nimmt ihn und den Ausweis in die Hand, sieht beides an und anschließend mich. »Nadia Hansen«, lautet seine Antwort.

Als Jakob mir erklärt hat, dass ich eine neue Identität bekommen würde, hat er gesagt, dass Adriana wollte, dass ich mit Nachnamen Hansen heiße. Den Vornamen durfte ich selbst wählen. Ohne nachzudenken, habe ich

Nadia gesagt. Ich weiß nicht, wie ich darauf gekommen bin, aber das hier ist mehr als nur ein Namenswechsel. Das geht tiefer. Am liebsten wäre ich einfach wieder Linda. Aber ich weiß, dass es dafür zu spät ist und dass Jakob mich nur für undankbar halten würde, hätte ich das gesagt.

»Wer ist sie?«, beharre ich weiter.

»Die, die du willst, dass sie ist«, lautet seine Antwort.

Er sagt, ich hätte alle Möglichkeiten, ein gutes Leben zu führen, und ich lausche seinen Ratschlägen und Anweisungen. Ich erhalte die Adresse meiner neuen Wohnung in Berlin Kreuzberg, ich erfahre, dass das Flugticket gebucht ist und bereitliegt. Bevor er geht, dreht er sich im Flur noch einmal um und sieht mich an. »Pass auf dich auf.«

Ich lächle ihn an, die Gesichtszüge verkrampft und fremd. Ein Lächeln, das nicht meins ist, sondern bislang der gehört, die ich werden soll.

Jakob erwidert das Lächeln.

»Gut, Nadia, so soll das aussehen. Kopf hoch, alles wird gut.«

Als er gegangen ist, gehe ich zurück in die Küche. Nadia Hansen ist eine Fremde, eine, deren unbekannte Persönlichkeit die ersetzen soll, die es nicht mehr gibt. Die es nicht mehr geben darf.

Ich weiß nicht, wie lange ich am Küchentisch stehe und auf die Ausweisdokumente starre. Am nächsten Tag verlasse ich Schweden und halte mich ein halbes Jahr lang fern. Bis der Hunger nach Gerechtigkeit mich zurücktreibt.

*

Ich verlasse das Badezimmer, kehre im Flur jedoch um und sammle die Sachen auf, die in einem unordentlichen Haufen auf dem Badezimmerboden liegen und verstaue sie im Wäschekorb. Dann hole ich einen Notizblock und einen Stift und setze mich aufs Sofa.

Nadia Hansen. Nadia Hansen. Nadia Hansen.

Ich schreibe den Namen in unterschiedlichen Weisen, mit Großbuchstaben, zur Seite geneigt und in Schreibschrift. Die Schrift sieht anders aus, als ich normalerweise schreibe. Gerade Linien und ein reduzierter Stil haben die weichen Bögen und verschnörkelten Buchstaben abgelöst, mit denen Linda geschrieben hat. Neben dem Ausprobieren anderer Tonlagen und der Art zu sprechen, kommt es vor, dass ich mich anders bewege, und manchmal fühlt es sich überraschend natürlich an, dann ist es, als würde ich instinktiv spüren, wie Nadias Persönlichkeit ist.

Ich hole den Führerschein heraus und schaue ihn an. Meiner neuen Personennummer zufolge bin ich am 10. Juni vierzig Jahre alt geworden, was bedeutet, dass ich ein bisschen jünger geworden bin. Es sind lediglich drei Monate, aber trotzdem kommt mir der

Gedanke, dass die Zeit zurückgedreht wurde und deshalb alles möglich ist.

An manchen Tagen fühle ich mich unendlich alt und kraftlos, aber in diesem Moment erlebe ich das Gegenteil. Das Spiel mit meiner neuen Identität und die Fantasien darüber, wer diese Frau ist, führen zu einem Perspektivwechsel. Das Ich von Linda Andersson erscheint mir unecht, aufgeklebt und falsch, die, die ich jetzt sein soll, ist mein wahres Ich. So als wäre ich Nadia.

Wie viele würden nicht alles dafür tun, von vorn anfangen zu können? Ohne Vorstrafen, mit einem völlig neuen Hintergrund, unter einem anderen Namen. Mit einer anderen Vergangenheit und dadurch auch einer anderen Zukunft. Ich befinde mich auf einer Reise durch eine unbekannte Landschaft, ich habe teil an dem atemberaubenden Erlebnis, einen bisher unbekannten Kontinent zu entdecken. Neue Gefühle und Eigenschaften, die großteils noch in mir verborgen liegen. Ein neues Leben.

Aber wessen Leben ist das? Wer *ist* Nadia Hansen?

Vielleicht liegt die Antwort in dem, was Jakob gesagt hat. Sie ist die, die ich will, dass sie ist.

Aber kann man wirklich vollkommen frei in der Wahl seines Ichs sein? Ich wurde verbrannt und bin aus der Asche wiederauferstanden, ausgestattet mit neuen Flügeln, befreit von allem, was mich beschwert hat. Das ist ein schöner Gedanke, aber er beinhaltet gleichzeitig eine erschreckende Wurzellosigkeit. Wer bin ich, wenn ich keinen Ursprung habe? Kann ein neues Ich wirklich aus nichts geboren werden?

Seit ich eingesehen habe, dass Linda Andersson nicht mehr existiert, plage ich mich mit diesen Fragen herum. Und jetzt, wo ich zurück in Stockholm bin, führe ich ständig Selbstgespräche. Eine Konversation zwischen meinem alten und meinem neuen Ich. Es liegt eher auf der Hand, meine neue Identität als eine Art Wiedergeburt zu betrachten. Alles Lebendige muss sterben, aber vielleicht existiert es noch in einer veränderten oder verwandelten Form.

Entweder klammere ich mich an Lindas gewohntem Verhalten fest, oder ich stürze mich ins Leben und erlaube mir zu fallen, um zu sehen, ob die Flügel mich tragen.

Der Gedanke ist verlockend, andere Male erschreckt er mich.

36

Ich stelle das Auto in einem Parkhaus in der Innenstadt ab und gehe auf die Drottninggatan hinaus. Obwohl ich im Laufe der Jahre an anderen Orten gewohnt habe, habe ich Stockholm immer am meisten gemocht. Kathy ist immer wieder hierher zurückgekehrt, und ich habe mir vorgestellt, dass ich das auch getan hätte. Aber das ist das erste Mal seit meiner Rückkehr, dass ich in der Innenstadt bin. Hier sind so viele Leute. Hier sind zu viele Leute. Sie eilen an mir vorbei, als ich dort mitten in der Fußgängerzone stehe. Eine Frau mit Einkaufstüten in den Händen rempelt mich an und sagt, ich solle aufpassen.

Ein Wachmann vor dem Eingang eines Warenhauses sieht mich direkt an, woraufhin ich weitergehe. In Berlin sind bedeutend mehr Menschen unterwegs, dennoch ist es hier schlimmer. Zurückzukommen war schwerer, als ich gedacht hatte. Die Stadt hat sich verändert in den Jahren, in denen ich nicht da war, das habe ich bereits im Auto auf dem Weg hierher gemerkt. Neue Häuser und neue Fassaden, es war schwierig, auf den jetzt anders verlaufenden Wegen und Straßen richtig zu fahren. Ich gehe zum Hötorget hinauf und sehe, dass die PUB-Galerie zu einem Hotel umgebaut wurde, aber das Konzerthaus gegenüber mit seiner blauen Farbe sieht noch immer genauso aus wie früher, und die Markthändler sind auch noch da. Sie preisen ihre Waren, ihr Gemüse und ihre Blumen an und ermuntern mich näher zu kommen. All die Geräusche stressen mich. Der Verkehr, die Busse, das ständige Rauschen. Die hitzigen Radfahrer und Menschen, die lautstark mit ihren Handys telefonieren. War es nicht das, was Linda gefallen hat? Der Puls der Stadt? Ich habe mich verändert. Genug, um nicht wiedererkannt zu werden. Genug, um mich selbst nicht wiederzuerkennen.

Ich beschließe, zum Auto zurückzugehen, stehe jedoch plötzlich am Östermalmstorg, ohne zu wissen, wie ich dorthin gekommen bin. In dem Gebäude vor mir befindet sich ein neu eröffnetes Museum. Da Idee und Vision schon lange vorlagen, ist es im Rekordtempo eingerichtet worden, habe ich gelesen. Das war gewiss keine große Überraschung, dennoch hatte ich nicht gedacht, dass es *so* schnell gehen würde.

Nach einem Augenblick des Zweifels gehe ich hinein.

Der junge Mann am Empfang lächelt herzlich und begrüßt mich.

»Willkommen in Kathys Museum. Ein Ticket für eine Person? Oder kommen noch mehr?«

Ich murmele eine Antwort, bezahle den Eintritt und bin total angespannt, bis offensichtlich ist, dass der Mann keine Ahnung hat, wer ich bin. Er gibt mir eine Broschüre über die Ausstellung, bevor er auf den Museumsshop verweist und sagt, dass alle Alben von Kathy dort käuflich erworben werden können. Aktuell gäbe es einen Rabatt auf den letzten Sampler, den sie aufgenommen hat und zudem hätten sie eine ganze Menge schöner Souvenirs zur Auswahl. T-Shirts und Tassen mit Zitaten aus Kathys bekanntesten Hits und mit dem lächelnden Konterfei der beliebten Künstlerin.

Mama hätte es geliebt. Ich kann sie mir sehr gut vorstellen, wie sie ein Shirt mit sich selbst darauf trägt, ihr perlendes, ansteckendes Lachen auf den Lippen.

»Sie war beliebt«, sage ich und blättere in der Broschüre.

»Sie *ist* beliebt«, berichtigt er mich. »Kathy wird immer geliebt werden. Gehören Sie auch zu denen, die ihre Lieder auswendig kennen?«

»Das tue ich wohl«, antworte ich mit einem Lächeln. Der Mann lacht und wünscht mir einen angenehmen Aufenthalt. Ich bedanke mich und gehe in die Ausstellung.

Das Museum besteht aus mehreren Räumen, im ersten wird die Geschichte erzählt, wie Katarina Andersson, Tochter des Schauspielers und Filmstars Erik Andersson, zu ganz Schwedens Kathy wurde, zu einer unserer beliebtesten Künstlerinnen. Auf einem Bildschirm ist der Filmausschnitt zu sehen, wie sie als Siebzehnjährige zum ersten Mal im nationalen Fernsehen gesungen hat. Die Fotos, die die Wände schmücken, stammen aus ihren ersten Musicals und Konzerten während der Schulzeit bis hin zu ihrem letzten Auftritt im Zirkus.

Der nächste Raum ist mit den vielen Bühnenoutfits gefüllt, die sie über die Jahre hinweg getragen hat, fantastische Kleider und Hosenanzüge, Schals und Federboas, Hüte und Schuhe. Überall hängen Fotografien von Kathy in unterschiedlichen Kreationen, im Gespräch mit diversen anderen Prominenten, aber auch mit treuen Fans, für die sie sich mehr als gerne Zeit genommen hat, um mit ihnen zusammen zu posieren.

Ein interaktiver Bildschirm gibt dem Besucher die Möglichkeit, sich selbst in den bekanntesten Outfits ablichten zu lassen. Ein Paar in den Fünfzigern steht davor und kichert.

Ich gehe weiter in einen Raum, dessen Wände die vielen Plattencover und Preise schmücken, die sie während ihrer Karriere gewonnen hat. Die goldenen

Schallplatten und Grammis sowie alle erdenklichen Auszeichnungen, die ihre Prahlwand zu Hause in der Wohnung gefüllt hatten, hängen jetzt hier.

Ein merkwürdiges Gefühl erfüllt mich, dass irgendetwas fehlt, aber ich weiß nicht, woher es kommt. Das Museum ist eine gut konzipierte Huldigung an Kathy und ihr Leben als Künstlerin. Ich sollte Stolz empfinden, vielleicht eine bittersüße Nostalgie, stattdessen aber empfinde ich etwas, das vor allem an Ohnmacht und Trauer erinnert.

Ein Mikrofon, von dem behauptet wird, sie hätte es auf jeder Tournee und bei jeder Plattenaufnahme benutzt, steht beleuchtet in einer Vitrine mitten im Raum. Ich weiß, dass das nicht stimmt, aber es ist offenbar eine geschätzte Erfindung. Zwei ältere Frauen stehen davor und betrachten es so entzückt, als handele es sich um ein heiliges Relikt.

In der Ecke steht eine Jukebox, auf der man ausgewählte Songs aus Kathys umfassendem Repertoire abspielen kann. Als ich nähertrete, sehe ich, dass Titel wie *Gefunden und verloren* sowie *Regennasse Straßen* dabei sind. Aber nicht *Wenn die Sonne untergeht*, Mamas und mein Lied. Ich schaue noch einmal nach, kann es aber nicht finden. Erneut überkommt mich ein Gefühl des Unbehagens.

Das kichernde Paar betritt den Raum, und die Frau wählt begeistert eins der Lieder aus. Auf dem Weg nach draußen höre ich, wie über die Lautsprecher *Freunde* erklingt. Das Lied, das ich bei ihrem ersten Besuch in Biskopsberg für Mikaela gesungen habe.

Im letzten Raum befindet sich eine temporäre Ausstellung, und in der Broschüre lese ich, dass sie zweimal pro Jahr gewechselt werden soll. Aktuell wird ein intimes und persönliches Porträt von Kathy präsentiert, wie ihr Leben zwischen den Tourneen und den Konzerten ausgesehen hat. Die Liebe zur Musik war stets präsent, und auf einer Leinwand, die eine komplette Wand einnimmt, sind nie zuvor gezeigte Filmaufnahmen aus ihrem Privatarchiv zu sehen.

Kathy tanzend auf dem Küchentisch in ihrer Wohnung, eingehüllt in eine rosa Federboa, mit einem unsichtbaren Mikrofon in der Hand. Sie präsentiert eine komische Matinee-Nummer, bei der sie singt und mit den Füßen lustig um sich tritt. Ihre volle Stimme erfüllt den dunklen Raum, sie dringt in mich ein und saugt jeglichen Sauerstoff aus mir heraus.

So hat das Leben mit Mama immer ausgesehen, und es gibt unzählige solcher Aufnahmen. Ständig wurden wir von einer Kamera begleitet, die Show lief ohne Unterlass. Kathy war Reality-TV, lange bevor dieses erfunden wurde.

In der nächsten Szene sitzt eine jüngere Kathy am Poolrand. Sie lacht herzlich, lacht abwechselnd die Person an, die die Kamera hält, sowie eine, die sich außerhalb des Bildes befindet. Ich werde zu ihr hingezogen, wie eine Motte zum blendenden Licht.

Mama singt und lacht, sie präsentiert ihr schönstes Lächeln, und um sie herum erstrahlt alles. Sie ist wunderschön. Das hier war einer der Filme, den sie und ich uns nur wenige Tage vor ihrem Tod zusammen angeschaut haben. Und die, die sie anlächelt und der ihr Lachen gilt, ist ihre Tochter, die damals drei Jahre alt war.

Aber das Bild ist beschnitten, ihre Tochter ist nicht zu sehen. Sie haben mich aus dem Film herausgeschnitten. Dass Mikaela nicht gezeigt wird, verwundert nicht sonderlich, sie hatte sich für ein anonymes Leben entschieden. Sie hat immer geschrien, wenn Mama sie filmen wollte, oder mich, was das betrifft. Aber ich sollte doch wohl dabei sein?

Warum bist du erstaunt?

Ich weiß nicht, sage ich.

Das Paar starrt mich an, und mir wird klar, dass ich laut gesprochen habe. Ohne mir etwas anmerken zu lassen, betrachte ich weiter die Szene, unsicher, ob das, wovon ich soeben Augenzeugin geworden bin, wirklich stimmen kann.

Was hast du erwartet? Das Sonnenscheinmädchen ist ein Monster.

Ich eile zum Ausgang, stoße die Tür auf und stürze nach draußen. Hinter mir ist Kathys perlendes Lachen zu hören, und für einen Moment glaube ich, dass sie sich über mich lustig macht.

Draußen blendet die Sonne. Frauen mit kleinen kläffenden Hunden, ein paar Jugendliche, die von ihren Handys hypnotisiert werden und vor ihnen zwei Väter mit überdimensionierten Kinderwagen und jeweils einem Latte in der Hand. Ich gehe schnellen Schrittes zwischen ihnen hindurch. Kurz darauf stehe ich an der Ecke Sibyllegatan/Karlavägen. Die Fassade des rosafarbenen Gebäudes ist reich mit weißen Ornamenten verziert. Die Tür wird von enormen Pfeilern flankiert. Der Code funktioniert nicht mehr, selbstverständlich ist er längst geändert worden. Ich gehe über die Straße zu dem Kiosk, der sich in der Allee zwischen den Fahrbahnen befindet. Von dort aus schaue ich zu den Fenstern im ersten Stock hoch, wo Kathy einst gewohnt hat, und wo ich geblieben bin, nachdem sie gestorben war.

Eine großzügige Familienwohnung mit gut erhaltenen Originaldetails, hatte in der Anzeige des Maklers gestanden, als Mikaela sie im Sommer in Papas Auftrag verkauft hat. In seiner Eigenschaft als nächster Verwandter hatte er sie nach meinem Tod geerbt. Stuckdecken, Holztäfelung und verspiegelte Doppeltüren. Eine beeindruckende Deckenhöhe von etwa vier Metern. Die Anzeige wurde noch vor dem Besichtigungstermin entfernt. Informationen zum Ausgangspreis oder zum Endpreis hatte es keine gegeben, aber sie musste über dreißig Millionen Kronen wert gewesen sein.

Das kümmert mich nicht. Adriana hat Nadia Hansen einen beträchtlichen Teil ihres Vermögens vermacht, und ich habe ausreichend, um mehr als gut klarzukommen. Es ist mehr die Trauer darüber, dass das Letzte, das mir von Kathy geblieben war, verschwunden ist. Das Wissen, dass die Wohnung immer da war, beinahe unberührt so wie zu ihren Lebzeiten, war eine Art Sicherheit gewesen. Jetzt ist sie weg, ebenso wie der Großteil meines früheren Lebens.

Ich war bereits von zu Hause ausgezogen, als Mama die Wohnung gekauft hat, aber den ersten Abend habe ich hier mit ihr verbracht. Die Musik vom Soundsystem, das sie hatte installieren lassen, hat alle Zimmer erfüllt, wir haben gesungen und sind durch die Räume getanzt, bevor wir uns im Salon auf eine Matratze gesetzt und Eis gegessen haben.

Die Erinnerung ist noch immer in mir lebendig. Keiner kann sie wegschneiden, wie sie es im Museum getan haben.

Ich verlasse meinen Standort, und jeder Schritt, den ich mache, ist ein Schritt von dem Alten weg. Alles, was mit mir zu tun hat, ist aus Kathys Leben ausradiert worden, von ihrem offiziellen Bild. Es gab kein einziges Foto von mir oder von uns zusammen, keinen einzigen unserer Auftritte in diesen Jahren. Nichts. Das

Krebsgeschwür ist für immer weggeschnitten worden. Die Erinnerung an das Sonnenscheinmädchen ausgemerzt. Linda Andersson existiert nicht mehr.

Ich bin ausgelöscht.

Der Gedanke daran, nicht existent zu sein, ist schwindelerregend. Sich in freiem Fall durch einen leeren Raum zu befinden und festzustellen, dass es nur eine einzige Möglichkeit gibt, nur einen einzigen Weg, um weiter zu existieren.

Ich *muss* jemand anderer sein.

Jakob hat gesagt, ich könne werden, wer ich will, aber er hat falschgelegen. Nadia ist es, die mir zeigen muss, wer *sie* sein will. Und je besser ich sie kennenlerne, desto weniger Ähnlichkeit hat sie mit Linda.

37

Am selben Abend stehe ich erneut vor Alex' und Mikaelas Haus. Die Dunkelheit hält jeden Tag eher Einzug, vor allem an trüben Abenden wie diesem, und wie üblich ist das Haus hell erleuchtet. Alex gießt meiner Schwester, die auf dem Sofa sitzt, ein Glas Wein ein. Die Kinder schlafen zu dieser Zeit. Er setzt sich neben sie, schwingt die Füße auf den Tisch, und sie lehnt sich an ihn.

Jakob weiß nicht, dass ich bereits vor mehreren Wochen aus Berlin zurückgekommen bin.

Und er weiß nicht, dass du hierher fährst.

Würde er davon erfahren, würde er mir eine lange Rede voller Ermahnungen halten, was für eine schlechte Idee das sei und wie gefährlich es werden kann. Er würde mir sagen, was passiert, falls ich erkannt werde, und mir befehlen, mit diesem Irrsinn aufzuhören. Aber all das weiß ich bereits und bin mir der Risiken voll und ganz bewusst. Und kann es trotzdem nicht lassen. Bis mir einfällt, wie ich Alex überführen kann, muss ich ihn unter Beobachtung halten.

Mikaela setzt sich auf, mit einem verletzten Gesichtsausdruck wendet sie sich von Alex ab. Er greift nach ihrem Arm, und als sie versucht sich zu befreien, packt er noch fester zu. Ich habe sie bereits zuvor streiten sehen, aber nicht so. Ich sollte an die Scheibe klopfen, ins Haus laufen und meine Schwester mitnehmen, weg von hier, aber das kann ich nicht. Ich stehe wie festgefroren da und kann nur zusehen. Vielleicht sind es die Gedanken an Jakob, die mich ermahnen, es zu lassen, Linda ist schließlich tot und begraben, und kann nicht wiederauferstehen, so sehr ich es auch will.

Alex löst seinen Griff, und Mikaela stürzt aus dem Zimmer. Nach einer Weile kommt sie zurück, und er strengt sich an, sie zu besänftigen, und sie lässt es zu, dass er sie aufs Sofa zieht. Er streichelt ihre Wange, und sie legt ihre Hände auf seine Brust, aber er lässt sich nicht wegschieben, sondern umarmt sie. Nicht einmal als er sie küsst, kann ich wegsehen.

Bei dem Gedanken an sein warmes Lächeln und seinen sicheren Herzschlag, wenn ich an seinem Brustkorb geruht habe, erwacht die Eifersucht in mir. Aber nichts davon ist echt. Das Einzige, was ich für Alex empfinde, ist Hass und Verachtung. Und was meine Schwester betrifft, eine große Unruhe.

Sie diskutieren aufgebracht, und nach einer Weile springt Mikaela auf, läuft ins Schlafzimmer und knallt die Tür hinter sich zu. Alex sackt mit dem Gesicht in den Händen in sich zusammen.

Ich bleibe stehen und beobachte ihn, wie er sich aufs Sofa legt, eine Decke über sich zieht und weiter Fernsehen schaut.

Eine Stunde später parke ich im Zentrum von Nynäshamn, wo noch immer einiges los ist. Soweit ich weiß, gibt es hier in der Stadt nur einen einzigen Nachtclub, und dorthin gehe ich.

Escape Nightclub lese ich an der Fassade und hoffe wirklich, dass das unansehnliche zweistöckige Gebäude das bieten kann, was der Name verspricht. Einen Moment Wirklichkeitsflucht ist genau das, was ich brauche. Ich gehe hinein und weiter zur Bar im Obergeschoss. Der Geräuschpegel nimmt an Stärke zu, und ich bahne mir den Weg durch das Gedränge.

Ich kaufe mir ein Bier, das ich eigentlich gar nicht will, nur um über die gut gefüllte Tanzfläche spähen zu können und so auszusehen, als wäre ich mit etwas beschäftigt. Ich möchte herumschlendern und so tun, als gehörte ich dazu, als wäre ich auch eine ganz normale Frau mit einem Bekanntenkreis und einer Arbeit, die am Montag auf sie wartet. So tun, als gäbe es Menschen, die nach mir fragen würden, wenn ich verschwinden würde. Als wäre ich keine von Angst erfüllte Stalkerin, die vor dem Haus ihrer Schwester und ihres ehemaligen Freundes herumhängt, unfähig zu reagieren, wenn er sich ihr gegenüber bedrohlich verhält. Und wenn ich meine Dosis gefakter Normalität bekommen habe, werde ich wieder nach Hause in die Stille fahren und schlafen.

Der Bass dröhnt durch die Lautsprecher und lässt die Luft vibrieren, neonfarbene Scheinwerfer fegen durch das Lokal, während der hastige Blitz des Stroboskops aufleuchtet und wieder verschwindet. Er lässt alle wie zuckende Puppen erscheinen. Meinen Blick zieht es zur anderen Seite des Raums und zu dem Mann, der dort steht. Er sieht mich direkt an. Wir haben uns schon einmal gesehen, ich bin ihm im Supermarkt und unten am Hafen begegnet. Beide Male hat er mich mit diesem magnetischen Blick angesehen. Ich fahre mir mit der Zunge über die Lippen, als ich einen Schluck von meinem Bier nehme und bringe ihn zum Lächeln. Es gefällt mir, dass er zu verstehen scheint, dass es sowohl Spaß als auch Ernst ist.

Ausgehungert nach Nähe und Körperkontakt. Nach Sex.

Seine Art mich anzusehen, gibt mir zu verstehen, was er will, und ich zeige ihm mit einem Lächeln, dass es genau das ist, worauf ich aus bin.

Ich bewege mich Richtung Ausgang, und er folgt mir die Treppe hinunter und nach draußen. Wir gehen um die Ecke zur Rückseite des Hauses, wo die Musik nur noch ein verschwommenes, entferntes Pochen ist.

Ich lehne mich gegen die Wand und ziehe ihn zu mir heran, und endlich treffen seine Lippen meine. Sie schmecken nach Bier, und ich fühle mich berauscht, obwohl ich nur wenig getrunken habe. Ich küsse ihn wieder und wieder. Seine Hand streift meine Brust. Ich nehme seine andere Hand und führe sie hinunter zwischen meine Beine. Die Kälte löst sich in nichts auf, als er mir die Jeans runterzieht und murmelt, dass er so was hier eigentlich nicht tut.

Das sieht auch mir nicht ähnlich, denke ich. Sex mit einem Fremden zu haben, an einem Ort, an dem wir jederzeit gesehen werden können. Aber es ist wie eine außerkörperliche Erfahrung, so als würde ich uns von einem Ort außerhalb meiner selbst betrachten, gleichzeitig spüre ich alles, was er tut, genau. Und ich genieße es, die Kontrolle zu haben. Diejenige zu sein, die die Initiative ergreift, die, die sich nimmt, was sie will.

Anschließend richten wir unsere Sachen, und er lächelt breit. »Ich hätte mich vielleicht erst vorstellen sollen«, sagt er. »Ich heiße Robert. Sollten wir uns schämen, was meinst du?«

»Nein«, entgegne ich und gehe.

»Wie heißt du?«, ruft er mir nach.

»Nadia«, lautet meine Antwort.

38

Es ist früh am Morgen und ich husche, eingehüllt in die Stille des Waldes, zwischen den Bäumen hindurch. Ich laufe auf den verschlungenen Wegen weiter zur Küste, dann entlang der Klippen und runter zum Wasser. Das Meer ist ruhig, und ich spüre, wie kalt es ist, als ich mich auf eine glatte Felsplatte setze und durchatme.

Ich liebe es, morgens zu laufen, wenn die Nebelschleier noch über den Feldern hängen, wenn sie wie Geister über dem Wasser schweben. Mitunter hilft es mir dabei, überhaupt nicht zu denken, andere Male kann ich in dem sprudelnden Strom aus Gedanken leichter fokussieren.

Aktuell grübele ich viel über den gestrigen Tag nach. Über Kathy und über Alex, und nicht zuletzt über Robert. Wäre da nicht der blaue Fleck auf meinem rechten Oberschenkel würde ich glauben, dass ich all das nur geträumt habe. Ich stelle fest, dass mir der Gedanke ihn wiederzusehen, verlockend erscheint.

Aber das solltest du nicht.

Ich weiß, ich habe nicht vergessen, warum ich hier bin. Selbst wenn ich mehr als eine schnelle Nummer hinter dem *Escape Nightclub* haben wollte, glaube ich kaum, dass das funktionieren würde. Die Jahre im Gefängnis haben mich kaputtgemacht.

Also macht es keinen Sinn ihn wiederzusehen, nicht wahr?

Ich bleibe noch eine Weile mit den Armen um die Knie geschlungen sitzen, bevor ich über die Klippen wieder hinaufklettere, in den Wald zurückkehre und zum Haus zurücklaufe.

Das Lager, das Jakob für mich angemietet hat, befindet sich in einer Anlage in Västberga, gleich neben der E4 auf dem Weg nach Stockholm. Ich fahre auf das Areal und bediene mich des Schlüssels und des Codes, die er mir gegeben hat. Das elektrische Tor öffnet sich, ich fahre hinein und sehe, wie es sich hinter mir wieder schließt. Ich mache mir bewusst, dass ich freiwillig hier bin und dass ich das Tor öffnen und fahren kann, exakt wann ich will.

Derselbe Code öffnet die Eingangstür des Gebäudes, ich begebe mich auf die Suche nach dem Lager und schließe es mit dem Schlüssel auf. Ich ziehe das Rolltor komplett auf und überzeuge mich, dass es nicht hinter mir geschlossen werden kann.

Nachdem ich für tot erklärt worden war, war es auf Mikaela zurückgefallen, Mamas Wohnung auszuräumen, bevor sie zum Verkauf angeboten werden konnte, sie hat sich viele Jahre lang für Papa um das Praktische gekümmert. Keiner von ihnen hatte irgendein Interesse daran, Kathys oder meine Sachen aufzuheben, und schließlich erhielt Mamas Manager die Erlaubnis, sich das zu holen, was er haben wollte. Von dort stammt das, was in Kathys Museum zu sehen ist. Bühnenoutfits und Platten, Fotos und einige ihrer privaten Filmaufnahmen. Das andere, unter anderem meine Habseligkeiten, wurde verschenkt oder entsorgt.

Gott sei Dank war ich geistesgegenwärtig genug, Jakob um Hilfe zu bitten, das abzuholen, was ich nach Mamas Beerdigung zusammengepackt hatte. Ich hatte einen Teil der Filme in einer Aufbewahrungsbox im Keller deponiert und ihm erklärt, wo er sie finden würde. Hätte ich das nicht getan, wäre jetzt alles weg.

Die Box steht, zusammen mit zwei großen Kartons, an der einen Wand. Ich schleppe den einen in die Mitte des Lagers und öffne ihn. Darin liegen meine Noten, Chopin, Mozart und Debussy, mehrere Stücke, die ich auswendig kann. In der Haft habe ich meine Lieblingsstücke wieder und wieder mit den Fingern auf unsichtbaren Klaviertasten gespielt, während ich die Musik in meinem Inneren gehört habe. Doch in Biskopsberg hatte das aufgehört.

Hast du das für dich selbst oder für sie getan?

Ich lasse den Gedanken vorüberziehen und gehe einige Zeitungsartikel mit Bildern von mir und Kathy auf der Bühne durch.

Das Sonnenscheinmädchen strahlt.

Die Homestory und Interviews mit Kathy, wie es war, Karriere und Mutterdasein unter einen Hut zu bringen. Auch ich durfte Fragen beantworten, und sie haben sich Autogrammkarten von uns geben lassen. Ich sehe einen Artikel über ein Theaterstück, in dem ich eine Rolle hatte.

In dem anderen Karton liegen Erinnerungsstücke aus meinen ersten Lebensjahren, alte Kuscheltiere, Spielsachen sowie diverse Fotos. Ein Bild fällt aus dem Stapel heraus und segelt auf den Boden. Ich hebe es auf und sehe Mikaela und mich: Ich schaukele sie unter der Eiche beim Sommerhaus. Sonnige Sommertage und zwei sorglose Mädchen mit von Mücken zerstochenen Beinen. Die einfache und unberührte Zeit, als das Leben perfekt war, wenn man unter den oben vorbeiziehenden Wolken auf einer Decke lag.

Ich stehe auf und betrachte alles. Die letzten Überbleibsel von Linda Andersson. Ich frage mich, was ich hier tue.

Ich hatte kein bestimmtes Ziel mit meinem Besuch in Kathys Museum gestern und weiß selbst nicht, warum ich mich damit gequält habe. Der Fragen sind es stets mehr als der Antworten.

Alex hat Simon umgebracht, ich *weiß*, dass er es getan hat. Aber warum? Was ist in jener Nacht passiert, das ihn so weit hat gehen lassen?

Nichts passt zusammen, und ich habe keine Ahnung, wie ich vorgehen soll, um auch nur ansatzweise Linda Anderssons Unschuld zu beweisen.

Ich bin im Begriff, die Fotos wieder in den Karton zu legen, als ich den Hund mit dem schwarz-weißen Fell und der roten Leine sehe. Die Batterien fehlen, aber wenn man auf einen Knopf am Griff drückte, konnte er sowohl bellen als auch laufen. Als Kind habe ich ihn geliebt und mit zu Spaziergängen durch das Viertel genommen.

Ich nehme den Hund aus dem Karton und erinnere mich daran, wie wir uns um ihn gestritten haben, Mikaela und ich. Sie war sauer, weil ich ihn ihr nicht ausleihen wollte, aber sie hat immer zu heftig zugepackt. Sie schleuderte ihn herum, statt ihn selbst laufen zu lassen. Und sie weigerte sich, auf mich zu hören und vorsichtig zu sein, sie weinte und schrie, bis ich die Schelte bekam und gezwungen wurde, ihn ihr zu geben.

Mikaela wollte immer das haben, was mir gehört hat.

Als wir älter wurden, hat sie oft gesagt, dass sie ihr Leben fernab der Bühne leben wolle und dass ich ihr leidtue, das ertragen zu müssen. Und obwohl sie sich als Kind geweigert hat mitzumachen und zu singen, selbst wenn Mama sie darum gebeten hat, war sie immer neidisch auf die Aufmerksamkeit, die ich bekam. Ihre wahnsinnigen Ausbrüche waren unmöglich zu beruhigen.

Bei den Premieren und Galas hatte ich ein schlechtes Gewissen, wenn ich mit Mama auf dem roten Teppich stand, während Mikaela zu Hause saß. Im Teenageralter hatten wir kaum Kontakt, und wenn sie Mama und mich besucht hat, war sie verbittert und zornig.

Sie hat selbst gesagt, dass *sie* das Sonnenscheinmädchen sein wollte. Dass sie mein Leben leben wollte.

Und in gewisser Weise tut sie das jetzt auch. Sie ist die einzige noch lebende Tochter von Kathy, ihr steht es frei, mit dem Erbe unserer berühmten Mutter zu tun, was sie will. Sie hat den Mann geheiratet, in den ich verliebt war.

Ich hatte geglaubt, Mikaela verloren zu haben, als das Urteil gefallen war, und es hat sich so angefühlt, als hätte ich sie bei ihrem letzten Besuch in Biskopsberg erneut verloren. Einzusehen, dass das bereits weitaus früher passiert war, ist schlimmer als alles andere.

Als ich den Karton schließe, brennt es in den Augen. Ich nehme die Box mit den Filmen mit und verlasse das Lager.

39

Nachdem ich aus Biskopsberg raus war, habe ich im Internet nach allem gesucht, was ich über Alex und sein Leben mit Mikaela in Erfahrung bringen konnte. Es war nicht schwer, Informationen zu finden. Die Leute geben in den sozialen Medien so viel über sich preis, Mikaela ist da keine Ausnahme.

Mich selbst stresst der Gedanke, ständig gezwungen zu sein, die Welt über meine unterschiedlichen Aktivitäten auf dem Laufenden zu halten. Nichts von dem, was ich tue, ist besonders wichtig oder geht jemand anderen etwas an. Aber mein altes Ich hätte es sicher geliebt. Linda Andersson hätte es genauso gemacht wie Mikaela. Wenn es ein erfolgreiches und scheinbar wunderbares Leben vorzuzeigen gibt, warum es nicht tun? Existiert dein Glück, wenn es niemand sieht?

Alex nutzt überhaupt keine sozialen Medien, Mikaela hingegen hat seit vielen Jahren einen Blog, für den sie noch immer schreibt. Durch alte Beiträge habe ich erfahren, dass sie vor vier Jahren in ihr schönes weißes Holzhaus in Lidingö gezogen sind. Fast ein Jahr nachdem sie ihr erstes Kind bekommen haben, Elvira.

Ich versuche mich daran zu erinnern, was ich zu diesem Zeitpunkt gemacht habe, aber die Zeit im Gefängnis ist eine einzige graue Masse von Tagen, die alle gleich aussahen.

Vor dem Umzug haben sie in Södermalm in der Nähe des Nytorget in einer fünfundneunzig Quadratmeter großen Wohnung einer Baugenossenschaft gelebt, und Mikaela hatte Bedenken, der Innenstadt den Rücken zu kehren. Aber sie brauchten mehr Platz, und sie sollte es nicht einen Augenblick lang bereuen.

Dann kam das zweite Kind, Theo. Zur gleichen Zeit als sie Elviras Babyzimmer in ein Mädchenzimmer verwandelten, richteten sie ein wonniges Kinderzimmer ein.

In dem Blog lässt sie die Leser auch an ihrem erfolgreichen Berufsleben teilhaben und präsentiert Häuser, die sie eingerichtet hat, berichtet von der erfolgreichen Zusammenarbeit mit Designern und zeigt Möbel, an deren Auswahl sie beteiligt war. Sie hat einen guten Geschmack.

Ein paarmal schreibt sie über Papa und die Schwierigkeit, erwachsener zu sein als die eigenen Eltern. Es sei lange her, dass er eine klare Stunde hatte, und bei jedem Besuch sei es aufs Neue schmerzhaft, nicht zu ihm durchzudringen. Mich erwähnt sie nirgendwo.

Unzählige Stunden habe ich mich durch die Bilderflut auf Mikaelas Instagram-Account gescrollt, der wirklich jeden davon überzeugen kann, wie fantastisch ihr Alltag mit Alex und der Familie ist. Die Kinder tragen trendige Sachen, das Zuhause ist schön, sie sind das perfekte Paar. Vom Sommer, als die Familie zu einem ebenso ersehnten wie dringend benötigten Urlaub auf einen angemieteten Weinberg in die Provence gefahren ist, gibt es nicht so viele Updates. Überdies haben sie zwei Wochen an der Westküste verbracht und anschließend ein paar Tage in einer Hütte in den nordschwedischen Bergen.

Als wir Kinder waren, habe ich die Weihnachtsferien auch in dieser Hütte verbracht. Es war, als wäre man in einer vollkommen anderen Welt. Überall weißer, reiner Schnee, der sich entlang der frei geschaufelten Wege vor dem Haus zu hohen Wänden auftürmte. Genug, um riesige Schneefestungen und Höhlen zu bauen, in denen Mikaela und ich gespielt und heiße Schokolade getrunken haben. Ich erinnere mich an Berggipfel und lang gestreckte Täler unter einer schwarzen Samtkuppel, an die schwere, andächtige Stille der großartigen Landschaft. Aber das ist lange her. Die Erinnerung ist beschönigt, genauso wie Mikaelas Bilderflut. Das wunderbare Leben, das da präsentiert wird, ist nur eine falsche Fassade. Die Auseinandersetzungen, die sie an den Abenden führen, zeigen eine andere Seite der Wirklichkeit.

Die Treppe knarrt, als ich zum Schlafloft hochgehe, und im Bett liegend betrachte ich das letzte Bild. Es ist ein Porträt von Mikaelas und Alex' Tochter und daneben steht, dass sie fünf Jahre alt wird. Elvira ist eine Kopie von Mikaela in dem Alter, mit langen, dunklen Haaren und grünen Augen.

Wie oft habe ich mir gewünscht, dieselbe magische Augenfarbe zu haben, statt meines wässrigen blauen Blicks? Hätte das Papa geholfen, mich ebenso sehr zu lieben wie Mikaela, oder was hatte sie sonst, dass sie einander so nahe standen? Es hatte selbstverständlich mit unseren unterschiedlichen Persönlichkeiten zu tun.

Das Leben, das Mikaela führt, hätte meins sein sollen. Ich hätte eigene Kinder haben, sie aufwachsen und sie an der Eiche auf Färingsö schaukeln sehen sollen. Wir würden auf der Wiese liegen und die vorüberziehenden Wolken beobachten. Ich würde sie mit hinter das Gästehaus nehmen und mit ihnen durch den Wald hinunter zum Steg gehen und ihnen von den Hechten im Wasser erzählen. Aber das kann ich nicht, ich habe keine Kinder. Ich habe nichts. Meine Nichte und mein Neffe wissen nicht einmal, dass ich existiert habe.

Mir wird klar, dass es nicht so leicht ist zu verzeihen, wie ich geglaubt hatte. Ich bin besorgt wegen meiner kleinen Schwester, aber noch immer sehr enttäuscht. Wie kann sie so ahnungslos sein? Wie konnte sie mehr an Alex' Unschuld glauben als an meine? Sie kannte ihn nicht einmal, als Simon starb.

Unter einem Foto auf einer farbenfrohen Einladung, die Mikaela selbst gebastelt hat, lese ich, dass sie am Samstag um 14 Uhr eine Party für Elvira veranstalten werden. Mikaela schreibt, dass ein ganzer Haufen von Kindern kommt und dass sie und Alex damit rechnen, dass die Eltern auf ein Glas Wein bleiben, oder auch zwei. Dazu ein Prosit-Emoji, gefolgt von einem Luftballon. PS: Wir laden auch zu Wraps und Fingerfood ein. Gebt Bescheid, wenn Ihr irgendwelche Allergien habt.

Am Samstag halte ich auf dem Weg nach Stockholm vor einer Gärtnerei. In einem Gewächshaus gibt es Kakteen, Orchideen und Pelargonien. Die Luft ist vom Geruch nach feuchter Erde erfüllt. Ich schaue mich um, bevor ich weiter in den Verkaufsbereich gehe. An einer Wand stehen Kühlvitrinen voller bunter Blumen. Eine mit einer Schürze bekleidete Frau kommt auf mich zu.

»Kann ich Ihnen helfen?«, fragt sie freundlich.

»Ja, gerne«, entgegne ich. »Ich bin zu einem Geburtstag eingeladen und brauche einen Blumenstrauß. Für eine 35-jährige Frau.«

»Haben Sie an etwas Bestimmtes gedacht?« Die Frau öffnet eine der Kühlvitrinen.

»Gelb soll er sein«, sage ich. »Freesien oder Gerbera, vielleicht. Und Rosen selbstverständlich.«

Die Frau wählt aus den Blumen aus, zieht ein paar grüne Zweige heraus und nimmt sie mit zu einer Arbeitstheke. Mit schnellen, geübten Handgriffen bindet sie alles zu einem Strauß zusammen.

»So in etwa?«, fragt sie und hält ihn hoch.

»Der ist wunderschön«, antworte ich. »Perfekt.«

Sie bindet einen grünen Faden darum, während ich eine Karte schreibe, die sie zwischen die Blumen steckt, bevor sie den Strauß in Zellophan einwickelt. Ich bezahle, nehme den Strauß und fahre weiter nach Lidingö.

Ich stelle das Auto am Straßenrand ab und nähere mich dem Haus der Familie Lagerberg von der Rückseite her, wie ich es mir zur Gewohnheit gemacht habe. Im Park setze ich mich auf eine Bank und schaue in ihren Garten. Die Geburtstagsvorbereitungen sind in vollem Gange, und sie haben Glück mit dem Wetter, die Sonne wärmt, obwohl der Herbst in der Luft liegt. Alex und meine Schwester eilen umher, um alles herzurichten.

Mikaela holt eine Girlande mit Wimpeln, um sie zwischen den Bäumen aufzuhängen. Sie klettert auf eine Trittleiter und meckert Alex an, er solle sie festhalten. Er tut, was sie sagt, sieht jedoch genervt aus.

»Ist es wirklich nötig, sich jetzt wegen der Girlanden abzuhetzen«, höre ich ihn sagen. »Weder Elvira noch die anderen Kinder kümmert es, ob sie dort hängen oder nicht.«

Meine Schwester antwortet nicht.

»Es muss immer das volle Programm sein, entweder alles oder nichts«, murmelt er.

»Elvira wird nur einmal in ihrem Leben fünf, oder nicht?«, zischt Mikaela daraufhin. »Und du solltest es besser wissen, als mir zu unterstellen, dass ich wie meine Mutter bin.«

Ich bin erstaunt über die Heftigkeit ihrer Worte, und dass es noch immer so wichtig für sie ist, Abstand zu nehmen. Das ist traurig. Alex tut, worum er gebeten wird, ansonsten hält er sich zurück.

Mikaela stürzt weiter umher, damit jedes Detail so perfekt ist wie möglich, und das Ergebnis ist wirklich fantastisch. Auf der Terrasse stehen lange, mit Leinendecken überzogene Tische. Luftballons, Servietten und Platzkarten – alles ist farblich perfekt aufeinander abgestimmt. Die Girlanden in den Bäumen haben denselben Farbton, ein Traum in blassrosa, der jede Fünfjährige begeistern würde. Aber nicht alle haben eine erfolgreiche Innenausstatterin zur Mama.

Mikaela und ein Mann von einer Cateringfirma tischen Piroggen und Saft für die Kinder sowie Fingerfood und Wein für die Eltern auf, und es wird immer deutlicher, dass meine Schwester meiner Mama mehr ähnelt, als sie zugeben will. Selbst ein Kindergeburtstag wird in eine fesche Party verwandelt. Aber Mikaela scheint es nicht zu genießen, sie ist mürrisch und gestresst und erweckt den Eindruck, als sei es vor allem anstrengend. Sie würde es nie zugeben, aber es ist offensichtlich, dass sie versucht, Mamas unglaublicher Fähigkeit, eine festliche Stimmung zu erschaffen, Genüge zu tun.

Als die Gäste kommen, hat sie sich umgezogen und ein Lächeln aufgesetzt. Das passt nicht zusammen, genauso wie ihre Instagram-Bilder, und sie tut mir beinahe leid.

40

Wenig später befinde ich mich in ihrem Garten und nähere mich dem Haus, den Blumenstrauß in der Hand. Die Terrassentüren sind weit geöffnet. Die Eltern, mit ihren Weingläsern in den Händen, unterhalten sich ungezwungen, während die Kinder rein- und rauslaufen oder in der Schlange am Trampolin stehen, wo ein engagierter Vater die Zeit stoppt, damit alle Kinder gleich lange springen dürfen. Der Pool ist selbstverständlich abgedeckt, schließlich wäre es ärgerlich, wenn jemand hineinfallen würde.

Niemand erkennt mich, trotzdem ist es Wahnsinn, hier zu sein. Mein Puls rast. Was mache ich, wenn Mikaela ein Gespräch mit mir beginnt und meine Stimme wiedererkennt?

Da hättest du früher dran denken sollen.

»Was für hübsche Blumen. Du kannst sie dort drinnen ablegen«, sagt eine Frau hinter mir. Ich drehe mich um und sehe, dass sie auf das Haus zeigt. Sie sagt, dass Mikaela drinnen ist und dass es Wein und Fingerfood gibt, wovon man sich bedienen kann. Ich bedanke mich und gehe weiter.

Elvira und zwei andere Kinder rennen an mir vorbei. Während sie einander jagen, prallen ihre Luftballons gegeneinander. Vor meinem inneren Auge taucht das Bild von einer anderen Party auf, von tanzenden Ballons, aber es zieht vorüber, bevor ich es zu fassen bekomme.

Ich stehe auf der Holzterrasse vor der geöffneten Tür, als ein unnatürliches Lachen erklingt. Ich zucke zusammen und drehe mich um. Nicht zu schnell, ich darf keine Aufmerksamkeit erregen. Es kommt von Alex, der unten im Garten mit einigen Männern lauthals lacht. Seine sorgfältig aufgesetzte Fassade ist genauso fadenscheinig wie üblich, wenn sie in Gesellschaft sind.

Von der Terrasse gelange ich ins Wohnzimmer. Es ist zur Küche hin offen, deren Fenster zum Parkplatz und zur Straße hinausgehen. Von draußen kann man das komplette Erdgeschoss überblicken.

Mikaela ist Gott sei Dank nirgends zu sehen. Ich lege den Blumenstrauß auf den Gabentisch, aber statt nach draußen zu verschwinden, schaue ich mich um. Der Unterschied, drinnen zu sein, ist im Vergleich dazu, draußen herumzuschleichen und hineinzuschauen, größer, als ich erwartet habe. Ich habe eine Grenze überschritten und bin erstaunt, wie sehr ich es genieße.

Ich streiche mit der Hand über die Kommode in der Diele und studiere ein gerahmtes Familienfoto an der Wand. Rechts von der Diele befindet sich ein Flur mit einem Arbeitszimmer und einem Bad. Jeder Winkel dieses Hauses ist geplant und durchdacht. Richtig oder falsch, jetzt bin ich es, die Mikaela beneidet. Ich bin es, die das haben will, was meine Schwester hat.

Ich schließe mich im Bad ein. Zwei Zahnbürsten in einem Plastikbecher auf dem geräumigen Waschbecken. Die Duschkabine mit teurem Balsam und wohlduftenden Körperölen, in einem Regal exklusive Handtücher. Der Badezimmerschrank mit ihren Cremes und ihrer Schminke, mit seinem Rasierschaum und seinem Rasierapparat. Ganz unten ihre Antibabypille, ich nehme den Blister heraus und sehe, dass sie keinen einzigen Tag vergessen hat.

Ich gehe hinaus und die Treppe hinauf ins Obergeschoss. Dort gibt es zwei bezaubernde Kinderzimmer und ein Spielzimmer. Aktuell herrscht da drinnen Chaos, genauso wie in ihrem Zimmer, als wir klein waren. Ich habe aufgeräumt und alles sorgfältig sortiert, während Mikaela die Unordentliche von uns beiden war. In den Teenagerjahren hat sie ihre Sachen dort fallen gelassen, wo sie stand, und dort blieben sie liegen, bis jemand anderer sie aufgehoben hat. Dem Rest des Hauses nach zu urteilen, scheint sie seither hart an sich gearbeitet zu haben, um ihr Verhalten zu ändern.

Hier oben gibt es eine Stube mit einem ebenso großen Fernseher wie unten im Wohnzimmer sowie einem gut gefüllten Bücherregal. Das Badezimmer ist groß und verfügt über eine Dusche, einen Whirlpool und eine Sauna.

Gerade, als ich wieder hinuntergehe, kommt Mikaela mit zwei leeren Weingläsern aus dem Garten herein. Ich achte darauf, dass sie mich nicht sieht. Sie bleibt am Gabentisch stehen und nimmt den Strauß in die Hand, den ich dort abgelegt habe. Sie führt die Blumen an die Nase und saugt den Duft von Rosen und Eukalyptus ein. Als sie liest, was ich auf die Karte geschrieben habe, runzelt sie die Stirn.

Ein Bündel Sonnenschein.

Das pflegte Mama über gelbe Blumen zu sagen, und ich frage mich, ob Mikaela darauf kommt. Sie stellt sie in eine Vase auf der Kücheninsel und betrachtet sie eine Weile. Dann widmet sie sich wieder ihrer Rolle als Gastgeberin.

Mikaela bittet den Mann von der Cateringfirma, die Platte mit den Kanapees und Miniwraps wieder aufzufüllen und stellt mehr Wein bereit. Sie lächelt einem Gast zu, der sie für das Haus und die Einrichtung lobt. Ein paar Frauen plaudern über die Umgebung und den Kindergarten. Meine Schwester erzählt, dass sie sich darauf freut, wieder zu arbeiten, wenn Alex in Elternzeit geht. Wenn sie lacht, ist sie besonders hübsch.

Niemand bemerkt mich. Ich bin unsichtbar.

»Ich glaube, ich bin noch nie auf einem so entzückenden Kindergeburtstag gewesen«, sagt eine blondierte Frau, die soeben zu den anderen hinzugestoßen ist. »Ist es erbärmlich, neidisch auf eine Fünfjährige zu sein?«

Die Frauen lachen, und Mikaela lacht mit ihnen, aber sie sieht bedrückt aus. Vielleicht hat sie es als Stichelei empfunden, und vielleicht war es auch so gemeint.

Die Blondine fährt damit fort, Mikaela zu loben, wie wunderbar alles ist, und jetzt erkenne ich sie wieder. Ich komme nicht auf ihren Namen, aber sie war eine von denen, die sich gern meine Freundin nannten. Der wirkliche Grund, warum sie mit mir zusammen sein wollte, war selbstverständlich der, dass Mama berühmt war.

»Ich sollte mich vielleicht ordentlich vorstellen«, sagt die Blondine zu Mikaela. »Ich heiße Jenny und bin Wilmas Stiefmutter.« Bevor Mikaela antworten kann, fährt sie fort: »Ich bin in dieselbe Klasse gegangen wie Linda.«

Sofort stehen die Frauen unter Strom, wie Raubtiere, die Blut gewittert haben.

Jenny legt ihre Hand auf Mikaelas Arm und lehnt sich näher an sie heran. »Wie war es eigentlich im

Gefängnis?«, sagt sie. »Ich habe gelesen, dass du dort gewesen bist und sie besucht hast. War das nicht unheimlich? Hat sie Handschellen getragen, oder wie lief das ab?«

»Du hast vermutlich zu viel Fernsehen geschaut«, sagt Mikaela und zieht ihren Arm weg.

»Das muss unheimlich schwer für dich gewesen sein, Mikaela«, fährt Jenny fort und wendet sich an die anderen. »Wir waren alle furchtbar schockiert, als Linda wegen Mordes verurteilt wurde. Keiner von uns, der sie kannte, hat geglaubt, dass das stimmt.«

Mikaela streckt den Rücken durch. »Es ist an der Zeit, dass alle damit aufhören sich zu wundern«, sagt sie in einem scharfen Ton. »Sie hat getan, was sie getan hat. Doch wenn Linda die Hilfe bekommen hätte, die sie gebraucht hätte, wäre das nie passiert.«

Im Augenwinkel nehme ich eine Bewegung wahr, drehe den Kopf und sehe Alex in der Türöffnung. Seine Augen sind schwarz und die Lippen verbissen aufeinandergepresst. Er sieht wütend aus. Mikaela begegnet seinem Blick in einer wortlosen Kommunikation, die ich nicht deuten kann. Er geht wieder nach draußen, und sie wechselt mit unberührter Miene das Gesprächsthema. Sie täuscht vielleicht die anderen, mich jedoch nicht. Ich sehe, dass sie aufgebracht ist.

Ich mache kehrt, gehe in den Flur und gelange zu ihrem Schlafzimmer. Das Bett ist groß und luxuriös, mit einer Tagesdecke und einem passenden Überwurf in einem dunkelgrünen Ton und mit Unmengen an Kissen. Auf dem Tisch daneben steht ein Hochzeitsfoto in einem silbernen Rahmen. Mikaela sieht märchenhaft aus in ihrem ärmellosen Kleid mit der gestickten Taille und dem schlichten Rock, der sich schön um ihren Körper schmiegt. Alex ist stolz und schneidig. Sie schauen sich in die Augen und schwören sich ewige Treue. Als wüsste einer von ihnen, was das ist. Als würde es sie überhaupt geben.

Die Bitterkeit ringelt sich in mir wie eine zornige Giftschlange, und eine Stimme in mir fragt beständig, was ich hier eigentlich treibe, ob es mir Vergnügen bereitet, mich selbst so zu quälen.

Ich bin hier und riskiere alles für meine Schwester, aber wann hat sie sich zuletzt für mich eingesetzt? Nicht, als Mama krank wurde, nicht, als die Polizei mich verhaftet hat. Nicht einmal nach mehreren Jahren als unschuldig Verurteilte, als ich Beweise gegen den Mann hatte, der ihr den Kopf verdreht hat. Vielleicht begreift sie sogar, was er getan hat und pfeift darauf. Andernfalls ist sie sowohl taub als auch blind.

Ich verspüre keine Unruhe mehr, es kümmert mich nicht mehr, ob sie unter einer ständigen Bedrohung durch ihn lebt oder nicht. Soweit ich sehen kann, befindet sie sich nicht in direkter Lebensgefahr. Und ich hatte vollen Ernstes geglaubt, sie retten zu müssen.

Ich verlasse das Schlafzimmer und gehe hinaus in den Flur. Als ich in die Diele komme, sehe ich meine Schwester. Ihr Blick streift mich, als sei ich eine Fremde, dann findet er noch einmal den Weg zurück. Ich halte inne und schaue ihr in die Augen, während ich hin und hergerissen bin zwischen dem Wunsch, mich zu erkennen zu geben und wegzulaufen. Erst, als sie die Stirn runzelt, als würde sie sich anstrengen, mich einzuordnen, gehe ich durch die Tür nach draußen. Sie folgt mir nicht.

41

Eine weitere lange Laufrunde in der Morgendämmerung, ich laufe schneller und schneller, und obwohl es im Hals brennt, erhöhe ich den Druck auf mich noch weiter, bis ich vollkommen erschöpft bin.

Nach der Dusche stehe ich vor dem Spiegel und teile der Frau, die ich vor mir sehe, meinen Namen mit. Als könnte ich durch ausreichend viele Wiederholungen mein neues Ich dazu bringen, in Erscheinung zu treten.

Draußen in der Küche denke ich an Mikaela und den gelben Blumenstrauß. Ich habe mich danach gesehnt, ihre Reaktion zu erleben, wenn sie begreift, danach, sie zu umarmen und zu sehen, wie sich ihre Augen mit Tränen füllen. Ich will, dass sie erfährt, dass ich noch am Leben bin.

Aber es war nicht so, wie ich es mir vorgestellt hatte, und ich werde nicht schlau aus ihrem Gesichtsausdruck, als Jenny von mir gesprochen hat. Mikaelas Antwort hat mich geärgert. Alles, was ich will, ist, dass sie einsieht, dass Linda Andersson unschuldig war, und aus irgendeinem Grund ist das plötzlich wichtiger als alles andere. Warum klammert sie sich an diesen Lügen über mich fest? Um nicht einsehen zu müssen, wie es sich tatsächlich verhält?

Viertel nach acht gieße ich mir Kaffee ein, nehme die Tasse, schaue über das Meer und denke stattdessen an Robert. Ich habe herausgefunden, dass er zwei Töchter im Teenageralter hat und in einem Einfamilienhaus auf der anderen Seite der Stadt wohnt. Ich hätte nichts dagegen, ihn besser kennenzulernen. Und ich bin sicher, dass er auch an mich gedacht hat.

Ich spiele mit dem Gedanken, ihm ein Date vorzuschlagen. Wir könnten am Hafen entlangschlendern, Händchen halten und über alles und nichts reden. Das Problem ist, dass ich über die Dinge, über die man normalerweise spricht, wenn man einen anderen Menschen kennenlernt, nicht viel sagen kann. Arbeit, Familie und Zukunftspläne. Darüber, dass ich bald nach Berlin zurückkehren muss. Ich kann nichts über meinen Hintergrund erzählen, weil ich keinen habe.

Mamas Tipp, ein Stück weit mystisch zu sein, um das Interesse eines Mannes aufrechtzuerhalten, wäre einfach nur lächerlich und würde mich als sonderbar erscheinen lassen. Die einzige Art und Weise, über die letzten Jahre Rechenschaft abzulegen, ist die, mich so nah wie möglich an die Wahrheit zu halten, ohne alles preiszugeben. Die beste Art zu lügen.

Alle anderen lügen, alle anderen präsentieren Fantasiebilder von sich selbst. Warum soll ich das nicht auch tun dürfen? Sie bedienen sich am Leben, wählen für sich das Beste aus und tun, was auch immer sie wollen. Warum soll ich das nicht tun? Nach Jahren der Isolation von der Welt außerhalb der Mauern, vom Leben, habe ich das Recht auf Kompensation. Ich habe das Recht auf eine Romanze, ich habe das Recht auf Sex. Ich habe das Recht, alles zu tun, was auch immer es ist. Ich muss spüren, dass ich lebe, und ich mag Männer, die sich nicht von Frauen bedroht fühlen, die die Initiative ergreifen. Robert ist so ein Mann.

Das hast du über Simon auch gesagt. Und über Alex. Kannst du deinem Urteil wirklich trauen?

Um für eine Weile an etwas anderes zu denken, nehme ich den Autoschlüssel von der Kommode im Flur und verlasse das Haus. Einige Stunden später biege ich auf den Kiesweg zum Sommerhaus auf Färingsö ab. Er schlängelt sich unter einem Gewölbe aus Ästen entlang. Das warme, sanfte Licht scheint durchs Laub hindurch, die Luft ist klarer als irgendwo anders und die Gerüche sind stärker. Von Mai bis September haben wir immer hier draußen gewohnt. Wir haben unsere Sachen gepackt und sind hierhergezogen, jeden

Morgen hat mich einer von Mamas Assistenten zur Schule gefahren, und nachmittags wieder abgeholt. Dann kamen die Sommerferien, von denen wir einige Wochen auf Tournee waren.

In Gedanken bin ich diesen Weg hier unzählige Male entlanggefahren. Ich parke das Auto und lege das letzte Stück zum Haus zu Fuß zurück.

Die Sonne steht hoch am blauen Himmel über den Feldern. Die Luft ist kühl und frisch. Das Laub der Baumwipfel wird langsam gelb.

Als ich das letzte Mal mit Mama hier gewesen bin, war das Wetter ebenfalls großartig. Da der Rollstuhl nicht durch die Haustür passte, haben wir auf der Veranda Kaffee getrunken. Wann war das? Es war so matschig, dass wir nicht zum Steg hinunterfahren konnten. Einige Wochen später war sie verschwunden.

Bei der Auffahrt steckt ein Schild mit der Aufschrift »Zum Verkauf« im Boden, und es überrascht mich nicht zu sehen, dass das Sommerhaus zum Verkauf ausgeschrieben ist. Mikaela gehört eine Hälfte des Hauses, und Papa hat meinen Teil geerbt. Offensichtlich lässt es sich nicht so leicht verkaufen wie die Wohnung in Östermalm. Ich gehe an dem Schild vorbei zu der hoch aufgeschossenen Eiche mitten auf dem Grundstück. Das Seil der Schaukel hängt noch immer da und alles ist sich gleich, während es gleichzeitig anders ist. Die Fassade bedarf eines neuen Anstrichs, das Gras im

Garten reicht mir fast bis zu den Knien, und die Begrenzungssteine der Rabatten sind seit Langem unter Unkraut begraben. Einer der Eckpfosten, die den Balkon oben halten, ist im Begriff nachzugeben. Darunter biegt sich das Verandadach. Ich setze mich auf die Treppe und schaue über den Garten.

Für einen kurzen Moment sehe ich alles so, wie es einmal war, alles, was diesen Platz hier magisch gemacht hat. Die Feste, die Kathy veranstaltet hat, die Musik und das Lachen, die bunten Laternen in den Bäumen und auf der Veranda.

Und jetzt weiß ich, welche Erinnerung mich während Elviras Geburtstagsfeier gestreift hat. Mikaela und ich haben einmal hier im Garten zusammen ein Sommerfest gefeiert. Eigentlich hatte keine von uns Geburtstag, aber Mama hatte es sich in den Kopf gesetzt, ein Fest zu veranstalten.

Wie üblich hat sie alles perfekt vorbereitet, es war üppig, wunderbar und fantastisch, wie es immer bei ihr war. Auf der Veranda, die in eine Bühne verwandelt worden war, spielte eine Liveband. Der Tisch bog sich unter Kuchenplatten und Torten mit rosa Zuckerguss. Ein Pony zog uns im Wagen den Kiesweg hinunter und wieder hinauf. Ein Meer aus Luftballons löste sich und flog über den Garten, und wir jagten ihnen zusammen mit unseren Freunden unter lautem Gebrüll hinterher.

Zum Abschluss der Party hat Mama uns gebeten, gemeinsam für die Gäste zu singen. Sie trieb uns auf die Veranda hoch, das Gemurmel verstummte und alle Blicke richteten sich auf uns. Das Sonnenscheinmädchen und ihre Schwester bei einem gemeinsamen Auftritt. Die Luft verdichtete sich vor Erwartungen. Mama dirigierte den Einsatz der Musiker, aber Mikaela und ich blieben stumm. Das Publikum klatschte den Takt, um uns zu helfen, in Gang zu kommen. Es klatschte immer schneller, und Mama ermahnte uns anzufangen.

Mikaela wurde hysterisch. Sie weinte und schrie, brüllte, dass sie nicht gezwungen werden wollte. Ich versuchte, sie zu beruhigen, aber es nützte nichts. Stattdessen wurde sie böse auf mich.

Warum muss *sie* bei meiner Feier dabei sein, schrie sie, warum muss das Sonnenscheinmädchen immer dabei sein?

Ich sagte, ich könne ihre Hand halten, während wir singen, aber Mikaela war völlig aufgelöst, und auch Mama gelang es nicht, sie zu beruhigen. Es endete damit, dass Mikaela gegen die Kamera schlug, mit der der Assistent die Party dokumentierte. Dann lief sie weg.

Sie hatte viele solcher Ausbrüche. Als wir Kinder waren, kam das häufig vor.

Ich stehe auf und gehe zum Gästehaus, das sich ganz unten im Garten befindet. Dahinter steht eine Gruppe Birken, an die sich der Wald anschließt. Durch den Wald führt der Pfad hinunter zum Steg, zur Erinnerung an Sommernächte, in denen es nie ganz dunkel wurde, wenn die Stille über dem spiegelblanken See lag und das Licht über den Baumwipfeln auf der anderen Seite vibrierte.

Dorthin sind Simon und ich gegangen, wenn alle anderen schliefen. Wir badeten nackt, schwammen Seite an Seite und liebten uns am Ufer.

Ich schaue durch eines der Fenster hinein und denke an das letzte Mal, als ich hier gewesen bin, in Begleitung von Polizei, Staatsanwältin und Anwalt. Mikaela hat es für den Verkauf offenbar umgestalten lassen. Die Wände sind jetzt in einem blassen Grün gestrichen, und wo das Bett stand, steht jetzt ein Schreibtisch mit einem schönen Lederstuhl davor.

Ich umrunde den Giebel und entdecke, dass unter dem Fensterrahmen etwas eingeritzt ist. Ich beuge mich vor, um es mir anzusehen. RIP, ein Gruß, in Frieden zu ruhen, die einzige Erinnerung an das, was hier geschehen ist.

Es ist genau acht Jahre her, dass Simon ermordet wurde. Vielleicht wurden die Buchstaben eingeritzt, um ihn am Jahrestag seines Todes zu ehren. Ich habe gelesen, dass seine Freunde ein Erinnerungskonzert veranstaltet haben, und während sie seinen größten Hit spielten, *Love me when I'm gone*, leuchteten überall im Publikumsmeer Handys mit dem Bild einer brennenden Kerze auf. Er hat den Song während unserer Flitterwochen an einem Abend am Strand geschrieben. Jetzt wird mir bewusst, dass ich nicht einmal weiß, wo er begraben ist.

Tief in Gedanken versunken, gehe ich langsam zur Auffahrt zurück, als ein älterer Mann und eine Frau mit Walkingstöcken in den Händen stehen bleiben und in den Garten spähen. Der Mann hebt einen der Stöcke hoch und grüßt.

»Sind Sie Journalistin?«, fragt er.

»Nein, das bin ich nicht«, entgegne ich.

Der Mann zeigt mit dem Stock auf das Schild im Gras. »Dann sind Sie vielleicht am Kauf interessiert? Das Haus befindet sich seit Generationen im Besitz der Familie Andersson. Sie wissen schon, Erik Andersson, der Schauspieler? Sein Vater ist hier geboren.«

»Das war vor ihrer Zeit«, wirft die Frau geduldig ein, als ich nicht antworte.

»Aber Sie haben doch wohl von Kathy gehört, seiner Tochter«, fährt der Mann fort. »Ihre Angehörigen versuchen, das Haus zu verkaufen. Wir werden sehen, wie es läuft.«

Die Frau sagt, dass das Haus fast auf den Tag genau seit acht Jahren leer steht. Sie flüstert theatralisch: »Hier ist ein Mord geschehen.«

»Hoffen wir, dass wir Sie nicht davon abgeschreckt haben, ein Gebot abzugeben«, sagt der Mann mit einem besorgten Blick. Sie wünschen mir noch einen angenehmen Tag und gehen weiter.

Ich fahre viel zu schnell, als ich auf die Landstraße komme, und je weiter ich mich vom Sommerhaus entferne, desto besser fühlt es sich an. Es war ein Fehler zurückzukehren.

Ist es jetzt nicht ein bisschen zu spät für Reue?

»Ich weiß es nicht«, sage ich laut und begegne meinem eigenen Blick im Rückspiegel. »Was glaubst du?«

Es ist zu spät.

42

Die Musik dröhnt so laut, dass Wände und Fenster vibrieren. Ich schlage auf den Boxsack ein, bis die Muskeln in einem vergeblichen Versuch, die Flut an Gedanken und Gefühlen zu ertränken, förmlich schreien. Wieder und wieder trete ich darauf ein, kicke den Scheiß aus ihm heraus – wieder und wieder.

Nichts von dem, was ich tue, bringt irgendetwas. Und ich weiß nicht, was ich noch tun soll. Was ich tun *kann.* Die Ungerechtigkeit in Simons und meinem Schicksal ist dabei mich aufzuzehren.

Die Füße bewegen sich schnell über den Boden, ich wirbele in einem weiten Bogen herum, um noch einmal zuzutreten, und da sehe ich ihn. Ich halte sofort inne, senke das Knie und hebe die Fäuste, als wollte ich einen Ausfallschritt machen. Eine Sekunde später richte ich mich auf.

Ich habe das Gefühl, dass Robert mich schon eine

ganze Weile beobachtet. Er setzt einen fragenden Gesichtsausdruck auf und zeigt auf den Lautsprecher auf einem der Tische. Ich schalte ihn aus, und in der entstehenden Stille ist nur mein schwerer Atem zu hören.

»Hej«, sagt er.

»Hej«, antworte ich. Das Adrenalin fließt durch meinen Körper, zusammen mit der Sehnsucht und der Frustration. Ich spüre, wie Robert mich ansieht und gehe einige Schritte auf ihn zu. Er legt seine Hände um meine Taille.

»Ich bin verschwitzt«, sage ich.

»Soll ich es ablecken?«, lächelt er. Wir küssen uns. Seine Hände fahren über meinen Rücken und meinen Po, und ich presse mich fester an ihn. Nach einer Weile ziehe ich ihn mit zum Sofa und auf mich drauf.

Ich schließe die Augen und genieße den Geschmack seiner Küsse, genieße es, alles andere zu vergessen. Ich könnte für immer hierbleiben, mit seinem starken Körper auf meinem. Ich stöhne, dass ich ihn haben will, und er wirkt zufrieden, streichelt mich weiter am Bein entlang, fährt mit den Fingern über meinen rechten Oberschenkel. Als er meinen Bauch erreicht und langsam mein Hemd hochzieht, erstarre ich und schlage die Augen auf. Er wird meine Narben sehen. Er wird Fragen stellen, und ich weiß nicht, was ich darauf antworten soll.

»Vielleicht sollten wir es diesmal etwas ruhiger angehen«, sage ich und schiebe seine Hand weg.

Robert lacht erstaunt, küsst aber weiter meinen Hals. Er murmelt, dass es gerade den Anschein hatte, als könne ich es kaum erwarten, ihm die Kleider vom Leib zu reißen.

Die Sehnsucht nagt an mir, ich vermisse die Nähe zu einem anderen Menschen. Neben jemandem einzuschlafen und aufzuwachen.

Bildest du dir wirklich ein, dass er mehr will als Sex?

»Hast du etwas gesagt?«, fragt Robert. Er streichelt mit den Fingern über meine Brust.

Als er die verblasste Narbe an meiner Augenbraue berührt und fragt, ob ich in eine Schlägerei verwickelt war, versuche ich mich aufzusetzen. Ich platziere meine Handflächen auf seiner Brust und drücke ihn weg. Ich sage: »Das hier ist ein Fehler.«

Robert fährt vom Sofa hoch und weicht vor mir zurück. Ich versuche zu erklären, dass ein Teil von mir will, ich aber nicht kann. Ich weiß nicht, was ich darüber hinaus sage, aber er nimmt seine Jacke und verschwindet durch die Tür.

Ich liege auf dem Boden und starre in den Dachfirst hinauf. Jakob hat eine SMS geschickt und gefragt, ob alles in Ordnung sei, aber ich habe noch nicht darauf geantwortet. Ich weiß sehr wohl, dass er der Meinung ist, dass ich aufhören sollte, alte Wunden aufzureißen, dass ich Lindas Schicksal sowieso nicht ändern kann. Dass ich die Chance ergreifen sollte, im Hier und Jetzt zu leben, dass ich vorankommen muss.

Das ist nicht so leicht.

Ich weiß, dass Linda Andersson keine Zukunft hat. Aber Nadia Hansen hat keine Vergangenheit, keine eigene Geschichte. Wie kann sie jemals in Freiheit leben, wenn sie nicht weiß, was das ist?

Du bist es, die nicht weiß, was Freiheit bedeutet.

Aber ich weiß, was es bedeutet, unschuldig wegen Mordes verurteilt zu werden, ich weiß, wie es ist, in eine Zelle eingesperrt zu werden und eine Gefängnisstrafe zu verbüßen. Ich weiß, was es bedeutet, alles zu verlieren. Wie es sich anfühlt, als ein Monster betrachtet zu werden, wie es sich anfühlt, wenn die Leute Grimassen schneiden und wegschauen. Und wenn Freiheit bedeutet, ausgelöscht zu werden, in einem Vakuum zu schweben, ohne einem anderen Menschen nahekommen zu können, dann weiß ich nicht, ob sie den Preis wert ist.

Seit ich in Arlanda gelandet bin, grübele ich darüber nach, was mich eigentlich dazu gezwungen hat zurückzukehren. Die Rehabilitierung von Linda. Die Sorge um meine Schwester. Das Bedürfnis, dass sie an meine Unschuld glaubt.

Aber es geht nicht mehr darum, ob die Gerechtigkeit

siegt. Und mit Rache ist niemandem gedient, Simon und Linda werden dadurch nicht wieder zum Leben erweckt.

Das Einzige, was mir helfen kann, ist etwas vollkommen anderes. Es ist banal, aber ohne das kann ich nicht leben. Man sagt, dass nur die Wahrheit einen befreien kann, und ob das nun stimmt oder nicht, sie ist es, die ich herausfinden muss.

Die Wahrheit, was in dieser Nacht geschehen ist, warum Simon sterben musste.

Die Wahrheit, die mein Leben zerstört hat.

43

Ich verstecke mich in der Dunkelheit vor ihrem Haus. Im Lichtschein sehe ich meine Schwester und ihre Tochter, die einander an den Händen halten, während sie sich Runde um Runde im Kreis drehen. Mikaela lacht, das Kleid des Mädchens flattert, sie tanzen weiter und drehen sich in die andere Richtung. Alex lacht und dreht sich, den Sohn auf dem Arm, mit ihnen zusammen.

Ich will Mikaela fragen, wie sie mit ihm leben kann. Ich will Alex fragen, wie er noch immer Freude empfinden und lachen kann, nach allem, was er getan hat. Ich will, dass er erfährt, wie es sich anfühlt, wenn einem alles genommen wird.

Alex geht mit der Tochter ins Obergeschoss, während Mikaela mit dem Kleinen an ihrer Brust zurückbleibt. Wenig später schläft er ein. Sie trägt ihn die Treppe nach oben.

Ich stehe noch immer in der Dunkelheit, und wenn ich die Augen schließe, sehe ich mich selbst nach vorn gehen und die Terrassentür öffnen. Ich schleiche mich hinein und begebe mich ins Obergeschoss, während Mikaela und Alex unten fernsehen. Ich stelle mir vor, wie ich mich zu den Kindern hineinstehle. Die dunklen, zerzausten Haare des Mädchens breiten sich auf dem Kissen aus, wie bei Mikaela in dem Alter. Ich erinnere mich, wie wir abends gekichert haben, bis wir dicht beieinander eingeschlafen sind. Als ich die Bettdecke des Mädchens richte, lächelt sie im Schlaf. Der Junge liegt vermutlich bäuchlings in seinem Gitterbettchen, und sein kleiner Rücken ist warm unter meiner Hand, wenn ich ihn vorsichtig streichle.

Sie sind so klein und wehrlos.

Anschließend warte ich, bis es überall dunkel und still ist, dann gehe ich die Treppe hinunter, eine Stufe nach der anderen. Auf der Mitte bleibe ich stehen und lausche, höre jedoch nichts bis auf meine eigenen Atemzüge. Wenn ich unten bin, schaue ich in den Flur zum Schlafzimmer, die Tür ist angelehnt, auch dort drinnen ist es dunkel.

Zuerst gehe ich in die Küche, um ein Messer zu holen. Ich werfe einen Blick hinaus auf die einsame Straßenlaterne, die einen blassen Lichtkreis auf den Boden wirft. Ich muss meinen ganzen Mut zusammennehmen, um zu tun, was jetzt zu tun ist. Ich gehe durch den Flur und gelange ins Schlafzimmer. Ich betrachte das Hochzeitsfoto, umklammere den Messerschaft. Alex und Mikaela, gefangen in einem ewigen Lächeln, als könne in diesem Augenblick das Glück niemals enden. Noch eine Illusion. Und wenn ich sie geweckt habe, bringe ich sie dazu, das einzusehen.

Ist es falsch, wenn ich der Ansicht bin, dass es sich wie eine Art Rückerstattung für all das anfühlt, was mir gestohlen wurde?

Die Wahrheit wird sowohl mich als auch Mikaela befreien.

Ich gehe über den Rasen, am Pool vorbei und betrete die Terrasse. Es ist dunkel dort unten, Alex und Mikaela sind noch immer im Obergeschoss. Ich greife nach dem Türknauf. Als ich ihn umdrehe, zittert meine Hand. Die Tür ist verschlossen.

Ich versuche es erneut, dieses Mal etwas heftiger, aber die Terrassentür lässt sich nicht öffnen. Ich ziehe und ruckele daran und pfeife darauf, ob es zu hören ist.

Ich lege die Hände auf die Fensterscheibe, um ins Wohnzimmer hineinzuschauen. Mir wird eiskalt, so als würde die Temperatur um mehrere Grad fallen. Ich kann mich nicht bewegen. Dort drinnen steht eine dunkle Gestalt mit glänzenden Augen und beobachtet mich. Lediglich das Glas trennt uns. Die Außenbeleuchtung geht an, und das Licht fällt auf meine Schwester. Ihr Gesicht ist hart und anklagend.

Ich stolpere einen Schritt rückwärts, bevor ich kehrtmache und flüchte.

Über die Lidingöbron in rasantem Tempo. Wie dunkle Stahlbestien liegen die Fähren in Värtahamnen. Das Licht der entgegenkommenden Autos nimmt zu und begleitet mich in einem psychedelischen Muster durch die Stadt, den ganzen Weg bis nach Nynäshamn.

Ich gehe hinauf ins Schlafloft und lege mich der Länge nach aufs Bett, in voller Montur. Ich wünschte, Mama wäre hier. Ich vermisse es, mit ihr zu reden und sie zu fragen, was ich ihrer Meinung nach tun soll. Sie hat es immer gewusst.

Und Linda hat genau das getan, was sie wollte.

Damals war alles viel einfacher.

44

Am nächsten Morgen gibt es keine Joggingrunde, und zum ersten Mal habe ich um Viertel nach acht nicht den Kaffee fertig. Erst gegen neun schleppe ich mich die Treppe hinunter und stelle fest, dass der Kühlschrank leer ist. Ich fahre zum Supermarkt und drehe mehrere Runden durch den Laden, ohne zu wissen, wonach ich suche. Mit Augen, die nichts sehen, schaue ich auf das Regal mit dem Müsli, als Robert um die Ecke kommt. Als er mich sieht, bleibt er stehen.

»Hej«, sage ich.

Er schweigt.

»Hast du Lust auf einen Kaffee?«, frage ich. »Bei mir zu Hause.«

Meine Stimme klingt verzweifelter, als ich dachte, aber ich will nicht alleine sein. Ich habe nicht mehr die Kraft, alleine zu sein.

Robert starrt mich nur an.

»Entschuldige, wenn mein Verhalten letztens verwirrend war«, sage ich und streichle seinen Arm.

»Verwirrend?«, sagt Robert, und dieses Mal ist er es, der meine Hand wegschiebt. »Du warst es, die auf mich gesprungen ist, wie du dich vielleicht erinnerst? Du warst es, die mich aufs Sofa gezogen und angefangen hat, mich zu küssen.«

Er lächelt kurz einer Frau zu, die mit ihrem Rollator vorbeigeht, und senkt dann die Stimme.

»Du seiest nicht auf Romantik oder Händchenhalten aus, hast du gesagt, du wolltest nur Sex. In der nächsten Sekunde geht es zu schnell und fühlt sich falsch an. Und ganz plötzlich schlägst du mir in die Fresse.«

Er zeigt auf seine Lippe, und ich sehe, dass sie geschwollen ist. Ich protestiere, aber Robert lässt mich nicht zu Wort kommen.

»Ich weiß nicht, ob das irgendein durchgeknalltes Machtspielchen ist, das du treibst, aber ich habe definitiv keine Lust, dabei mitzumachen«, fährt er leise fort. »Du scheinst sehr große Probleme zu haben.«

Er geht an mir vorbei zur Kasse. Er bezahlt, packt seine Sachen ein und verschwindet durch die Tür nach draußen. Ich schaue in meinen Einkaufswagen und blinzle ein paarmal heftig. Roberts hitzige Anschuldigungen haben wehgetan, und das war sicher die Absicht. Warum?

Erschüttert lasse ich den Wagen im Gang stehen und fahre zurück zum Haus.

Im Flur streife ich mir die Schuhe ab und gehe ins Wohnzimmer, wo ich mich vors Fenster stelle und rausschaue. Es hat sich zugezogen, und unter dem grauen Himmel stürzen schäumende Wellen übereinander.

Irgendetwas lässt mich reagieren, aber ich weiß nicht was. Ist es ein Geräusch? Das Gefühl, nicht alleine zu sein? Dass sich jemand anderer im Raum befindet? Die Reflexion im Fensterglas verrät, dass sie einige wenige Meter von mir entfernt steht. Sie steht reglos hinter der Theke. Das Spiegelbild ähnelt einem bedrohlichen Gespenst.

»Linda«, flüstert sie. »Du bist es.«

Ich drehe mich langsam um. Dann stehen wir still da und betrachten einander.

»Ich habe dich auf der Feier gesehen. Aber erst gestern habe ich begriffen, dass du das tatsächlich warst. Ich bin dir hierher gefolgt. Und jetzt bin ich zurückgekehrt.«

Sie lacht, geht um die Theke herum, und ich sehe, dass sie ein Brecheisen in der Hand hält.

»Das war die einzige Waffe, die ich finden konnte«, sagt sie und betrachtet es. »Es lag im Auto.«

Mikaela macht einen Schritt nach vorn. Ich gehe rückwärts, presse den Rücken gegen die Scheibe. Sie sieht sich im Haus um und sagt, dass die Rollen nun vertauscht seien, dass jetzt sie es sei, die sich Zugang verschafft hat. Sie zeigt mit dem Brecheisen in meine Richtung und stellt fest, dass ich anders aussehe, dass ich komplett anders wirke. Sie fragt, warum ich lebe, wie das möglich ist. Sie fragt, was ich will. Es gibt so viel, das sie wissen muss.

»Willst du dich rächen, Linda?«

Ihre Stimme wirkt angestrengt. Sie hat dunkle Ringe unter den Augen, und ihr Blick erinnert mich an den von Anne, bevor die Eisenstange zuschlug. Mikaela geht um den Boxsack herum und stellt sich ans Fenster, ein Stück von mir entfernt.

Ich frage mich, warum sie hier ist. Ich weiß nicht, was ich noch glauben soll. Ahnt sie, dass Alex eine Doppelnatur hat? Leben sie mit der Abmachung, alles zu begraben, was mit Simon und mir zu tun hat, um ihr wunderbares Leben in ihrem schicken Einfamilienhaus fortführen zu können? Die Schwester, mit der ich aufgewachsen bin, hätte keine Lüge leben wollen. Sie hätte es vorgezogen, mit der Wahrheit konfrontiert zu werden, auch wenn sie wehtat.

Aber falls es früher eine Verbindung zwischen uns gegeben hat, dann ist sie jetzt weg. Ich kenne sie nicht mehr.

»Es war nicht beabsichtigt, dass in dieser Nacht etwas passiert«, sagt Mikaela. »Ich habe zu Gott gebetet, dass uns niemand sieht. Hast du das? Hast du uns gesehen?« Sie nähert sich mir mit aufgerissenen Augen.

»Was gesehen? Was habt ihr getan?«

Sie blinzelt. »Alex ... er ist zu mir nach draußen gekommen, als du nach Simon gesucht hast. Wir sind zum See hinuntergegangen.«

Zuerst verstehe ich überhaupt nicht, wovon sie spricht, doch dann begreife ich.

»Du hast bereits auf der Party mit Alex geschlafen«, sage ich mit kaum hörbarer Stimme.

»Ich wollte es dir erzählen. Es tut mir so leid.«

Mikaela hatte mit meinem Freund geschlafen. Sie hatte mich hintergangen, obwohl sie wusste, dass ich wieder glücklich war. Sie musste es einfach zerstören. Sie musste mir auch das nehmen.

Es begann bereits, als wir uns als Kinder voneinander entfernten. Mikaela hasste mich und alles, wofür ich stand, und wollte immer das haben, was mir gehörte.

»Du warst es«, sage ich.

»Was meinst du?«

Letztendlich erkenne ich die Wahrheit. Meine Schwester hat versucht, mich zu einem Geständnis zu bewegen, Verantwortung zu übernehmen und für das einzustehen, was ich getan habe. Jetzt verstehe ich, warum sie sich geweigert hat, mir zu helfen, reingewaschen zu werden. Ihre Reaktion, als ich gesagt habe, dass ich Alex verdächtige. Die Tränen, das Schluchzen, die Bitten um Vergebung. Anstatt zu gestehen, hat sie mir ihr Familienglück ins Gesicht geschleudert. Sie hat mich glauben gemacht, dass sie einander nach dem Prozess getröstet haben, aber es war viel früher geschehen.

»Du warst es, die den Notruf gewählt hat«, sage ich. »Du hast dich entschieden, nicht zu meinem Vorteil auszusagen, obwohl du es hättest tun können. Du und Alex, ihr habt Arm in Arm vor dem Sommerhaus gestanden. Du hast dich geweigert, mich anzusehen, als das Polizeiauto weggefahren ist.«

Mikaela sagt nichts.

»Hättet ihr nichts zu verbergen gehabt, dann hättet ihr im Verhör nicht lügen müssen.«

Mikaela schüttelt leicht den Kopf, aber ich fahre fort.

»Habt ihr es zusammen getan? Hast du deshalb bei deinem letzten Besuch diese Szene gemacht? Um zu verbergen, dass du an dem Mord an Simon beteiligt warst?«

»Du hast Alex beschuldigt. Deshalb habe ich dir erzählt, dass wir zusammen waren, damit du es begreifst«, antwortet sie. »Ich war so verzweifelt nach all den verrückten Behauptungen über ihn, dass ich es nicht lassen konnte. Aber das war falsch von mir.«

Mikaelas Stimme bricht weg. Sie weint und schluchzt. Genau wie in Biskopsberg. Sie wird nichts zugeben.

Ich sage, dass sie die Schauspielerei besser beherrscht als Großvater es getan hat. »Du spielst perfekt. Und du weigerst dich, im Manuskript irgendetwas zu ändern, du willst, dass ich weiterhin die Rolle des Monsters übernehme.«

Meine kleine Schwester schaut mich mit tränenvollen Augen an. »Ich habe die Nachricht erhalten, dass du dir das Leben genommen hast. Ich habe geglaubt, es sei mein Fehler, dass ich es war, die dich dazu getrieben hat, als ich dir von Alex und mir erzählt habe. Hast du irgendeine Ahnung, wie dieses letzte halbe Jahr für mich gewesen ist? Wie oft ich um dich getrauert und geweint habe?«

Sie schreit, aber ich lasse mich von ihrem Vorstoß nicht aus der Fassung bringen.

»Um dich tut es mir nicht leid«, sage ich. »Du hast Simon umgebracht. Ich will, dass du es zugibst. Ich will, dass du erklärst warum.«

Ein metallischer Laut ertönt, als Mikaela das Brecheisen zu Boden fallen lässt. Sie geht zum Sofa und setzt sich hin.

»Wie soll das abgelaufen sein?«, fragt sie appellierend und sieht mich an. »Habe ich das Messer geführt? Oder habe ich Alex dazu getrieben, es zu tun? Und wie ist das ganze Blut auf *dir* gelandet?«

»Du hast mich immer gehasst.«

»Das stimmt nicht, Linda.«

»Ich heiße nicht mehr Linda.«

»Wie heißt du dann?«

»Nadia.«

Mikaelas Reaktion ist unmöglich zu deuten. Sie setzt sich auf und starrt mich an. Ihre Augen glänzen, und ihr Blick gräbt sich forschend in mich hinein. Keine von uns sagt etwas. Das Einzige, was zu hören ist, ist das Geräusch der Wellen, die draußen über die Klippen schwappen.

Ich habe nicht vor, Mikaela dieses Mal davonkommen zu lassen. Mit leiser Stimme sage ich zu ihr, dass ich Beweise dafür habe, wie sie schon in unserer Kindheit war.

»Ich werde sie dir zeigen. Und dann wirst du die Wahrheit sagen.«

45

Im Schlafloft und im Erdgeschoss, überall suche ich nach den Filmen. Schließlich finde ich die Box in einem Schrank oben im Flur mit einem Laken darüber.

Ich trage sie nach unten, setze mich auf den Fußboden und schiebe eine DVD in den Player. Wir sehen, wie Mama unter Jubel angekündigt wird, bevor sie anlässlich ihrer Abschiedsshow im Zirkus in einem bodenlangen Paillettenkleid die Bühne betritt. Es war entsetzlich schwer und total unpraktisch. Ich musste sie stützen, bevor sie die letzten Schritte ins Scheinwerferlicht alleine gemacht hat. Als sie wenig später nicht mehr in der Lage war, das Mikrofon hochzuhalten, hat sie sich über ihre eigene Schwäche lustig gemacht, und einige vergessene Textzeilen einfach weggelacht. Das Publikum bekam, was es am meisten wollte, eine glitzernde, lächelnde Kathy. Einen Star. Sie hat gesungen und das Publikum unterhalten, buchstäblich, als sei es das letzte Mal. Ich spule vor, bis ich mich selbst auf die Bühne kommen sehe.

Ich habe jede Sekunde gehasst.

In dem Moment als ich die Stimme höre, spüre ich es im ganzen Körper, den Widerwillen und die Verachtung. Mama hat mich gezwungen, mit ihr zusammen für das ganze schwedische Volk zu singen. Es war immer das Gleiche, und ich habe es jedes Mal gehasst.

Nein, das ist falsch, das ist nicht wahr. So war es nicht. Gewiss habe ich es Mama zuliebe getan, aber ich wollte es auch. Ich habe es geliebt, mit Kathy *Wenn die Sonne untergeht* zu singen. Ich habe das Rampenlicht geliebt, und ich habe Mama geliebt.

Ich habe es gehasst. Und ich habe dich immer gehasst.

Ich habe die Stimme schon viele Male gehört, aber die Gegenwart noch nie so stark gespürt. So als hätte sich ein fremder Mensch in mich geschlichen, ohne dass ich es bemerkt habe. Doch als ich mich umsehe, sind nur Mikaela und ich im Raum. Sie sieht mich mit angstvollem Blick an, aber ich ignoriere sie.

Ich nehme die DVD raus und wähle eine andere aus. Auf dem Bildschirm sieht man, wie Kathy die Wohnungstür öffnet und ihren Manager begrüßt, indem sie ein Lied anstimmt, sie macht ein paar Schritte auf ihn zu und breitet die Arme aus. Dann komme ich ins Bild, wie ich den Blick von den Kameras abwende.

»Lächle meine Kleine«, sagt Mama. »Lächle so, wie nur das Sonnenscheinmädchen es kann.«

Die Kamera war immer dabei. Alles musste dokumentiert werden, als hätte es nicht wirklich stattgefunden, wenn es nicht auf Film oder Foto gebannt war. Wir befanden uns in einer Dauervorstellung mit Mama im Mittelpunkt, und es war klar, wer der einzige, wahre Star war.

Das war quälend, ich bekam keine Luft.

»Nein, das ist falsch. So habe ich es nie empfunden«, flüstere ich.

»Was ist mit dir?«, fragt Mikaela wachsam. »Was wolltest du mir zeigen?«

Ich nehme die DVD aus dem Player und suche nach dem Film von unserem Sommerfest, dem mit dem Pony und den Luftballons. Ich leere die komplette Kiste auf dem Fußboden aus und wühle in dem Haufen herum, bis ich sie gefunden habe.

»Hier«, sage ich und wedele damit in der Luft herum. »Du bist immer ausgerastet und warst neidisch auf mich. Sieh genau hin.«

Ich starte den Film.

Die Kamera schwenkt über den Garten: Luftballons, das Pony beim Gras fressen und Kathy in einem rosafarbenen Kleid mit Puffärmeln und einer schrecklichen Frisur. Dauerwelle mit Pony, die fröhlichen Achtzigerjahre. Mikaela und ich tragen das gleiche Kleid wie

Mama, und wir sehen aus wie zwei rosafarbene Törtchen, zur Feier des Tages sind unsere Haare in Wellen gelegt worden. Wir sind jünger, als ich es in Erinnerung hatte.

Ich spule schnell vor, wodurch wir abwechselnd ins Bild hinein- und wieder hinausspringen, Kathy ist allerdings mehr zu sehen als irgendjemand anderer, und ihre Gesten wirken dramatischer und übertriebener, als ich es in Erinnerung habe. Die Liveband spielt auf der Veranda, der Bassist stampft beharrlich den Takt, und das Pony frisst weiter Gras. Kathy lacht noch breiter, aber ihr Lächeln ist nicht echt.

Worauf ich warte, ist Mikaelas Ausbruch, ich weiß, dass sie durchgedreht ist, als sie entdeckt hat, dass sie gefilmt wird.

Zuerst verfehle ich die Stelle, aber wir haben keine Zeit, von vorn anzufangen. Ich halte das Band an und spule zurück, drücke auf Play und lasse die Aufnahme laufen. Aber es ist gar nicht so, wie ich geglaubt habe.

Nichts ist so, wie ich geglaubt habe.

Das Mädchen *ist* zornig, es weint und schreit und schlägt sich selbst ins Gesicht. Es will nicht singen, es will nicht auftreten, es will nicht lächeln. *Hör auf, hör auf, zwing mich nicht.*

Es spricht die Worte so aus, wie ich sie in Erinnerung habe, es fragt, warum das Sonnenscheinmädchen immer dabei sein muss, und ich spüre die Angst und die Panik und die immer stärker werdende Wut.

Kathy weigert sich zuzuhören. Sie weiß genau, was sie sagen muss, um das Mädchen dazu zu bringen, das zu tun, was sie will.

»Du willst Mama doch nicht traurig machen«, sagt sie mit ihrer sanften, aber dennoch unbändigen und ungeduldigen Stimme. Um sich selbst tut es ihr leid. *Sie* muss leiden, wenn das Mädchen seiner Mama nicht zu Willen ist. »Du willst doch wohl nicht diesen Tag kaputtmachen, den zu organisieren Mama sich so sehr angestrengt hat? Nur deinetwegen.«

Die Schwester steht wie versteinert daneben und versucht die Hand des Mädchens zu nehmen, aber das schreit noch immer. Die Kamera kommt näher, und Kathy faucht im Hintergrund, dass sie nur heitere Momente filmen sollen. In diesem Augenblick schlägt das Mädchen so fest darauf ein, dass sie ins Gras fällt und die Welt auf den Kopf gestellt wiedergibt. Dann wird sie ausgeschaltet.

Aber es war nicht Mikaela, die einen Anfall hatte. Das war ich.

Kathy war enttäuscht und verletzt. Kathy war traurig. Kathy wollte Freude. Kathy wollte Gesang.

Erinnere dich daran, was alle lieben, Sonnenscheinmädchen!

Es ist dumm, sich zu weigern. Wenn ich es tue, folgt

die Strafe in Form mehrerer Tage voller Schweigen, Kälte und Ächtung. Sie bekommt Migräne und liegt im Bett. Und früher oder später muss ich doch singen und tanzen. Aber sie nennt mich nicht Linda, wenn sie mit mir spricht. Sie verwendet einen anderen Namen.

Die stundenlangen Verhöre im Untersuchungsgefängnis Kronoberg. Die Fragen, die sie mir gestellt haben, die Beweise, die ich nicht begriffen habe, die aber die ganze Zeit gegen mich sprachen. Ich habe verstanden, was sie sagten, aber nichts davon hat gestimmt.

Mikaela sieht mich genauso an, wie die Polizisten es getan haben, wie sie es getan hat, als sie mit Alex' Armen um sich vor dem Sommerhaus gestanden hat. Mit einer Erwartung, dass ich verstand. Mit einer Verwunderung, dass ich es *nicht* tat.

Ich betrachte das eingefrorene Bild auf dem Fernseher. Das Mädchen, das nicht lächeln und nicht auftreten will. Das Mädchen, das nicht mit Kathy singen will. Das Mädchen, das sie Nadia nennen.

46

Draußen frischt der Wind auf. Die Böen pfeifen, während schwere Wassertropfen auf dem Dach landen.

»Ich verstehe überhaupt nichts«, sage ich mit schwacher Stimme. »Hieß ich Nadia, als ich klein war?«

»Ja, das hast du. Papa hat dich mehrfach so genannt, seit er dement wurde, und ich habe nicht verstanden warum. Als ich jedoch Mamas Manager gefragt habe, hat er es bestätigt. Du hast plötzlich verlangt, Linda genannt zu werden, und obwohl Papa nicht erfreut darüber war, haben sie dich letztendlich den Namen wechseln lassen. In alten Zeitungsreportagen wirst du Nadia genannt. Erinnerst du dich wirklich an nichts davon?«

»Nein.« Ich schüttele den Kopf. »Papa hat mir ständig in den Ohren gelegen, dass ich nicht das Sonnenscheinmädchen sein müsse, dass ich ich selbst sein solle«, sage ich. »Ich wollte nicht, dass er das sagt. Ich wurde böse.«

Ich habe das Sonnenscheinmädchen verabscheut. Ich habe es gehasst, Kathys Marionette zu sein.

»Aber ich habe Mama geliebt«, protestiere ich. »Sie war überhaupt nicht so, wie du glaubst.«

Mikaelas Augen sind weit aufgerissen, und sie legt eine Hand über ihren Mund.

»Hörst du diese Stimme auch?«, frage ich. »Oder bin nur ich das?«

»Das bist du, die Selbstgespräche führt«, antwortet Mikaela.

Ich lache auf, ein verzweifeltes Lachen. »Bin ich verrückt?«

Mikaela setzt sich neben mich auf den Fußboden. Vorsichtig berührt sie meine Schulter und sagt, dass sie sich daran erinnert, wie Mama mich immer gezwungen hat zu singen und zu lächeln. Selbst wenn ich geweint habe, hat sie mich gezwungen aufzutreten und mich filmen zu lassen. Ich hatte nie Ruhe.

»Es war nicht leicht, die Tochter eines fordernden Stars zu sein«, sagt sie. »Mama war so manipulativ, ich habe das auch gehasst.«

»Ich habe das Leben geliebt, das wir geführt haben«, wende ich ein.

»Als kleines Mädchen hast du gesungen, weil es dir gefallen hat, und dann warst du gezwungen weiterzumachen. Ich glaube, Linda ist zu dem Sonnenscheinmädchen geworden, das Nadia nicht sein konnte. Kathy hat dich als Sonnenscheinmädchen geliebt, aber nur als das. Eure Beziehung war ungesund, sie war krank.«

Ich blicke auf die DVDs, die über den Boden verstreut sind. All die Vorstellungen, die ich mit Mama gegeben habe, all die Male, bei denen wir zusammen gesungen haben. Ich glaube Mikaela nicht, ich weiß, dass es nicht so war, wie sie behauptet. Doch in mir ist ein widersprüchliches Gefühl, das besagt, dass sie recht hat.

»Du hast mich einmal gefragt, wer ich sein möchte, wenn ich es mir aussuchen könnte«, sagt Mikaela. »Erinnerst du dich?«

»Du hast gesagt, dass du das Sonnenscheinmädchen sein möchtest. Du wolltest mein Leben leben.«

»Ich habe das gesagt, um dir eine Freude zu machen, weil du mir leidgetan hast.«

Sie erzählt von der Partynacht auf Färingsö. Sie lächelt leicht, als sie sagt, dass Alex und sie sich auf den ersten Blick ineinander verguckt haben. Ein lächerliches Klischee, es half jedoch nichts, sie konnten nicht dagegen an, so sehr sie es auch versucht haben.

»Er war mein Freund«, sage ich. »Wir waren zusammen.«

»War er das wirklich? Ihr habt euch in diesem Sommer nur ein paarmal getroffen.«

»Ich habe nicht einmal gesehen, dass ihr auf der Party miteinander gesprochen habt.«

Mikaela entgegnet, dass ich die meiste Zeit mit Simon zusammen war. Ich habe alle anderen ignoriert, bis ich plötzlich zu Alex gesagt habe, dass ich ins Bett wolle. Aber dann bin ich wieder aufgestanden, und kurz darauf ist Alex zu Mikaela nach draußen gekommen.

*

»Komm mit mir runter zum See.«

Er streckt ihr seine Hand entgegen und lächelt, und es ist das schönste Lächeln, das sie je gesehen hat. Vielleicht ist sie bereits verloren, als sich seine Hand um ihre schließt.

Das ist so falsch, wie es nur falsch sein kann.

»Ich kann nicht, Alex«, flüstert sie. »Wir können nicht.« Sie fragt nicht, wo ihre Schwester ist, sie will es nicht wissen.

»Komm mit mir.« Sein Zeigefinger streichelt ihre Handfläche, und sie erschaudert.

Sie haben bereits darüber gesprochen, dass Linda und er kein Paar sind, nicht richtig. Mikaela weiß, dass ihre große Schwester die Wirklichkeit immer beschönigt, damit sie ihr passt. Mitunter wird sie von ihren eigenen Träumen vollkommen verschlungen. Dass Alex bis über beide Ohren in sie verliebt sei, Linda seine große Liebe sei, obwohl sie sich gerade erst kennengelernt haben.

Alex hat gesagt, dass er morgen als Erstes mit Linda

sprechen wird. Sie hält das für keine gute Idee. Sie weiß, wie Linda reagiert, wenn sich ihr jemand widersetzt, es wird melodramatisch, gibt bittere Tränen und dramatische Szenen. Glühende Wut.

Sie ist ihrer Mutter so erschreckend ähnlich geworden.

Aber Mikaela geht mit. Sitzt dicht neben ihm, erzählt ihm Sachen über sich, die sie noch nie jemandem verraten hat. Er hört zu, wie ihr noch nie jemand zugehört hat, versteht sie, wie sie noch nie jemand verstanden hat. Als eine Begegnung zweier Seelen möchte sie es gern bezeichnen, obwohl das eine viel zu hochtrabende Beschreibung für die Nähe zwischen ihnen ist.

Sie flüstert, dass sie nicht kann, unternimmt einen halbherzigen Versuch, ihn daran zu hindern, als er ihre Haare um seine Finger schlingt und ihre Brust streift. Dann liegen seine Lippen weich auf ihren, vorsichtig, tastend, und als er sie küsst, nimmt sie den Geschmack von Champagner auf seiner Zunge wahr. Sie protestiert sanft, als er sie näher zu sich heranzieht, als seine Hände sich den Weg unter ihr Shirt bahnen.

»Das ist falsch.«

Flüsternd stimmt er ihr zu, dass es falsch sei. Und je mehr sie sich darüber einig werden, wie falsch es ist, desto schwerer ist es zu widerstehen.

Die laue Wärme des Sommerabends, die entfernte Musik von der Party und das Glucksen der Wellen gegen den Steg. Küsse, die sich nicht mehr zurückhalten lassen, die Lust, die sie bereits über die Grenze getragen hat. Alex legt seinen Pullover auf die Wiese, sie schlingt ihre Beine um ihn und nimmt ihn in Empfang.

Er flüstert, dass sie hübsch ist, und während sie sich lieben, breiten sich ihre langen Haare wie ein Fächer über dem Boden aus.

Anschließend befreit er sie vom Laub, zärtlich und geduldig. Und sie wünscht sich, sie wären sich irgendwo anders begegnet und auch wieder nicht. Während sie sich fest umarmen, sagt er, dass sich alles klären wird.

*

»Ich habe Simon nicht umgebracht«, sagt Mikaela. »Alex auch nicht. Wir haben einen Fehler gemacht, dich zu hintergehen, aber unsere einzige Sünde bestand darin, dass wir uns ineinander verliebt haben.«

Ich ziehe die Knie zu mir heran und lehne den Kopf dagegen.

»Ich habe alles aufgegeben, um da zu sein, als Mama krank geworden ist«, sage ich. »Aber Simon hat mich auch gebraucht. Ich habe versucht, ihnen zu genügen, nur, um sie beide im selben Augenblick zu verlieren. Ich habe Alex kennengelernt und geglaubt, wieder glücklich werden zu können. Ich wollte einfach nur von vorn anfangen.«

»Du hattest immer eine Heidenangst davor, alleine

zu sein. Im Stich gelassen zu werden.« Mikaela bemüht sich um eine gleichmäßige Tonlage.

Aber ich hätte mit Alex nicht glücklich werden können, behauptet sie. Er habe verstanden, dass es mir nicht gut ging, nach all dem, was mit Kathy und Simon passiert war, und ich hätte unsere wenigen Treffen viel zu ernst genommen. Er habe mehrfach versucht, mit mir darüber zu sprechen, sagt sie, aber ich habe nicht zuhören wollen. Ich habe angefangen, einige von Mamas Liedern zu singen oder das Gesprächsthema gewechselt. Außerdem glaubten sowohl Alex als auch Mikaela, dass ich über eine Versöhnung mit Simon nachdachte. Alex sagte, ich hätte die ganze Zeit von ihm gesprochen.

Ich will protestieren, bringe aber nicht die Kraft auf. Ich denke an Alex' Zeugenaussage vor Gericht und fühle mich so unendlich müde.

»Als du nicht ins Schlafzimmer zurückgekommen bist, hat Alex angenommen, dass sich das zwischen euch erledigt hatte«, sagt Mikaela. »Er hat angenommen, du hättest die Nacht mit Simon verbracht. Und dann hat Tess euch im Gästehaus gefunden.«

»Warum habt ihr der Polizei nicht erzählt, dass ihr zusammen wart?«, frage ich.

»Stell dir mal die Schlagzeilen vor«, entgegnet Mikaela. »Das Sonnenscheinmädchen schneidet ihrem Mann die Kehle durch, während ihre kleine Schwester

Sex mit Lindas Date hat. Ich bin nicht stolz darauf, dass wir gelogen haben, aber wir wollten dich schützen. Das haben wir uns zumindest eingeredet. Vermutlich wollten wir auch uns selbst schützen.«

»Wie habt ihr es all die Jahre geschafft zusammenzuhalten?«, will ich wissen.

»Im ersten Jahr habe ich Alex mehrfach verlassen«, sagt Mikaela. »Der Betrug und die Lügen, das ständige schlechte Gewissen und der schlechte Start, den unsere Beziehung hatte, haben mich vergiftet.«

Und nach meinem »Selbstmord« hatten sie ständig Streit, erzählt sie. Auch noch damit leben zu müssen, sei die Hölle gewesen. Obwohl sie und Alex sich lieben, scheint es unausweichlich, dass sie immer weiter auseinanderdriften.

Ich könnte Schadenfreude empfinden, aber das tue ich nicht. Ich empfinde lediglich Verwirrung. Genau wie in dem Film ist die Welt auf den Kopf gestellt worden, und ich bin im Begriff, meine eigene Wirklichkeit aus den Augen zu verlieren.

»Weiß Alex, dass du hier bist?«, frage ich.

»Ich habe einen Zettel auf dem Küchentisch hinterlassen. Und im Kindergarten habe ich gesagt, dass sie ihn anrufen sollen, wenn ich Elvira nicht um vier Uhr abhole.«

»Ein Rettungsanker?«, lächle ich. »Für den Fall, dass ich gefährlich werde. Dazu das Brecheisen.«

Mikaela erwidert das Lächeln.

Seltsamerweise fühlt es sich in diesem Augenblick so an, als sei sie wirklich meine Schwester. So, wie es einmal war.

»Hast du mich und Alex in dieser Nacht gesehen?«, fragt sie erneut. »Das habe ich mich oft gefragt. Ob wir das ausgelöst haben, was geschehen ist.«

Das habt ihr nicht. Aber ja, ich habe gesehen, wie ihr euch unten am Steg geküsst habt, als Linda nach Simon gesucht hat. Du hast gesagt, dass du dich in sein Lächeln verlieben könntest. Du hast so glücklich ausgesehen.

Meine Worte überraschen mich. Ich greife nach Mikaelas Hand und sage, dass ich nicht weiß, woher sie kommen.

Das sind meine Erinnerungen, nicht deine.

Die Worte sickern in mich ein, und ich versuche zu verstehen, was sie bedeuten.

»Was bedeutet das hier, Mikaela? Habe ich Simon umgebracht?«

Ich stehe auf, und mit den Armen fest um den Körper geschlungen, gehe ich im Wohnzimmer auf und ab.

»Sprich mit mir. Sag etwas.«

»Wenn du es warst, dann warst du nicht du selbst«, sagt Mikaela.

Ich war es, Nadia. Nicht das Sonnenscheinmädchen.

»Hast du es die ganze Zeit geahnt?«, sage ich, den Blick auf meine Schwester gerichtet.

»Ich war mir nicht sicher.« Mikaela sucht nach Worten. »Und das war der Grund, warum ich nicht als Zeugin aussagen konnte, weder für noch gegen dich. Ich habe gewusst, dass du nie jemanden umbringen könntest, aber ich hatte auch eine andere Seite an dir erlebt. Ich war so verzweifelt.«

Ich frage Nadia, warum ich dann keine Erinnerung daran habe, und sie antwortet, dass sie nicht glaubt, dass ich nicht in der Lage bin, es zu sehen. Stattdessen erscheint mir das Bild, wie ich das Kissen auf Kathys Gesicht drücke.

*

Ich halte neben Mama Wache. Sie ist über ihren verzweifelten Bitten um Hilfe, ihr Leben zu beenden, eingeschlafen, und ich nutze die Gelegenheit, mich im Sessel auszuruhen. Ich schlummere behaglich und bin dankbar, ihr eine Stütze sein zu können. Noch dankbarer bin ich, dass sie für eine Weile still ist.

Als ich das nächste Mal aufschaue, hat Mama ein Kissen auf dem Gesicht. Sie wehrt sich und fuchtelt mit den Armen herum, aber ich kann nur zusehen, ich bin in meinem Körper gefangen und kann es nicht verhindern, wie sehr ich es auch versuche.

Mama gibt einen erstickten Laut von sich, dann packt sie die Arme, die sie auf die Matratze pressen. Ich verspüre einen schwachen Druck, dann ist sie weg.

Es sind meine Arme, meine Hände, die das Kissen halten. Habe ich soeben meine kranke Mutter umgebracht?

Jetzt muss sie nicht mehr leiden. Ich habe getan, worum sie mich gebeten hat.

*

Ich bitte Nadia aufzuhören, sage ihr, dass ich weder mehr sehen noch mehr hören will. Ich schaue an mir herunter und sehe die Narbe auf meinem linken Arm. Es gab keine kaputte Flasche, die für die Wunde dort verantwortlich ist. Die Zeugenaussage während des Prozesses, in der ich mich nicht wiedererkannt habe, wie ich Simon vor der Schule blutig geschlagen und bedroht haben soll. Das, was Daria über mich gesagt hat, der Brief, von dem Mikaela dachte, dass ich ihn zurückgeschickt hätte. Und der Überfall im Gefängnis, sie haben gesagt, es sei Notwehr gewesen. Dass ich versucht hätte, Anne zu würgen. Sie hat von nichts anderem als von Kathy und dem Sonnenscheinmädchen geredet. Die Frau, die ich im Krankenhaus im Spiegel gesehen habe, von der ich mehr gesehen habe, seit ich aus dem Gefängnis heraus bin. Das war *sie*. All das war Nadia. Meine Finger streichen über die Narbe an der Augenbraue. Hat sie auch Robert geschlagen?

»Die Leute haben behauptet, ich sei in Biskopsberg gefährlich gewesen, aber das warst *du*. Du hast uns beinahe umgebracht.«

Ohne mich hätten wir es nie geschafft. Du tust das, was ich nicht kann, ich tue das, wozu du nicht fähig bist. Aber jetzt brauche ich dich nicht mehr.

Sie weiß, dass ich mich frage, wie sie so krank geworden ist.

Sie sagt, ich sei das Kranke in uns.

47

Ich schwebe in einem Grenzland, gefesselt und ohne eine Möglichkeit zu entkommen. Und genau wie im Krankenhaus höre ich Stimmen, die auf der anderen Seite des Horizonts über mich sprechen.

Als Nadia Mikaela Bericht erstattet, klingt es wie ein Märchen. Das Märchen meiner Erschaffung. Sie sagt, dass meine kleine Schwester recht hatte, dass alles damit begonnen hat, dass Nadia gezwungen war, eine andere Persönlichkeit zu entwickeln, um zu überleben. Ein Ebenbild von Kathy, ein süßes, fröhliches Mädchen, das es liebte zu singen, das stets jeden Wunsch seiner Mutter erfüllen konnte. Linda *war* wirklich das Sonnenscheinmädchen. Eine hübsch lächelnde Maske, hinter der Nadia sich verstecken konnte.

Sie spricht über mich, so als könnte ich sie nicht hören. So als wäre ich nicht mehr anwesend und würde nicht mitkriegen, wie sehr sie mich verabscheut. So als würde ich nicht mehr existieren. Und ich kann nichts sagen, wie sehr ich es auch versuche, es ist, als wäre ich verstummt. Ich kann nur zuhören.

Linda liebte das Leben mit Kathy. Ebenso sehr, wie ich es hasste, liebte sie es, wenn ein Teil des Scheinwerferlichts auf sie fiel. Ich war gezwungen, es mit ihr auszuhalten, um selbst nicht unterzugehen.

»Du hast Linda ebenso sehr gebraucht wie Kathy«, sagt Mikaela. »Ihr beide habt sie gebraucht.«

Ja, sie war eine schützende Mauer, die mich gleichzeitig einschloss. Bereits damals war sie ein Monster, ein liebenswertes Monster, das die Regie übernahm.

»Ich glaube, Papa hatte verstanden, dass etwas nicht stimmte«, sagt Mikaela. »Er hat gesagt, er wünschte, er hätte mehr getan, um dir zu helfen. Damals habe ich nicht verstanden, wovon er sprach.«

Papa hat alles in seiner Macht Stehende getan, um mich zurückzulocken, um seine richtige Tochter zum Bleiben zu bewegen. Aber das ging nicht.

Mikaela fragt warum, warum Nadia nicht einfach weiterhin die sein konnte, die sie war, und ich höre sie antworten, dass ihre Schöpfung zu dieser Zeit bereits ein Eigenleben entwickelt hatte. Kathy hat mich ständig ermuntert und wollte mich behalten. Wie gesagt: Wir waren voneinander abhängig. Es gab kein Zurück mehr, sagt sie.

»Deshalb hast du uns so selten besucht«, sagt Mikaela

langsam. »Du hast gesagt, dass Papas Ansprüche an dich unmöglich waren.«

Ich frage mich, wie viele Enthüllungen ich noch aushalten kann. Nadia klingt betrübt, als sie fragt, wie es ihm geht. Mikaela zufolge ist er nicht mehr der, der er einmal war.

Mein Körper geht zum Fenster, ohne dass ich ihn steuern kann, und ich sehe, dass der Regen aufgehört hat. Nadia schlägt vor, dass sie einen Spaziergang machen, und Mikaela folgt ihr in den Flur. Meine Hände binden die Schnürsenkel, und ich sehe, wie der Türknauf von meiner Hand umgedreht wird, bin jedoch nicht in der Lage, meine Bewegungen eigenständig zu kontrollieren. Das macht jetzt Nadia. Ich spüre die frische Luft auf der Haut und wie ich über das regennasse Gras gehe, mit einer Energie, die ich vor Kurzem noch nicht hatte.

Mikaela steckt ihre Hände in die Taschen, und während sie in den Wald gehen, erzählt Nadia weiter.

Linda vermittelte den Anschein, harmlos und gefügig zu sein, fing jedoch an, selbst ständig Bestätigung einzufordern, was sie ermüdend unberechenbar machte. Und dann wurde Kathy ernsthaft krank.

Ich will nicht daran erinnert werden, wie Mama darum gebettelt hat, ihr Leben beenden zu dürfen, aber Nadia ist unbarmherzig. Sie sagt, dass Kathy gebeten und gebettelt habe, sterben zu dürfen, dass ich es aber nicht fertiggebracht habe. Ich habe es nicht einmal fertiggebracht, ihr zuzuhören.

»Mama wollte nicht sterben, sie hat es nicht so gemeint«, sagt Mikaela und wendet ihr Gesicht zum Himmel. Sie holt tief Luft. »Aber du hast es also getan.«

Sie hat nur auf den Tod gewartet. Und ich habe darauf gewartet, frei zu sein.

Als Kathy die Nachricht von ihrer Krankheit erhalten hat, bedeutete das auch für Linda das Todesurteil, höre ich Nadia geduldig erklären. Ohne Mama wurde ich nicht mehr gebraucht. Besonders dann nicht, als auch Simon mich im Stich ließ. Ich konnte auch nicht zurückkehren, um für ihn zu leben. Ich bekam Todesangst, da ich alleine nicht existieren kann. Bereits da hätte ich verschwinden sollen, und Nadia hätte endlich frei sein sollen, um sie selbst zu sein.

Das war das Einzige, was ich wollte.

»Aber warum musste Simon sterben?«, wundert sich Mikaela. »Musstest du so weit gehen?«

Nadia schnaubt. *Linda ist wie in Kathys Song, sie ist der Mond, der das Licht der Sonne braucht, um sichtbar zu sein. Um überhaupt zu existieren. Sie braucht Männer wie Simon. Sie lebt durch ihre unrealistischen Fantasien, in rosafarbenen Liebesgeschichten mit einem glücklichen Ende. Ihr Leben war eine einzige lange Seifenoper.*

»Aber Alex ist darauf nicht reingefallen«, sagt Mikaela.

Ich spüre, wie Nadia sie anlächelt. *Er hatte nur Mitleid mit ihr. Und sobald sie das verstanden hatte, wollte sie Simon zurückhaben. Sie war bereit, ihm zu verzeihen, weil er sie vergöttert hat.*

Nadia bleibt stehen und legt eine Hand auf Mikaelas Arm.

Deshalb hat Linda in dieser Nacht nach ihm gesucht. Aber ich konnte ihnen nicht erlauben, wieder von vorn anzufangen. Verstehst du? Dann wäre ich nie frei geworden. Ich habe um mein Leben gekämpft. Um meine Existenz.

Seite an Seite gehen sie schweigend nebeneinander her, und ich höre Nadias Atemzüge. Sie war es, die ich im Gästehaus gehört habe. Sie war es, die im Zimmer anwesend war.

Nach einer Weile kommen wir aus dem Wald heraus, ich habe oft hier gestanden und über das Meer geschaut, bevor ich die Klippen hinuntergeklettert bin. Es ist schön, aber ich bin vor Schreck wie erstarrt und kann es nicht genießen. Ich frage mich, was Nadia vorhat. Warum kann ich es nicht spüren? Warum weiß ich es nicht? Wie kann sie alles über mich wissen, wenn ich keine Ahnung habe, was sie denkt? Es ist, als würde sie entscheiden, was sie mit mir teilen will.

Wir gehen hinunter zum Ufer. Mikaela hebt einen Stein auf und wirft ihn ins Wasser. Sie fragt, ob Nadia noch immer Steine hüpfen lassen kann, wie Papa es uns beigebracht hat. Sie stehen eine ganze Weile da und werfen Steine ins Wasser. Sie zählen, wie oft sie aufprallen und lachen sogar. Ich verstehe überhaupt nicht worüber.

»Da ist eine Sache, die ich überhaupt nicht begreife«, sagt Mikaela nach einer Weile, während sie sich auf der Felsplatte niederlässt. »Warum hast du dich zum Schlafen auf das Bett gelegt? Du hättest doch einfach weggehen können. So wurdest du verhaftet und zu einer Gefängnisstrafe verurteilt.«

Das war für Linda schlimmer als für mich. Ich war den Großteil meines Lebens eingesperrt, unterdrückt und eingesperrt, weit unten in der Dunkelheit. Das war kein großer Unterschied. Und ich war ziemlich sicher, dass sie im Gefängnis keinen neuen Mann finden würde.

Nadia lacht auf.

Linda war wirklich unschuldig, sie wollte so gern, dass gerade du ihr glaubst. Und jetzt weißt du es.

Mikaela schaut über das Meer, und Nadia setzt sich neben sie.

»Bist du deswegen zurückgekommen?«, fragt sie nach einer langen Pause.

Du warst die Einzige, die mir dabei helfen konnte, sie dazu zu bringen, die Wahrheit zu erkennen. Sie dazu zu bringen loszulassen.

Ich habe nach Antworten gesucht. Ich habe nach einem Grund gesucht, weiter existieren zu dürfen. Ich habe nach der Wahrheit gesucht.

Das Sonnenscheinmädchen wurde weggeschnitten und ausradiert.

Linda Andersson ist tot, ihre Asche im Wind verstreut.

Nadia kann ich nicht sein, obwohl ich es versucht habe.

»Ich habe über die Jahre Anzeichen von dir gesehen, von der richtigen Nadia«, sagt Mikaela. »Wenn wir unter uns waren und die Schwestern sein konnten, die wir als Kinder gewesen sind.«

Nadia erwidert, dass die Erinnerungen an Mikaela zu den wenigen Dingen gehört haben, die sie mit mir geteilt hat. Die Stunden auf dem Steg und auf der Wiese, als wir dagelegen und die Wolken beobachtet haben. Sie sagt, sie sei traurig, dass ich zwischen sie gekommen bin.

Du bist nicht böse geworden, wenn ich nicht das Sonnenscheinmädchen sein wollte. Du hast mich ganz ich selbst sein lassen, du hattest nie Angst davor, wer ich war. Das werde ich immer in mir tragen.

Ich spüre Mikaelas Arme um mich und den Geruch ihrer Haare. Es weckt die Erinnerung an all die Male, die ich sie getröstet habe, wenn sie hingefallen war und sich wehgetan hatte. War ich das? Oder war das Nadia? Ich weiß nur, dass ich meine kleine Schwester für immer festhalten möchte, aber dass Nadia mir das verweigert.

Mikaela trocknet ihre Tränen und fragt, was jetzt geschieht. Nadia antwortet, dass Mikaela nach Hause zu ihrer Familie fahren soll. Sie sei froh, dass sie sich wiedergesehen haben und wünsche Mikaela ein gutes Leben. Sie hoffe, dass sie und Alex jetzt ein für alle Mal alles hinter sich lassen können, jetzt, wo ich tot und begraben bin. Sie bräuchten sich um sie keine Sorgen zu machen, sagt sie. Sie selbst würde sehr weit von hier weggehen und bittet darum, in Ruhe gelassen zu werden.

»Das hier ist also ein Lebewohl?«, fragt Mikaela.

»Ja«, lautet Nadias Antwort.

Am Horizont reißt der Himmel auf, und die Sonne lässt das Wasser glitzern. Das Licht ist zu stark, es blendet. Ich will lieber in die Dunkelheit gleiten und wie eine Welle im Meer darin verschwinden.

Ich hätte es auf Kathys Beerdigung tun sollen oder im Krankenhaus nach der Attacke. Bereits damals hat die Dunkelheit an mir gezogen. Dieses Mal kämpfe ich nicht dagegen an, ich lasse los und heiße das Ende willkommen. Mein Ich ist im Begriff sich aufzulösen, es wird von dem Körper getrennt, der mir nicht mehr gehört.

Er war nie meiner.

Ein letzter Atemzug.

Dann bin ich verschwunden.

48

Der riesige Grabstein ist von Feuchtigkeit bedeckt, daran gelehnt ist ein Kranz. An einem der Grablichter darunter sitzt ein Stoffteddy, der ein Herz mit der Aufschrift *Für immer* festhält. Kathy Andersson wird noch immer gefeiert und geliebt.

Ich nehme einen Strauß verwelkter Rosen weg und ziehe die Vase aus der Erde.

»Hej, Mama«, sage ich und lege eine Hand auf den Stein. Er ist kalt und stumm unter meinen Fingern. »Hier ist Nadia. Ich weiß, dass du Linda vermisst, aber sie ist jetzt weg.«

Es gibt so viel mehr, was ich sagen könnte, und ich wünschte, dass alles anders geworden wäre. Aber weder Kathy noch Linda können mich hören, keine von ihnen existiert mehr.

Ich bleibe noch eine Weile, bis die Kälte in mich hineinkriecht.

Auf dem Weg vom Friedhof werfe ich die Rosen auf den Kompost und stelle die Vase in eine Halterung. Ich setze die Sonnenbrille auf und gehe zum Auto. Darin befindet sich alles, was ich besitze, und das ist nicht viel, aber es gehört mir. Und ich habe meine Freiheit.

Ich steige ein, drehe das Radio auf volle Lautstärke und fahre vom Parkplatz. Dieses Mal lasse ich alles zurück.